Mémoires d'outre-tombe
François-René de Chateaubriand

墓中回忆录

[法国] 夏多布里昂 著
郭宏安 译

译林出版社

图书在版编目（CIP）数据

墓中回忆录 /（法）夏多布里昂著；郭宏安译．—
南京：译林出版社，2023.10
ISBN 978-7-5447-9864-8

Ⅰ.①墓…　Ⅱ.①夏…　②郭…　Ⅲ.①散文集－法国
－现代　Ⅳ.①I565.65

中国国家版本馆 CIP 数据核字（2023）第 152770 号

墓中回忆录［法国］夏多布里昂／著　郭宏安／译

责任编辑　唐洋洋
装帧设计　山川制本workshop
校　　对　戴小娥
责任印制　颜　亮

出版发行　译林出版社
地　　址　南京市湖南路 1 号 A 楼
邮　　箱　yilin@yilin.com
网　　址　www.yilin.com
市场热线　025-86633278
排　　版　南京展望文化发展有限公司
印　　刷　南京爱德印刷有限公司
开　　本　850 毫米 ×1168 毫米　1/32
印　　张　10.5
插　　页　4
版　　次　2023 年 10 月第 1 版
印　　次　2023 年 10 月第 1 次印刷
书　　号　ISBN 978-7-5447-9864-8
定　　价　69.00 元

TABLE DES MATIÈRES

目　录

译　序

墓中人语

布列塔尼的圣马洛港外，格朗贝岛孤悬在锚地上，一块无名的方石立于其巅，石上立着一个不高但是粗壮的花岗岩十字架，这是夏多布里昂的坟墓。没有墓碑，没有铭文，没有雕饰，简朴至极。坟墓的前面就是波涛汹涌的英法海峡，狂风、暴雨、飞溅的浪花，让它一年到头都潮湿、冰凉，带着铁一般的颜色，孤独然而傲岸地面对着一片空阔。这是夏多布里昂在五十五岁时自己做出的选择，他费了不少的周折方才得到这几寸土地。

人们告诉他，1768 年 9 月 4 日，“预告秋分的狂风掀起的海浪发出阵阵咆哮”，盖住了他降生时的“哭叫声”，他认定这惊心动魄的景象预示了他一生的命运。1848 年革命的枪炮声震动了巴黎，他所反对的七月王朝垮台了，他只能说一声“干得好”，却不能出去看一看——他太老了。夏多布里昂于 1848 年 7 月 4 日去世。他生于风暴，死于风暴，八十年的人生旅途走得不容易，他想用文字为自己立一座纪念碑，是为《墓中回忆录》。岁月的风暴可以扫除许多东西，却似乎盖不住他从坟墓中发出的管风琴般雄浑的声音。他这本从酝酿到写作历时四十年的著作题为《墓中回忆录》，如果不是出于狂妄，那就是出于一种巨大的信心，相信活人会倾听他这个死人的诉说，继续接受他的文字的魅惑。

夏多布里昂不止一次提醒他的读者，他们听见的乃是一个死去的人在讲述他和世界、和历史的纠葛，他的《墓中回忆录》乃是他“用尸骨和废墟造就的一座建筑”。他在谈到幼年受到死亡的诱惑时，这样写道：“那些看到这一幅幅图画而心绪纷乱并且企图仿效这种种疯狂的人，那些因我的空想而喜欢我的《墓中回忆录》的人，应该记住他们听见的是一个死人的声音。”他在《墓中回忆录》快结束时，又写道：“读者，想象一下这些图案吧。绘制它们的这双手绝不会伤害你们，它们已经干枯了。记住，当你们看见这些图案的时候，它们不过是一个画家在其坟墓的拱顶内里随意涂抹的涡饰罢了。”他曾在 1833 年和 1848 年分别为《墓中回忆录》写过序言，都明确表示希望《墓中回忆录》在他死后五十年出版。他不想生前出版这部《墓中回忆录》，其原因有二：“首先，我会不那么坦率，不那么真实，这由不得我；其次，我始终想象我是坐在我的棺材里写作的。”总之，他不愿意“压住这个发自坟墓的遥远的声音”，因为“我更喜欢在棺材里头说话，我的叙述将伴随着那些因发自坟墓而具有某种神圣性的声音”。这部《墓中回忆录》就是他的坟墓，他的棺材，他唯一能够长久地享受宁静的地方。

活人写作，死人说话，这不是矫情，不是作态，也不是故作惊人语，这是他内心的需要，他需要在泯除一切个人恩怨的平静中对历史和人生做出解释和思考，他也需要在纠结着现实和想象的空间里用文字来创造自己的生平。他在执笔撰写《墓中回忆录》的时候，已经清醒地意识到，他是在两个世纪之交“扎进翻腾浑浊的水中”的，他游离旧岸是带着“遗憾”，而怀着希望游向的新岸却是一个“未知的岸”。旧岸已经永远地消失，然而他却没有片刻忘怀；新岸已经呈现在眼前，然而他看见的却是“新的风暴”。这个用言语和行动为了一个他并未心仪的事业和一些他并不崇敬的人奋斗了一生的人，终于怀着解脱和依恋的心情说：“明天的景象已与我无关，它呼唤着别的画家：该你们了，先生们。”他给世人的遗言，说得轻松又沉重，多么像活人作死人忆：“我的窗子开着，朝西对着外国使团的花园。现在是早晨六点钟，我看见苍白的、显得很大的月亮，它正俯身向着残老军人院的尖顶，那尖顶在东方初现的金色阳光中隐约可见，仿佛旧世界正在结束，新世界正在开始。我看得见晨曦的反光，然而我看不见太阳升起了。我还能做的只是在我的墓坑旁坐下，然后勇敢地下去，手持带耶稣像的十字架，走向永恒。”他还活着，可是已经告别了世界。假使他用语言为自己建立了一座丰碑的话，他却并不想活着的时候亲眼看见它，他知道，《墓中回忆录》将是一个年迈的勒内回首走过的道路而留下的痕迹，读者将时刻看见一个拿着笔的龙钟老人在体验着文字的创造。对于四十年间不倦地写作《墓中回忆录》的夏多布里昂来说，生命不再是叙述的对象，文字不再是生平的载体，文字和人生已经合而为一。以考证对《墓中回忆录》，以阅读对《墓中回忆录》，人们将得到两本不同的书：一本是实录，一本是创造；一本是历史，一本是艺术。前者或有夸张不实之处，往往为人诟病；后者则创造了想象的奇迹，放射着史诗的美。

瑞士作家拉缪论及夏多布里昂，有言曰：“一个人想成为什么，也许比他是什么更为重要。”人与文的不尽重合，甚至分裂，这也许是从事精神创造活动的人的特权吧。

莫洛亚在《夏多布里昂传》中认为：“那些在独特而偏僻的地方为自己准备坟墓的人，或者是些非常傲慢的人，或者是些渴望安静和休息而备受折磨、灵魂分裂的人。”夏多布里昂两者都是。他生在一个衰而复振的贵族之家，可惜是个次子，世袭的特权大多被哥哥占了去，贵族的荣誉感和对君主的忠诚却被他牢牢地继承了下来。他尚稚嫩的心灵已经受到忧郁和孤独的袭击，当他和姐姐吕西尔“出神地谈起孤独”的时候，她对他说：“你应该描绘这一切。”他描绘了，而且终生不疲。在告别贡堡前往巴黎的时候，在穿越大西洋的航船上，在尼亚加拉大瀑布的面前，在印第安人的废墟中，在参加勤王军的行军和战斗中，在流亡伦敦贫病交加的困境中，在驻伦敦、柏林、罗马大使的任中，在维罗纳会议的谈判中，在觐见查理十世的旅途中……他内心纠缠不去的是忧郁和孤独的情怀，他描绘了这一切。他有过文学上的辉煌、政治上的成功，还有显然被他夸大了的军旅生涯中的壮举，然而更多的是挫折、失败和幻灭。他对传统有根深蒂固的留恋，他对民族的光荣有刻骨铭心的记忆，他对精神的自由有百折不挠的追求，然而他生在一个转折动乱、除旧布新的时代，他不能接受专制和恐怖，他投入了一场他明知必然失败的斗争。忠也罢，愚忠也罢，他得到了道义感的满足。然而他始终得不到内心的平静，感情的风暴在胸中酝酿，野心的阴云在头脑中积聚，想象力的洪流在全身涌动，最后一一化解在废墟、落日、坟墓、荒原等死亡的意象之中。逝者如斯，荣华不再，唯有慨叹而已。内心的冲突，感觉的矛盾，理想和现实的反差，造成了他的忧郁。他描绘了忧郁，他也创造了忧郁。他和斯达尔夫人一起成为法国浪漫主义运动的源头：她出之以观念，他则出之以形象。

夏多布里昂说："从本性上说，我是个共和派；从理智上说，我是个保王党；从道义上说，我是个波旁派。如果我不能保留正统的君主制，比诸一个不知谁生下来的杂种君主制，我远更喜欢民主制。"这样的表白无论真实与否，都有其动人之处，所以动人，乃是因为这是一个有思想、有信仰、有感情、有想象力并且付诸行动的人常会面临的窘境。比诸他的爵位，他更愿意自己成就一个名声；比诸他曾经崇拜的拿破仑，他更倾心于辛辛那提的农夫华盛顿；比诸金钱和地位，他更看重思想的自由和批评的权利。他的本性是独立不羁，是自由，是怀疑，所以他是一位痛苦的诗人。他的理智是光宗耀祖，是传统，是信仰，所以他是一位精神的卫道士。他的道义是尊卑有序，是忠诚，是正统，所以他是一位极端的政治家。然而，本性、理智和道义常常是矛盾的，诗人、卫道士和政治家三者的相遇使他成为一个极其复杂的人，并且毕生承受着内心冲突的折磨。感情上的浪漫主义，理智上的现实主义，带给他的是精神上的痛苦，感情上的狂热，行动上的鲁莽，政治上的迂阔和生活上的清贫。他赞颂基督教的诗意和美，他用永恒的时间之光照亮了废墟，他为忧郁孤独的情怀打开了宣泄的闸门，他为怀旧的幽思注入了悲剧的崇高，他在动乱的时代中开辟了一个可供冥思玄想的角落，他在古典和现代的转换中保留了延续的脉络，所有这一切都出之以辉煌的、雄浑的、金属般的、富有魔力的、直叩人们心灵的文字。他因此获得了“魅惑者”的雅号，然而这个雅号中却包藏着巨大的危险。他往往被指责为“虚假”“做作”“妄自尊大”等等。马克思说：“如果说这个人在法国这样有名，那只是因为他在各方面都是法国式虚荣的最典型的化身，这种虚荣不是穿着18世纪轻佻的服装，而是换上了浪漫的外衣，用新创的辞藻来加以炫耀；虚伪的深奥，拜占庭式的夸张，感情的卖弄，色彩的变幻，文字雕琢，矫揉造作，妄自尊大，总之，无论在形式上或在内容上，都是前所未有的谎言的大杂烩。”他指责“尊贵的夏多布里昂”“用最反常的方式把18世纪贵族阶级的怀疑主义和伏尔泰主义同19世纪贵族阶级的感伤主义和浪漫主义结合在一起”。马克思的这种辛辣的抨击乃是出于现实斗争的需要所激起的政治上的嫌恶，当他认为夏多布里昂是“沙皇亚历山大的工具”“俄罗斯的奸细”的时候，当他断定夏多布里昂不是“得到了亚历山大·巴甫洛维奇的‘现金’”，就是“简简单单地被阿谀奉承收买了”的时候，他不会给文学留下足够的、可以呼吸的空间。这一切都是因为夏多布里昂在维罗纳会议上的表现。他在这次会议上出尽了风头，自作主张地为法国争取独力解决西班牙危机的机会：出兵解救菲力普七世，镇压西班牙共和党人。他一俟当上外交部部长，便立即将他的计划付诸实施。这既是为了法兰西的荣誉，也是为了个人权力欲的满足，尽管夏多布里昂在他不无骄傲地唤作“我的西班牙战争”之后不久即成了宫廷斗争的牺牲品，被政敌赶出了内阁。马克思如此严厉地谴责夏多布里昂，自有他独特的理由。然而，马克思毕竟没有忘记指出 ：“自然，从文风上来看，这种结合在法国应当是件大事……”

《墓中回忆录》是夏多布里昂费四十年之功不断增删、不断磨砺的精心之作，也是他不断征求意见、不断进行修改、寄托了全部传世的希望的名山之作。雷卡米夫人在森林修道院小住的时候，她的客厅里每天晚上聚集了十余位具有足够的影响力和判断力的各界顶尖人物，他们是来聆听夏多布里昂刚刚完成的《墓中回忆录》片段的。夏多布里昂坐在一旁，他不敢自己读，害怕过于激动，他只是微笑着倾听别人的赞扬或批评。消息不胫而走，赞美之词也频频见诸报端。虽然他已决定死后五十年出版，却也很快就有了买主。这也许是一种售稿策略，但也的确是使其文字趋于完美的一种方式。夏多布里昂在写作方面从来就是从善如流的，他不在这里表现他的傲慢。他终于把他的《墓中回忆录》筑成了一座绝美的坟墓，实践了他对人的劝告 ：“你们喜欢光荣吗，那就细心经营你们的坟墓吧。”

夏多布里昂曾经把《墓中回忆录》称作“我生活的时代之史诗”。《墓中回忆录》不但具有史诗的规模，而且具有史诗的气魄，更具有史诗的神髓。夏多布里昂不是在讲他个人的故事 ；他的痛苦，他的欢乐，他的忧郁，他的激情，他的沉思冥想，都是在法国、欧洲甚至世界的宏阔的历史背景上展示的，具有一种辽远深沉的时空感。他去布拉格觐见流亡中的查理十世，城堡在一座高高的山丘上，他写道 ：“我一步步往上走，城市也在我下面渐渐展开。历史的交织，人的命运，王国的毁灭，福音的意图，纷纷涌上我的记忆，与我的个人命运的回忆混为一体。探索过一座座死去的废墟之后，我又被召去目睹一座座活着的废墟。”在夏多布里昂的笔下，废墟体现着过去的时间，当它与人的目光接触的时候，它又和现在的时间联系了起来。因此，废墟比尚存的完好建筑具有更深的意蕴和美。他赞颂自然界和人世间的宏伟深邃的东西，例如大海、高山、长河、森林、莽原、风暴、落日、黄昏、黑夜、古堡、教堂、金字塔等等，在人的身上，则是惊天动地的事业、胜利的进军或悲壮的败退，是伟大、强悍、坚忍不拔甚至朴实无华的性格。他反对拿破仑的专制，指责他“背叛”了自由，却钦佩他的气魄和毅力，并以同情赞赏的笔调描绘了他在圣赫勒拿岛的孤独。然而相比之下，他更倾心于淳朴的华盛顿“这位新型的英雄”，因为，“华盛顿是他那个时代的需要、观念、光明和舆论的代表；他不是阻挡而是支持精神的运动；他求他之所应求，完成他被召唤去完成的事情，所以他的事业是前后一致的，永生永存的。这个人很少使人震惊，因为他掌握着正确的尺度，他把个人的生命和国家的生命融为一体。他的光荣乃是文明的胜利，他的名字有如一处公共的圣地，流淌着丰沛的、永不枯竭的泉水”。他的拿、华异同论以古今的分野为视角，极具史诗的风采，亦深得史诗的精神。《墓中回忆录》的史诗美得之于夏多布里昂对时代转型的自觉，一种不因个人信仰而闭目塞听的自觉。

少年雨果曾立下这样的宏愿：“要么成为夏多布里昂，要么一无所成。”他后来以一支笔面对第二帝国的皇帝拿破仑三世，洋溢着一种大无畏的英雄气概，其时未必不会想起少年时奉为楷模的夏多布里昂。巴尔扎克在放在卧室里的拿破仑塑像的底座上写下这样的豪言壮语：“他用剑未完成的事业，我用笔完成。”他们都相信文字的力量，相信文字不仅可以描写、再现自然，也可以与自然竞争，甚至超越自然，又反转来创造一个新的天地。夏多布里昂描绘他没有到过的地方的风景或者他到过的地方并非实有的风景，介绍并刻画他并未真正见过的人物，这一方面见出他的想象力之丰富，另一方面未尝不是文字的力量使他认为他可以创造出一片风景和一个人物。站在文学的立场上，这原是无可指责的。夏多布里昂说他的《论波拿巴和波旁王室》这本小册子使路易十八得到的好处胜过十万军队的威力，虽说几近夸张，却也说明文字在他的心目中具有何等崇高的地位。一个文人，敢于以手中那支轻而易折的笔对抗统领百万大军的独裁者，义无反顾地捍卫他自己都以为必亡无疑的君主制，他如何能不相信语言的力量？夏多布里昂自比拿破仑，除了夸大了自己在政治上的作用之外，倒是没有什么可以嘲笑的。“拿破仑在政治上称霸，我则在文学上称霸。”“我喜欢感觉到他的利爪。”此类的豪言壮语即便有些虚张声势的味道，究竟不失无畏者的风采：他敢于平视拿破仑。夏多布里昂以勒内的形象为19世纪的精神苦恼做了诊断，患上了“忧郁”这种世纪病的绝不仅仅是失去了特权的贵族青年，这是所有不满于平庸、有思想、有才智的人在资产阶级新世界中的共同感觉。确定世纪病的病症，创造具有划时代意义的性格典型，开创以浪漫主义为特征的新的时代精神，夏多布里昂用文学，特别是用文学中的散文形式完成了这一革命性的转化。可以毫不夸张地说，夏多布里昂前所未有地提高了文学在社会生活中的地位，特别是散文在文学各门类中的地位。晚年的爱德蒙·德·龚古尔在《日记》中表示，他愿意拿人之初以来的所有诗篇来换取《墓中回忆录》的头两卷，这两卷写的是作者的童年和青年时代、美洲之行、文学活动、与拿破仑的会见和敌对，的确是集中了全书大部分最有光彩的篇章。

《墓中回忆录》的文笔历来为人称道，长期以来一直被奉为法国散文的典范，即便那些指责他“做作”“自大”“目空一切”的人也往往因其文字的美而感到恼火。夏多布里昂曾因《阿达拉》《勒内》《美洲游记》《基督教真谛》等著作而被称为“魅惑者”，除了“一切全新：山川，人物，色彩”之外，文字的魔力也是一个重要的原因，而文字的魔力除了来自语言的新奇、组合的大胆等修辞手段之外，行文的节奏和词语的响亮是一个更为重要的原因。如果将作品分为用眼睛读的和用耳朵读的两类，夏多布里昂的作品无疑是属于后者。福楼拜甚至认为，评价一本书，要看它能否大声朗读：能就是好书，否则就一文不值，因为“没有节奏”。福楼拜一日朗读《殉道者》，就从中听见了“长笛小提琴二重奏”。《墓中回忆录》是有节奏的，而且用词响亮，最宜于高声朗诵，有天风海雨惊心动魄之感。有节奏还意味着和谐，《墓中回忆录》是和谐的，和谐中有句子的运动，应和着情绪的变化。风景的描绘在他那里不是静态的，也不是客观的，更不是僵死的。一切都经过了想象力的安排和布置，犹如一幅幅层次丰富、纵深幽迥的油画，在视觉的陶醉中向心灵发出呼唤，具有一种强大的暗示的力量。夏多布里昂是写景写情的圣手：于景，他并不在细部流连，他的笔是一把大刷子，注意经营阔大深远的景观；于情，他的笔则变成了一根锐利的探针，感情的任何细微的皱襞都一一触及。夏多布里昂的散文具有一种大河奔涌的宏阔气势，然而在雍容中也能露出讥讽的锋芒。他也许是能在浪漫主义的激情中保持冷静的唯一的作家，他有着古典主义的均衡感。

这里奉献给读者的是一部选集，其量仅当全书的八分之一。不敢说是“项上一脔”，然意在精彩也。

郭宏安

1995年4月，北京

MÉMOIRES D'OUTRE-TOMBE

我的出世

我母亲在圣马洛生下第一个男孩，还在摇篮里就死了，他叫乔弗鲁瓦，家族里的长男几乎都叫这个名字。这个儿子之后又有一个儿子和两个女儿，都只活了几个月。

这四个孩子死于脑出血。我母亲终于生了第三个男孩，叫让–巴蒂斯特，他后来成了德·马尔泽尔布[1]先生的小婿。让–巴蒂斯特之后，有四个女儿出生：玛丽–安娜、贝尼涅、朱丽和吕西尔。她们都有一种罕见的美，只有两个大的幸存于革命的风暴之后。所有的装饰都过时了，只有美这种严肃的装饰留下。我是这十个孩子中的最后一个。我父亲希望有第二个男孩确保他的名姓无虞，大概我四个姐姐的出生就得力于此。我迟迟不来，我憎恶生活。

下面是我的领洗证书：

1768年圣马洛镇户籍簿。

[1] 法国政治家（1721—1794），有功于新闻自由和《百科全书》的出版，大革命中被处决。（本书注释如无特殊说明，为译者注。）

弗朗索瓦–勒内·德·夏多布里昂，勒内·德·夏多布里昂及其配偶波丽娜–雅娜–苏珊娜·德·博代之子，生于1768年9月4日，次日由我，圣马洛的代理主教彼埃尔–亨利·努阿依取教名。其兄让–巴蒂斯特为教父，热尔特律德·德·孔塔德为教母，他们签了字；父亲亦签了字。签字的共有：孔塔德·德·普鲁埃，让–巴蒂斯特·德·夏多布里昂，布里农·德·夏多布里昂，德·夏多布里昂和代理主教努阿依。

可见我在作品里弄错了：我说我生于10月4日，其实是9月4日；我的名字是弗朗索瓦–勒内，不是弗朗索瓦–奥古斯特。[1]

那时，我的父母住的房子坐落在圣马洛一条阴暗、狭窄的街上，那条街叫作犹太人街，那座房子如今已改成旅店。我母亲分娩的那间屋子下临一段废弃的城墙，透过窗户，可以看见一望无际的、在礁石上撞得粉碎的海浪。在领洗证书上可以看到，我的教父是我的哥哥，我的教母是德·孔塔德元帅的女儿德·普鲁埃伯爵夫人。我出世的时候，差不多是死的。预告秋分的狂风掀起的海浪发出阵阵咆哮，盖住了我的哭叫声。人们常常跟我讲起这个细节，其惨相永远留在我的记忆之中。每当我想象我曾是什么样子，我就在脑海里看见我出生的那块悬崖、

[1] 先于我二十天，1768年8月15日，在法国的另一端，另一个岛上诞生了一个人，他结束了旧社会，他就是波拿巴。——作者原注

我母亲赋予我生命的那间屋子、其吼声催我第一次入眠的那阵风暴和我那倒霉的哥哥——他给了我一个几乎总是被我拖入不幸之中的名字。苍天好像集合了这种种不同的景象，在我的摇篮里放进一个我的命运的形象。

1811 年 12 月 31 日，狼谷

我是一个坏学生

我一出娘肚子，就遭受了第一次流放：他们把我送到普兰古埃，位于迪南、圣马洛和朗拜尔之间的一个美丽的小村子。我母亲的唯一的兄弟，德·博代伯爵在村旁修建了一座城堡，叫作“妙选”。我母亲那边的祖产一直延伸到克尔瑟勒镇，恺撒的《高卢战记》称之为“库里奥索里特”。我的外祖母早已守寡，和她的姐姐德·布瓦戴耶小姐住在旁边一个小村子里，有桥和普兰古埃相连，人称“修道院”，因为那里有一座本笃会修士的修道院，是献给圣母纳扎莱特的。

我的奶娘不生育，另一个女基督徒喂我奶吃。她把我献给了村庄的保护主圣母纳扎莱特，向她许诺我为了她穿蓝色和白色的衣服直到七岁。我才活了几个钟头，时间的重力已在我的额上打下了印记。为什么不让我死？因为天主已决定恩准无知者和无邪者的愿望，保留无谓的盛名可能危及的岁月。

布列塔尼农妇的这种许愿本世纪已不再时兴；不过，那毕竟是一件令人感动的事情，一位神圣的母亲介入孩子和上天之间，分担人世的母亲的关怀。

三年后，他们把我送回圣马洛。我父亲收回贡堡的土地也已七年了，他想重新回到他的祖先曾经居住过的领地上。他不能谈判已归于古雍家族的庄园波福尔，也不能谈判已落入孔岱家族的夏多布里昂男爵领地，于是就把目光转向贡堡（福华萨[1]写作 Combour）——我家的几支都通过和科艾特康家的婚姻拥有过它。贡堡在诺曼底和英吉利的进军中保卫过布列塔尼，它是多尔的主教冉肯于 1016 年修建的，主塔建于 1100 年。德·杜拉元帅是因为妻子才拥有贡堡的，他的妻子叫玛可劳薇·德·科艾特康，是夏多布里昂家的人。他和我父亲谈妥。德·阿莱侯爵是王家卫队掷弹骑兵队的军官，也许因其勇敢而太有名了，乃是科艾特康-夏多布里昂这一支的最后一人。德·阿莱先生有一个兄弟。元帅作为我们的姻亲，后来把我哥哥和我引荐给路易十六。

家里是让我进王家海军的。对于每一个布列塔尼人来说，远离宫廷是自然而然的，对我父亲来说尤其如此。我们的贵族身份更在他身上加强了这种感觉。

我被送回圣马洛的时候，我父亲正在贡堡，我哥哥在圣布里厄克中学，我的四个姐姐在我母亲身边。

我母亲的全部感情集中在她的长子身上。不是她不爱其他的孩子，而是她对年轻的德·贡堡伯爵表现出一种盲目的偏爱。的确，我作为男孩，最小的孩子，骑士（人家这样叫我），比我的姐姐们有些特权；然而说到底，我还是被丢在仆人的手里。再说，我的母亲很有思想，很有德行，忙于社会事务和宗教职责。我的教母德·普鲁埃伯爵夫人是她的密友。她也去看望莫

[1] 法国历史学家（约 1337—1400）。

佩尔杜依和特吕波莱神甫的亲戚。她喜欢政治、消息、社交界，因为在圣马洛，人们搞政治就像萨巴的僧人在塞德龙河谷[1]搞政治一样。她热情地投入拉沙罗太事件之中。她把一种好责骂的脾气、心不在焉的想象、精打细算的精神带进家里，起初使我们认不出她那些令人钦佩的品质了。说是秩序井然，可她的孩子们被管得杂乱无章；她本来慷慨大度，看起来却是吝啬小气；她原本性情温和，却老是责骂训斥：我父亲是仆人们的恐怖，我母亲却是灾难。

从我父母的这种性格中产生了我一生中最初的感情。我依恋那个照顾我的女人，一个叫维尔纳福的善良女人，我此刻写她的名字，心中涌动着感激之情，眼睛里含着泪水。维尔纳福类似家里的管家，她抱着我，偷偷地给我她能够找到的东西，给我擦眼泪，吻我，把我丢在一个角落里，回来抱我的时候总是嘟哝着：“这一个可不会盛气凌人！他心肠好呀！一点儿都不嫌弃穷人！来吧，小家伙！”接着，她就给我好多葡萄酒和糖。

我对维尔纳福的小孩子的好感很快便被一种更为相称的友情压倒了。

吕西尔是我的四姐，比我大两岁。她是最小的女儿，备受冷落，首饰全是姐姐们扔了不要的。想象一下吧：一个瘦弱的小姑娘，对她的年龄来说长得太高，胳膊的动作很不灵活，神情腼腆，说话困难，什么也学不会；给她的裙子是照着别人的

[1] 《圣经》故事，最后审判的号角在此吹响。

身材做的，凸纹布的上身裹着她的胸，凸起的部分把她的胸两侧都磨破了；您再用一条裹着棕色绒布的铁项圈让她的脖子挺直，再把她的头发盘在头顶，戴上一顶黑布无边女帽，您就会看到在我回到父亲的屋檐下时使我感到震惊的那个可怜人儿了。在孱弱的吕西尔身上，谁也想不到有朝一日大放光彩的那种才能和美。

她像个玩具任我摆布；我可一点儿不曾滥用我的权力，我没有让她服从我的意志，我反倒成了她的保护者。每天早晨有人把我和她送到古帕尔嬷嬷那里，那儿有两个身穿黑衣的老罗锅，教孩子们念书。吕西尔念得很差，我念得更坏。她们训斥她，我就抓她们，她们就向我母亲大告其状。我开始被视为废物、反抗者、懒鬼、一头驴。这些看法进入我父母的头脑里，因为我父亲说过，夏多布里昂家的所有骑士都曾经是追兔子的、酒鬼、好吵架的。我母亲则叹气，看见我的乱糟糟的夹克衫就埋怨。我还是个孩子，可我父亲的话就已经让我反感；当我母亲先是指责我然后就称赞她称为卡图[1]、英雄的我那哥哥的时候，我就感到人们似乎料定我会干的一切坏事我都能干出来。

我的写字老师戴斯普雷先生头戴水手假发，对我的不满意不下于我的父母。他让我根据他提供的样本无休止地抄写这两句诗，我讨厌这两句诗倒不是因为里面有语言错误：

我的精神呀，我是想跟你谈谈：

[1] 古罗马政治家，祖孙有大小卡图之称。

你有一些我不能隐瞒的缺陷。

他的指责还伴有拳头，他一边打我的脖子，一边叫我“tête d’achocre”；他是想说“achore”[1]吗？我不知道“achocre”的头是什么意思，我想总是很可怕吧。

圣马洛只是一堵悬崖。它从前崛起于一片咸水沼泽之中，由于海水的侵入而变成一个岛，在907年，海湾形成，波涛中也耸立起圣米谢尔山。如今，圣马洛悬崖和陆地只有一道堤相连，那道堤很诗意地叫作“犁沟”。犁沟的一侧直接受到大海的攻击，另一侧则受到海流的冲刷，海流转而进入海港。1730年，一场风暴几乎将它彻底摧毁。退潮时，海港干涸，大海的东缘和北缘露出一片沙滩，那沙子是最好的。那时可以去我的老家看看。近处和远处，散布着一些悬崖、要塞、无人居住的小岛——王家要塞、孔舍、塞臧波勒和格朗贝，那里将是我的坟墓——我选得好，然而并不知道：在布列塔尼方言中，“贝”的意思是“坟”。

在犁沟的尽头竖了一座耶稣受难像。海边有一座沙丘，这座沙丘叫作霍盖特，上面有一个旧绞刑架，其支柱我们用来做抢四角游戏，我们还和水鸟争夺这些支柱。不过，我们待在这个地方并非没有感到某种恐怖。

那里也是牧羊的沙丘会聚的地方，那些沙丘被称作“蜂蜜”；左边有帕拉美山脚的草场，通往圣塞尔万驿站的大路，新

[1] 在希腊文中，这个词有“脓疱病”的意思。

公墓，一座耶稣受难像，丘顶上几座磨坊，就像艾莱斯朋托斯[1]入口处阿喀琉斯墓上的那些磨坊一样。

1812年1月，狼谷

[1] 达达尼尔海峡的古称。

跟两个小水手打架

我说过，我的坏名声开始于针对吕西尔的老师的为时过早的反抗，现在，它要由我的一个同伴完成了。

我的叔父，普莱西的德·夏多布里昂先生像他的兄弟一样，定居在圣马洛，也像他的兄弟一样，有四个女儿和两个儿子。这两个表兄弟（彼埃尔和阿尔芒）先是跟我在一起玩耍，后来彼埃尔成了王后的侍从，阿尔芒被送进中学，准备当教士。彼埃尔不当侍从后进了海军，淹死在非洲近海。阿尔芒被关在中学里很久，于1790年离开法国，整个流亡时期都在服役，乘小艇在布列塔尼沿海做过二十次大胆的航行，最后于1810年耶稣受难日那一天为了国王死在格勒耐平原上，这我已说过，我谈到他的遇难时还要说及。

没有两个表兄弟跟我玩，我又认识了一个新伙伴。

我们那栋公寓的第三层住着一位叫杰斯里的绅士，他有一个儿子和两个女儿。这个儿子所受的教育与我不同。他是一个受宠的孩子，所作所为一律受到称赞。他只喜欢打架，尤其喜欢怂恿别人打架而他来充当裁判。他向带着孩子散步的女仆们搞些恶毒的鬼把戏，传出去的却是他的玩笑让人变成了卑劣的罪孽。他父亲对什么都一笑置之，“约松”于是更受宠爱。杰斯里成了我的好朋友，对我有一种难以想象的巨大影响。在一个这样的主人的手下，我获益不浅，尽管我们的性格完全相反。我喜欢个人玩的游戏，从不跟别人找碴儿吵架；杰斯里酷爱闹哄哄的娱乐，在孩子们的斗殴中兴高采烈。某个顽童跟我说话，杰斯里就对我说：“你能容忍？”听见这，我认为我的名誉受到伤害，立刻朝那个胆大妄为的家伙的眼睛打去——他的身材和年龄都无所谓。我的朋友在一旁观战，为我的勇敢叫好，但是一点儿忙也不帮。有时候，他把碰见的顽童们集合成一支大军，把他的兵分成两伙，我们就在海滩上用石子儿打起来。

杰斯里创造的另一种游戏看起来更加危险。涨潮的时候，起风暴的时候，在大海滩的那边，海浪猛击古堡的墙脚，直溅到主塔上。塔基以上二十尺[1]的地方，有一道花岗岩的护墙，又窄，又滑，又倾斜，通向防护着壕沟的半月形城堡。这游戏是在两次浪的间隙，在海水撞在墙上溅在塔上之前，穿过危险的地带。如山的水咆哮着涌来，迟一分钟，就会把您卷走，或者把您挤在墙上粉身碎骨。我们没有一个人拒绝冒险，然而我看见有的孩子在冒险之前脸色煞白。

这种怂恿别人打架而自己袖手旁观的天性，使人想到杰斯里日后不会表现出很慷慨大度的性格。然而正是他，在一个小些的舞台上，也许已经使雷古鲁斯[2]的英勇失色，他的光荣只缺

[1] 书中的尺为法尺，每法尺约合 325 毫米。
[2] 古罗马政治家、军事家，公元前 2 世纪人。

少罗马和李维[1]。他成了海军军官，参与了奎博龙[2]事件。事后，英国人继续炮击共和军，杰斯里跳进大海，游至战船，对英国人说停止炮击，告诉他们发生了不幸和流亡者的投降。他们想救他，抛给他一条绳索，恳求他上船，他在大浪中高喊“我已说过我是俘虏”，然后转身游回岸边。他和松布勒及其伙伴一起被枪毙了。

杰斯里是我的第一位朋友，我们两个童年时都名声不佳，但我们都直觉到有朝一日我们会大显身手的，这使我们结成了友谊。

有两件事结束了我的故事的第一部分，并且使我的教育方式产生了重要的变化。

一个礼拜日，涨潮时分，我们正在沙滩上，在圣托马斯门的扇形地带。古堡墙脚，沿着犁沟，有一些粗大的木桩深埋进沙里，保护着墙，抵抗海浪的冲击。我们通常爬上木桩，看最初的潮水在脚下涌过。像平时一样，地方都被占据了，男孩中间还有几个女孩。我站在靠海最近的地方，前面只有一个漂亮的小姑娘，叫艾尔维娜·马贡，她快乐得直笑，又害怕得直哭。杰斯里在陆地的一端。浪来了，伴着风；女仆们和男仆们已经喊起来了：“下来，小姐！下来，先生！”杰斯里等着一个大浪；当浪冲进木桩之间的时候，杰斯里就把坐在身边的一个孩子一推，这个孩子倒在另一个孩子身上，那个孩子又倒在下一

---

[1] 古罗马历史学家（公元前59—公元17），著有《罗马史》。

[2] 1795年，保王党的流亡者在松布勒等人的策动下于此地发动叛乱，后被共和军镇压。

个孩子身上，整个一串像多米诺骨牌一样倒下，但是又一个抓住一个，只有头上的那个小女孩，我倒在她身上，而她没有任何依靠，掉下去了。退潮时海浪把她卷走，立刻响起一片大呼小叫，所有的女仆都卷起裙子，跳进海里乱抓一气，各人抓住自己的小家伙，打一巴掌。艾尔维娜被捞起，可她说是弗朗索瓦把她推下去的。女仆们扑向我，我挣脱了，我跑进家里的地窖，筑起屏障；娘子军还在追我。幸亏我母亲和我父亲出门了。维尔纳福英勇地守住大门，给敌人的先锋几个耳光。真正的罪魁祸首杰斯里也给我支援：他上楼回到家里，和他的两个姐姐一起，从窗口向进犯者泼水，扔煮熟的苹果。入夜，她们解除了包围；但是，这个消息在城里传开，年仅九岁的德·夏多布里昂骑士被视为残忍的人，圣徒亚伦[1]从悬崖上清除的那些海盗的余孽。

还有另一件事：

我和杰斯里去圣塞尔万，一个镇子，与圣马洛只隔着商港。为了在退潮的时候到达，我们通过一些狭窄的石板桥蹚水过去，这些桥涨潮的时候就不见了。陪同我们的仆人远远地跟着我们。我们看见一座桥头上有两个小水手迎着我们走来，杰斯里对我说："我们让这两个无赖过去吗？"他立刻对他们喊道："下水吧，鸭子！"那是两个小水手，听不得玩笑，继续往前走。杰斯里后退了。我们站在桥头，捡起卵石，朝他们头上扔去。他们朝我们扑过来，我们不能不后退，他们也捡起石头，逼得我

[1] 《圣经》人物，摩西的哥哥。

们直退至后备队，即我们的仆人。我不是像霍拉旭[1]一样，被打在眼睛上，而是被打在耳朵上：一块石头打在左耳上，打得那么狠，耳朵撕开了一半，耷拉在肩膀上。

我一点儿也不想我的疼痛，我想的是回家以后。当我的朋友跑了一天带回去一只肿了的眼睛、撕破的衬衫，会有人同情他，抚爱他，娇惯他，给他换新衣服；然而在同样的情况下，我却会受到惩罚。我挨的打是很危险的，不过法兰西[2]未能说服我回去，我实在是给吓坏了。我藏在家里的第三层楼上，在杰斯里家里，他用手巾给我包了头。这块手巾让他来了劲：他觉得那是一顶主教冠，他把我变成了主教，让我跟他和他的姐姐们一起唱大弥撒，直到晚饭的时候。这时主教大人不能不下楼了，我的心怦怦直跳。看见我面容憔悴，满脸是血，我父亲大为惊讶，但没有说话；我母亲叫了起来；法兰西讲了我的惨状，为我开脱，但我并未因此少挨骂。他们为我包扎耳朵，德·夏多布里昂先生和夫人决心让我尽早和杰斯里分开。

我不知道德·阿尔杜瓦伯爵[3]是不是这一年到圣马洛的，人们为他表演了海战。我站在火药库的棱堡上面，看见年轻的亲王在海边的人群中。在他的辉煌和我的暗淡之中，有多少不为人知的命运啊！这样，如果我没记错的话，圣马洛只见过两位法国国王：查理九世和查理十世。

这就是我的幼年的图景。我不知道我所接受的严酷的教育

[1]《哈姆雷特》剧中人物。

[2] 仆人的名字。

[3] 后为查理十世。

原则上是不是好的，然而它是我的亲人采取的，不是存心如此，而是出于他们的自然的禀性。可以肯定的是，它使我的思想不那么像其他人的思想；更可以肯定的是，它使我的感情具有一种忧郁的特性，这种忧郁在我是产生于一种习惯，习惯于在软弱、盲目和快乐的时候痛苦。

有人会问，这种教育我的方式能够导致我憎恨生我的人吗？否。回忆起他们的严格在我几乎是一件快事，我重视和尊敬他们的优秀的品质。我父亲去世的时候，我在纳瓦尔团队的战友们可以证明我的悲痛。我生命中的慰藉得之于我的母亲，因为我的宗教信仰来之于她；我从她的口中接受了基督教的真理，正如彼埃尔·德·朗格尔夜里在一座教堂里借着燃烧在圣体前的灯光学习一样。更早地让我投入学习会更好地发展我的智力吗？我怀疑。那些浪，那些风，那种孤独，是我最初的老师，也许更适合我天生的禀性；也许这些野蛮的教师给了我一些我自己都不知道的美德。真实的情况是，没有一种教育体系自身就优于另一种教育体系。今天孩子们更爱他们以你我相称、不再害怕的父母吗？杰斯里在家里受宠，而我在家里挨骂，可我们都是正人君子，都是温柔敬老的儿子。您认为不好的某件事情会使您孩子的才能发扬光大，您觉得好的某件事情可能扼杀这些才能。天主做的事总是好的。指引我们的是天意，它规定我们在世界的舞台上扮演一个角色。

1812 年 6 月，狼谷

布列塔尼的春天

1812年9月4日，我接到了警察局长帕斯基埃先生的通知。

局长办公室。

警察局长先生恭请德·夏多布里昂先生或于今天下午4点钟或于明天上午9点钟到他的办公室。

警察局长先生想对我说，他命令我远离巴黎。我回到迪埃普，它最初叫贝尔特维尔，后来才叫迪埃普，源于英语deep——深（锚地），这已是四百年前的事了。1788年，我随我所在的那个团的第二营驻扎在这里。住在这座城里，砖砌的房子，店铺里摆着象牙制品，这座清洁明亮的城市，让我又躲进了我的青年时代。当我漫步的时候，我看见了阿尔克古堡的废墟，遍地是残片。人们没有忘记迪埃普是杜凯纳[1]的故乡。我待在房间里的时候，就观赏大海。我坐在桌前，静观那片看着

[1] 法国著名航海者（1610—1688），海战功勋卓著。

我出生的、延至大不列颠海岸的海，我在那里经历了如此漫长的流亡。我的目光掠过海浪，这海浪将我带到美洲，抛回欧洲，又带往非洲和亚洲的海岸。敬礼，啊大海，我的摇篮和我的形象！我愿跟你讲讲我的故事的下文——假如我说谎，你那混同于我的岁月的浪将会谴责我欺骗后人。

我的母亲一直希望给予我一种经典的教育。人们让我当水手，她说："这也许不合我的意。"任何能够使我从事另一种事业的变故，她都觉得是好的。她的虔诚使她希望我决定为教会服务。所以，她建议送我进中学，学习数学、图画、军事和英语。她绝口不提希腊文和拉丁文，为了不触怒我的父亲；但是她打算先让人偷偷地教我，等我有了进步再公开。我的父亲同意了她的建议，他们说好让我进多尔中学。这座城市地处从圣马洛到贡堡的途中，这是它的好处。

在我隐居学校前的那个很冷的冬天，我们住的那座公寓失火了。我的大姐抱着我穿过大火，把我救出。德·夏多布里昂先生回到他的古堡，叫他的妻子也去：她必须春天到。

布列塔尼的春天比巴黎附近的春天温和，开花要早三个礼拜。通报春天的五种鸟儿——燕子、黄鹂、杜鹃、鹌鹑和夜莺——和留驻在阿里莫里克[1]半岛的海湾里的微风一块儿到来了。大地上覆盖着雏菊、三色堇、长寿花、水仙、风信子、毛茛和银莲花，仿佛罗马的圣约翰-德-拉特朗和耶路撒冷圣十字周围的那些荒地。林中的空地上杂生着优雅高大的蕨。种植染

[1] 现今的布列塔尼在公元前 7 世纪前称阿里莫里克。

料木和荆豆的田里，花开得正盛，仿佛金色的蝴蝶。篱笆上结满了草莓、覆盆子和堇菜，点缀着山楂花、忍冬和树莓，其棕色和弯曲的新枝上长着漂亮的叶子和果实。到处是蜜蜂和鸟儿，蜂群和鸟窝让孩子们每走一步都要停一停。在有些隐蔽的地方，香桃木和夹竹桃遍地生长，就像在希腊；无花果像在普罗旺斯那样成熟；每一棵苹果树都开着胭脂色的花，好像乡村里献给未婚妻的大花束。

在12世纪，富杰尔、莱纳、贝什莱尔、迪南、圣马洛和多尔这些地方还被贝什里昂森林覆盖，这座森林成了法兰克人和多莫耐的居民的战场。瓦斯[1]说，人们在那里看见过野人、贝朗东泉和一个金盆。一份15世纪的历史文献，《布雷西里安森林的风俗习惯》，证实了小说《鲁》。《风俗习惯》说，森林又密又广，“有四座古堡，很多美丽的池塘，美丽的猎区里没有任何有害的动物，也没有蚊蝇，两百个大树群，同样数量的泉，特别是贝朗东泉，骑士朋图斯在其周围作过战”。

如今，这地方还保留着原始的特征：纵横的沟壑树木繁茂，很有森林的样子，让人想起英吉利。这是仙女聚居的地方，你们将会看到，我的确遇见了我的女气精。狭窄的山谷中有不能航行的小河流过。山谷与山谷之间隔着荒原和成片的枸骨叶冬青的新林。沿海，是一连串的灯塔、望岗、石棚、罗马时代的建筑、中世纪的古堡废墟、文艺复兴时期的钟楼。大海包围着

[1] 法国诗人（1110—1180）。

一切。普林尼[1]说布列塔尼是“观赏大洋的半岛”。

在大海和陆地之间，展布着许多远洋的村庄，两种元素之间的不明确的分界。田云雀和海云雀比翼齐飞；犁和船相距一掷之遥，划破了土和水。航海者和牧羊人互相借用语言：水手说“白羊般簇拥的浪”，羊倌儿说“船队一样的羊群”。不同颜色的沙子、形状各异的贝壳、海藻、银色浪花的流苏，画出了麦苗的金色或绿色的边缘。记不清是在地中海的哪个岛上了，我见过一个浅浮雕像，表现的是海中仙女往色列斯[2]的裙子下部系花彩。

不过，在布列塔尼，应该欣赏的是月亮，陆上升起，海上落下。

月亮被天主选作深渊的统治者，也像太阳一样有它的云、它的气、它的光线、它的投影图；然而它不是孤独地退下，有一列星辰伴随着它。随着它从天边朝着故乡的海岸落下，它扩大了它向大海传送的寂静；它很快落入水天相交处，只露出半个脸，昏昏然倒下，消失在海浪的绵软的隆起之中。受女王左右的诸星辰，在跟着它下沉之前，仿佛先停住，悬在浪峰之上。月亮睡下了，一阵海风打碎了星座的图景，仿佛人们在隆重的仪式之后熄灭火炬一样。

1821 年 9 月，迪埃普

[1] 古罗马学者（23—79）。

[2] 罗马神话中的谷物女神。

外省的闲逸生活

我要回贡堡度过假期。

巴黎附近的闲逸生活不能使人对一个偏僻外省的闲逸生活有一个概念。

贡堡的领地上只有荒原，几座磨坊和两片森林——布尔古埃和塔诺恩，而这地方木头几乎不值钱。不过，贡堡富有封建权利，权利有多种：有一些权利决定对某些让与给予某些费用，或者确立某些源于旧政治秩序的惯例；其他的权利则似乎在开始的时候只是一些娱乐。

我的父亲恢复了几项第二类的权利，以便预先熟悉其规则。家人聚在一起的时候，我们就参与这些哥特式的消遣：最主要的三种是"鱼贩子跳"、"人像靶"和一种叫作"安茹女人"的集市。一些穿着木鞋和长裤的农民，这些旧日法国的人观看一个已经一去不返的法国的游戏。胜者有奖，败者受罚。

"人像靶"保留着骑士比武的传统，它无疑和过去各采地服兵役有些关系。这在康日（又名昆塔那）[1] 的书里有很好的描写。

[1] 法国学者（1610—1688）。

罚金须用旧铜币支付，可高达两枚有环饰的“金羊”，每枚值巴黎铸造的二十五苏。

被称作“安茹女人”的集市每年9月4日在水塘草地上举行，那一天正是我的生日。仆从必须携带武器，到古堡升起主人的旗帜；然后他们从那儿去集市，维持秩序，帮助收取付给德·贡堡伯爵的通行费，按牲口的头数交纳——这是王权的一种。这个时候，我父亲大宴宾客。人们跳舞三天：主人们在大厅，有一把小提琴吱吱嘎嘎地伴奏；仆从们则在绿院，有一支风笛哞哞地叫。人们唱啊，叫啊，进行火枪射击。这些声音和集市上的牲口的叫声混成一片，花园里和树林里的人川流不息。至少每年一次，人们在贡堡看见了某种类似欢乐的东西。

这样，我就相当奇特地进入了生活：既看见了“人像靶”的奔跑，又听见了《人权宣言》的公布；既看见了布列塔尼的一个村庄的民兵，又看见了法国的国民卫队；既看见了贡堡的贵族的旌麾，又看见了大革命的旗帜。我是封建习俗最后的见证者。

古堡接待的客人有镇上的居民和郊区的贵族，这些绅士是我最初的朋友。我们的虚荣心使我们对自己在世界上扮演的角色看得过于重要。巴黎的市民笑话小城市的市民，宫廷贵族嘲弄外省贵族，有名的人轻视无知的人——殊不知时间同样会惩罚他们的狂妄，他们在后人的眼中都同样是可笑的或无足轻重的。

当地的首户是波特莱先生，曾经做过东印度公司的船长，老是讲本地治里[1]的辉煌历史。由于他讲的时候胳膊肘支在桌子上，我父亲总是想把盘子扔在他脸上。然后是烟草经销人劳耐·德·拉·比亚尔迪埃先生，他像雅各一样有十二个孩子，九女三男，最小的叫大卫，是我一起玩耍的朋友。这位老先生在 1789 年突发奇想，成了贵族：他选得真是时候！这个家庭里有不少的欢乐和很多的债务。司法总管杰贝尔、财政检察官波狄、收税官科尔维西埃和教堂的主持沙麦尔神甫组成了贡堡的上流社会。我在雅典也没有遇见过更为有名的人物。

德·波狄-布瓦、德·沙多-达西、德·丹代尼亚克诸先生，还有一两位贵族，礼拜日来堂区教堂听弥撒，然后就到古堡主人家里吃饭。我们和特雷莫丹家来往特别密切，这个家庭有丈夫、非常美丽的妻子、一个非婚生的姐妹和好几个孩子。他们住在分成制租田上的房子里，有一个鸽舍证明其贵族身份。这个家族尚有人在。他们比我明智，比我幸福。他们始终眼望着我已离去三十年之久的古堡的塔楼。当我在他们家的餐桌上吃黑面包的时候，他们仍然做着他们一直在做的事情。他们从未离开过那个安静的地方，我却再未回去过。在我写下这些的时候，他们也许在谈论我——我把他们的名字从默默无闻中硬拉了出来，颇有自责之感。他们长时间地怀疑听人谈起的那个人就是“小骑士”。贡堡的本堂神甫塞万——我听过他的布道，也表示了同样的不相信，他不能相信那个顽童，农民的伙伴，会成为宗教的捍卫者。他终于相信了，他曾经把我抱在膝上，现

[1] 印度东南沿海城市，18 世纪曾多次成为英法争夺的对象。

在又在他的讲道词里提到我。这些可敬的人，他们在我的形象上不曾掺进任何怪异的念头，看我总是我幼年和青少年时的样子。如今在岁月的乔装改扮之下，他们还认得出我吗？在他们想拥抱我之前，我大概不得不先说出我的名字。

我总是给朋友们带来不幸。一个叫罗尔斯的猎场看守人跟我很要好，被一个偷猎者打死了。这一谋杀给我留下了不同寻常的印象。在人类的牺牲中有着怎样奇特的神秘啊！为什么最大的罪恶和最大的光荣都需要人流血呢？在我的想象中，罗尔斯手里抓着他的肠子，爬向茅屋，在那里断了气。我酝酿着复仇的念头，我真想跟凶手一搏。在这方面，我是生得与众不同：侮辱刚来的时候，我几乎感觉不到；然而它刻在了我的记忆中——回忆不会淡漠，反而会与时俱深，它整月整年地沉睡在我的心中，然后稍有动静就苏醒过来，带着一种新的力量，而我的伤痛也变得比第一天更为剧烈。然而，如果说我决不饶恕我的敌人，我也不会伤害他们；我记仇，但不报复。即便我有能力复仇，我也没有欲望，我只在不幸中才是危险的。有人以为我自制是退让，他们是错了：敌对之于我，正如大地之于安泰——我在我母亲的怀抱里重获力量。幸福一旦把我从她的怀抱里夺走，也就让我窒息了。

1812 年 10 月，迪埃普

贡堡的幻影

这部《墓中回忆录》最近的落款是1814年7月于狼谷，今天的落款则是1817年7月于蒙布瓦西埃，其间过了三年零六个月。您听见帝国[1]垮台了吗？没有。什么也不曾扰乱过这两个地方的安宁。帝国毕竟覆灭了，我的生活中倒下了一片巨大的废墟，如同翻倒在一条默默无闻的溪流中的那些古罗马残骸。然而对那些不在乎这些东西的人来说，重大的事件本属无谓，从上帝手中滑落的几年光景对这种种的喧嚣报以无尽的沉默。

前几章写于波拿巴气数已尽的暴政及其荣耀的余光之下，眼下我是在路易十八统治下开始写作。我就近见过几位国王，我的政治幻想已然破灭，如同那些我继续讲述的更为甜蜜的空想一样。先说说是什么让我再度执笔吧。人心乃是任何东西的玩具，谁也不能预见何种无足轻重的小事造成了它的快乐和痛苦。蒙田注意到了，他说："搅乱我们的灵魂不必有什么原因，一个无缘无故、没头没脑的空想就能支配它，让它不得安宁。"

我现在蒙布瓦西埃，地处博斯和佩尔什之间。这片土地上

[1] 指拿破仑帝国。

的城堡原属科尔贝-蒙布瓦西埃伯爵夫人，在革命[1]期间被卖掉，后来又被拆除，只剩下两幢中间隔着栅栏的小屋，原先是门房住的。花园已变成英国式，但还残存着旧日法国式的齐整：笔直的小径，围有绿篱的矮林，使它显得严肃。它像一处废墟，令人愉悦。

昨天傍晚，我独自散步。天空宛如秋日，寒冷的风一阵阵吹过。在一片密林的缺口处，我停下观望太阳，它钻进云里，正在阿吕依塔的上方。两百年前，住在塔里的加布里埃尔[2]正和我一样，望着日落。亨利和加布里埃尔如今安在？待到这《墓中回忆录》公之于世，我亦如是矣。

一株桦树的最高枝上栖着一只鸫鸟，阵阵啁啾，打断了我的沉思。就在此刻，这种神奇的声音使父亲的领地再现于我的眼前。我忘记了我曾目睹的种种灾难，突然回到了过去，又看见了那一片常常听见鸫鸟鸣啭的田野。那时候，我一听见鸫鸟叫，就和现在一样感到悲哀；然而那种最初的悲哀产生于因为缺少阅历而对幸福怀有的朦胧的渴望，我现在感到的悲哀却产生于对一些评价过、判断过的事物的认识。在贡堡的树林里，鸟鸣告诉我一种我以为已经得到的幸福；而在蒙布瓦西埃的花园里，同样的鸟鸣却让我回想起在追寻这种抓不住的幸福的时候逝去的岁月。我已无可学，我走得比别人快，我游遍了生活。时光飞逝，拖着我往前走，我甚至不能肯定会写完这部《墓中

[1] 指1789年法国革命。
[2] 指加布里埃尔·德·艾斯特雷（1573—1599），法王亨利四世的宠妃。

回忆录》。我已经在多少个地方开始写了？而我会在哪个地方结束呢？我还会在树林边漫步多久呢？让我们用好这所剩无多的余年吧，赶快在我还摸得着的时候描绘我的青少年时代吧。航行者永久地离开了迷人的海岸，开始写他的日记，眼看着陆地渐行渐远，很快即将消失。

1817 年 7 月，蒙布瓦西埃

贡堡的生活

我从布列斯特[1]回来了。有四位主人（父亲、母亲、姐姐和我）住在贡堡的邸宅里，一位厨娘、一位侍女、两位仆人和一位车夫构成了仆役的全部，还有一条猎犬和两匹母马退缩在马厩的角落里。这十二个活物消失在这座小城堡里，人们原本差不多可以在那里看见一百位骑士，以及他们的贵妇、他们的侍从、他们的仆人、他们的战马和达高贝尔王[2]的猎犬群。

一年到头也没有一位外人前来邸宅拜访，除了几位贵族，例如德·蒙鲁埃侯爵、德·高庸-博福尔伯爵，他们去法院打官司路经此地，请求接待。他们常常冬天到，马鞍架上挂着手枪，身旁挎着猎刀，还跟着一位仆人，也骑着马，马屁股上架着一个大衣帽箱。

我父亲总是很客气，风里雨里都站在台阶上，光着头接待他们。两位乡下客人讲述他们在汉诺威的战斗、他们的家事和他们的诉讼故事。晚上，他们被带进北塔楼里的“克里斯蒂娜

[1] 布列塔尼东端的滨海城市。

[2] 628—638 年在位的法兰克王。

王后”套房，贵宾间里放着一张长宽各七尺的床，由四个涂金的爱神像支撑，吊着两重帐子，一重是绿色的细纱，一重是深红的丝绸。第二天早晨，我下到大厅，隔着窗户看见田野上到处是水或者一片白霜，水塘边幽静的小路上只有两三位行人，那是我们的客人骑着马前往莱纳[1]。

这些外乡人对生活的事情所知不多，然而通过他们，我们的目光却达到了我们的森林以外几法里的地方。他们一走，我们又只好平日里家人面面相觑，礼拜日见见乡村的绅士和附近的贵族了。

礼拜日，母亲、吕西尔和我去堂区教堂。若是天气好，就穿过小槌球场，走一条田间小路；若是下雨，我们就走可恶的贡堡街。我们不像德·马洛尔神甫那样有马车拉，他的轻马车拴有四匹白马，那是他在匈牙利从土耳其人手中夺来的。我的父亲一年中只在复活节领圣体时去一次教堂，其余的时间里，他在邸宅的小教堂里听弥撒。我们坐在贵人席上，接受香火和祈祷，面对着紧靠祭坛的勒内·德·罗昂[2]的黑色大理石坟墓：这是人的荣耀的形象。棺材前还有几粒香！

礼拜日的娱乐以白日为限，况且也不是每个礼拜日都有。天气不好的季节里，整整几个月过去了，却没有一个人样的东西来叩我们堡垒的大门。贡堡的欧石楠丛生，地上很冷清，邸宅里更冷清，在它的拱顶下往里走，竟和进入格勒诺布尔的修

[1] 布列塔尼的西部城市。

[2] 一位亲王的长女，死于1616年5月16日，葬于贡堡的堂窖穴。

道院有同样的感觉。1805 年，我去参观这座修道院，我穿过一片荒野，总也走不到头，心想它总该止于修道院吧；然而，人们指给我看，修道院墙内的修士花园比树林还要荒凉。最后，在这片建筑物的中央，我发现了裹在这重重清冷孤寂之中的隐居者墓地。这是一块圣地，永恒的寂静，地方的神灵从这里把它的威力远播至周围的高山和森林。

我的父亲禀性孤僻，不爱说话，使得邸宅里更加平静得沉闷。他不是把家人和下人拢在自己周围，而是让他们风一样四散在宅院里。他的卧室在东边的小塔楼里，他的书房则在西边的小塔楼里。书房里的家具是三把黑皮椅子，一张盖满了封号与头衔的桌子。壁炉台上饰有夏多布里昂家族的系谱树，在一个窗洞里，人们可以看见各种武器，从手枪到喇叭口短铳，一应俱全。我母亲的套房在位于两座小塔楼之间的大厅的上面，铺了木地板，饰有威尼斯多面镜。我姐姐住在母亲的套房里的一个小房间里。侍女睡在很远的地方，在几个大塔楼的主体部分之中。我呢，我的窝安在一个孤立的小屋里，在墙角塔的上方，其楼梯连接着内院和邸宅的其他部分。楼梯下面，我父亲的贴身男仆和其他仆人住在带拱顶的地下室里，厨娘则在西面的大塔楼里安营扎寨。

我的父亲早晨四点钟起床，不问冬夏。他来到内院，在墙角塔的楼梯口叫醒他的贴身男仆。五点钟，有人给他端来点儿咖啡，然后，他在书房里一直工作到中午。早晨八点钟，母亲和姐姐各自在她们的房间里用早餐。我无论起床还是吃饭，都没有固定的钟点；我应名儿是学习到中午，其实大部分时间里我无所事事。

十一点半打午餐铃，用饭时已到了十二点。大厅兼作饭厅和客厅：午饭和饭在东端；饭后，大家聚在西端，对着一个大壁炉。大厅装了护壁板，漆成灰白色，饰有古旧的肖像，从弗朗索瓦一世时代到路易十五时代的都有。在这些肖像中，孔岱和杜莱纳[1]的很突出：有一幅画悬挂在壁炉上方，表现的是埃克托被阿喀琉斯斩于特洛伊城墙下。

吃过午饭，大家还待在一起，直到两点钟。然后，如果在夏天，我父亲就去钓鱼，看看菜园子，在阉鸡一飞的范围内[2]散散步；如果在秋天或冬天，他就去打猎，母亲则去小教堂，做几个小时的祈祷。这座小教堂是一个阴暗的小礼拜堂，装饰着一些出自最杰出的大师之手的很好的画，在布列塔尼腹地的一座封建领主的邸宅里居然有这样的画，真是出人意料。如今我手里有一幅阿尔巴那的《神圣家族》，是画在铜板上的，就出自这座小教堂。贡堡留给我的仅此而已。

父亲走了，母亲在祈祷，吕西尔关在自己的房间里，我就回到我的小屋里，或者到田野上跑跑。

八点钟，铃声通知开晚饭。晚饭后，在天气晴朗的日子里，大家就坐在台阶上。入夜时分，父亲用猎枪打飞出雉堞的猫头鹰。母亲、吕西尔和我，我们看天空，看树林，看最后几缕阳光和最先出现的星星。十点钟，大家回去，睡觉。

---

[1] 法国两大望族。

[2] 法国贵族的一项古老特权，相当于城堡周围半公顷的一片地方。

秋天和冬天的晚上，则是另一番光景。晚饭后，四个人离开饭桌，来到壁炉前，母亲叹着气，一屁股坐在一张蒙着用火燎过的暹罗布的旧躺椅上。有人在她面前放下一张独脚小圆桌，上面点着一支蜡烛。我靠近炉火，坐在吕西尔身旁。仆人们撤掉餐具退下。父亲开始散步，直到睡觉时才停止。他穿着一件平纹结子花呢的白袍子，更为经常的是一件大衣，这种大衣我只看见他有。他的头已经半秃，戴着一顶白色大睡帽，挺然而立。他踱着步，离开炉火，因为厅很大，只点着一支蜡烛，很暗，大家就看不见他了，只听见他在黑暗中走；然后他又慢慢地朝亮处走，像个幽灵渐渐从黑暗中浮出，白袍子，白睡帽，长而苍白的脸。当他在大厅的另一端时，吕西尔和我就低声说几句话；当他走近我们时，我们就不说了。他从我们身边走过时，问我们："你们刚才说什么了？"我们吓得要命，一声不吭；他则继续走。晚上剩下的时间里，敲打着耳朵的唯有他那有节奏的脚步声、母亲的叹息声和飒飒的风声。

邸宅里的大钟敲响了十点的钟声。父亲不走了，仿佛是那根驱动钟锤的弹簧停住了他的脚步。他掏出表，上弦，拿起一个点着一根大蜡烛的大银烛台，走进西边的塔楼，一会儿工夫又回来了，手上端着烛台，朝着东边塔楼里的卧室走去。吕西尔和我，我们等着他过来，拥抱他，祝他晚安。他朝我们俯下他那干枯凹陷的脸颊，并不回答，继续走他的路，进入塔楼的深处，我们听见门关上了。

魔法解除了：父亲的在场把我们变成了石像，现在我们又活过来了。魔法解除的第一个后果就是我们说起话来都滔滔不绝。刚才沉默压得我们好苦，现在我们跟它算账了。

我们的话激流般过去了，我唤来侍女，又把母亲和姐姐送回她们的套房。在我离开之前，她们让我查看床底下、壁炉里、门后边，查看楼梯、过道和旁边的走廊。邸宅里的各种传说，例如盗贼和幽灵，她们都念念不忘。这里的人确信有一位死于三百年前的德·贡堡伯爵，木头腿，在某个时候出现，他们曾在墙角塔的大楼梯上碰见过，他的木头腿有几次也单独和一只黑猫一起走来走去。

1817 年 7 月，蒙布瓦西埃

1846 年 12 月修改

我的主塔

我回到我的墙角塔的顶上，厨娘回到大塔楼内，仆人们下到地下室里，这工夫母亲和姐姐战战兢兢地上了床，还没睡着呢。

我的主塔的窗户开向内院。白天，我能看见对面塔间墙上的雉堞，上面好歹长着一些荷叶蕨，还有一棵野李子树。夏天，几只雨燕叫着在墙洞里钻进钻出，它们是我唯一的伙伴。夜里，我只能看见一小块天空和几颗星星。倘若皓月西斜，月光通过窗户的菱形格子照到我的床上，我就精神十足。几只猫头鹰在塔间飞来飞去，在月亮和我之间往复穿梭，床帐上画出了它们的翅膀活动的影子。我被丢弃在最冷清的角落，正当几条走廊的入口处，我不放过黑夜的任何响动。有时，风儿仿佛步履轻快地跑；有时，它发出一声声叹息；突然，我的门被猛烈地摇晃，地道里发出咆哮声，然后消失，紧接着复又开始。早晨四点钟，邸宅主人在古老的拱顶下呼唤贴身男仆，那声音听起来像是黑夜最后一个幽灵的声音。蒙田的父亲用轻柔和谐的声音叫醒儿子，[1] 对于我，取而代之的却是这种声音。

[1] 蒙田在《随笔集》第一卷第二十五章中说，他的父亲早晨用乐器叫醒他。

德·夏多布里昂伯爵执意让一个孩子单独睡在一座塔楼的顶上，可能不大合适；不过这对我却转弊为利了。此种对待我的强暴方式给了我男子汉的勇气，却又不曾使我失去今日人们试图剥夺于青年人的那种灵敏的想象力。他们不是竭力让我相信根本就没有鬼，而是强迫我不怕鬼。有时，我的父亲带着一种嘲讽的微笑对我说："骑士先生可曾害怕？"好像他让我跟一个死人睡在了一起似的。我那仁慈的母亲对我说："我的孩子，什么事都要得到天主的允许；只要您是个好基督徒，您就一点儿不必害怕妖魔鬼怪。"这比任何哲学的道理都更让我放心。我的成功如此全面，在我那无人居住的塔楼里，夜里的风居然只不过成了我那遐想的玩具和梦幻的翅膀。我的想象力被点燃了，在所有的事物上纵横驰骋，无处可以找到足够的食粮，简直要吞掉大地和天空了。我现在要描述的正是此种精神状态。我重新沉入我的青少年时代，我将试着在过去中把握住我，展现当时的我，也许是那个于种种磨难之后依然怀念着的今非昔比的我。

1817年8月，蒙布瓦西埃

从小孩子到男子汉

我刚从布莱斯特回到贡堡，我的生命中便爆发了一场革命：小孩子消失了，男子汉出现了，带着他转瞬即逝的欢乐和留驻不去的忧伤。

首先，在我身上，一切都化为激情，一边又等待着种种激情。午饭静悄悄的，我既不敢说话，又不敢吃饭，好不容易吃完，我的激动简直不可想象。我不能一次下完台阶，否则我非冲下去不可。我不得不坐在一级台阶上，让我的骚乱平静下来。可是我一到绿院和树林，就开始奔跑，跳动，蹦高，跃起，撒欢，直到力尽倒下，心怦怦跳，陶醉于嬉戏和自由。

父亲则带我去打猎。我喜欢上打猎，并且达到疯狂的程度。我现在还看得见我杀死第一只野兔的那片田野。秋天，为了在一个水塘边等野鸭，我常常在齐腰深的水里一待就是四五个钟头。就是今天，一条狗警觉地突然停住，我就保持不住冷静。不过，在我最初对打猎的兴趣中，是有一种独立的含义的：跨过沟壕，在田野上、沼泽地里、欧石楠丛中大步走来走去，荷枪立于荒野，充满力量和孤独之感，如此我才随意自在。我跑得如此之远，猎场看守人不得不用树枝编成的担架把我抬回去。

然而，打猎的快乐对我已然不够；对于幸福的渴求搅得我既不能调整，又不能理解；我的精神和我的心灵终于变成了两个空空的神殿，没有祭坛，也没有牺牲，还不知道何方神圣会在此受到崇拜。我在我的姐姐吕西尔身边成长，我们的友情就是我们全部的生活。

吕西尔

吕西尔身材修长，美貌出众，神情却严肃。她那苍白的面容伴有黑黑的长发，她常常向天空或周围投去充满了忧愁或热情的目光。她的举止，她的声音，她的微笑，她的容貌，其中有一种梦幻的、痛苦的东西。

吕西尔和我同为无用之人。我们谈到世界，那是我们内心深处的世界，与真实存在的世界很少相似。她把我看成她的保护者，我把她看成我的朋友。她常有一些我难以驱除的阴暗的想法：才十七岁，她就悲叹青春年华的虚度；她想躲进一座修道院。她总是有烦恼、忧愁、创伤，她寻找一种表达方式，突如其来的一种离奇念头，都能折磨她好几个月。我常常看见她一只胳膊搭在脑后，一动不动地、木头似的想入非非。她的生活退入内心，不再表现于外，甚至她的胸脯也不再起伏了。她的态度，她的忧郁，她的美丽，都使她活像一个阴郁的精灵。我于是试图安慰她，过了一会儿，我也陷入不可解的绝望之中。

吕西尔喜欢在黄昏渐近的时候一个人读点儿宗教的东西；她最喜爱的祈祷处是两条田间大路的交岔口，其标志是一个石头的十字架和一棵修长的、笔一样直指天空的白杨树。我那虔诚的母亲满心欢喜，说她的女儿在她看来就是早期基督教的基督徒，在被称作“修道院”[1]的地方祈祷。

在我姐姐身上，心力的集中产生了一些不寻常的精神作用：睡着的时候，她会做具有预言性的梦；醒了，她似乎能洞悉未来。大塔的楼梯口有一座挂钟，在寂静中报告着时间。吕西尔失眠的时候，就坐在楼梯磴上对着挂钟；她把灯放在地上，借着光亮望着钟盘。两个针在午夜相聚，在这可怕的会合中产生了混乱和罪恶的时刻，这时，吕西尔就听见了声音，告诉她远处有人死了。8 月 10 日之前，吕西尔有几天在巴黎，跟我的另外两位姐姐住在卡尔莫女修道院近旁，她看了一面镜子，突然大叫一声，说：“我刚才看见死神进来了。”在欧石楠丛生的喀里多尼亚[2]，吕西尔会是沃尔特·司各特笔下的一个有预见力的著名女人；可是在欧石楠丛生的阿里莫里克，她只不过是一个拥有美丽、天才和不幸的孤独女人罢了。

[1] 原文特指东正教的修道院。

[2] 古罗马人对现今苏格兰一带的称呼。

诗兴的第一口气息

我姐姐和我在贡堡所过的生活加剧了我们这个年纪和我们的性格所具有的狂热。我们主要的消遣乃是肩并肩地在大槌球场散步，春天在报春花织成的地毯上，秋天在枯叶堆成的床上，冬天在周边留下鸟雀、松鼠、白鼬的足迹的雪原上。如报春花般年轻，如枯叶般忧伤，如初雪般纯洁，在我们的消遣和我们自身之间充满了和谐。

那是在一次散步中，吕西尔听我出神地谈起孤独，就对我说："你应该描绘这一切。"这句话触动了我的诗兴，一股神圣的气息从我身上掠过。我开始结结巴巴地念出诗句，好像那是我的自然的语言；我日夜歌唱着我的快乐，即我的树林和我的山谷；我作了大批短小的田园诗或者描绘自然风光。我在写散文之前写了很长时间的诗，所以德·封塔纳[1]先生说我得到了两种乐器。

友情许给我的这种才能我果然发挥过吗？我空等了多少东西啊！在埃斯库罗斯的《阿伽门农》中，一个奴隶被安置在阿

[1] 法国诗人和批评家（1757—1821）。

耳戈斯宫的高处放哨，他的眼睛努力发现战船返回的约定的信号，他歌唱以保持清醒，然而时间飞逝，星辰降落，火炬并未亮起。许多年之后，迟到的光亮出现在海浪之上，奴隶已被时间的重负压倒，他只能收获不幸了。合唱队对他说："一个老人是在白昼的光明之中游荡的影子。他游荡不定，仿佛一个梦出现在大白天。"

爱情的幽灵

我用所有见过的女人特征组合成了一个女人：她有着紧紧拥抱着我的那个陌生女人的身材、头发和微笑；我给了她村子里某个姑娘的眼睛，另一个姑娘的鲜丽；客厅里挂着的弗朗索瓦一世、亨利四世和路易十四时代的那些贵妇的肖像向我提供了别的特征；我偷取风韵直偷到了教堂里的那些圣母画。

这个诱惑者到处跟着我，但我看不见她。我跟她说话，就像她是一个真实存在的人。她跟着我的疯狂变化——不戴面纱的阿芙洛狄忒[1]、身穿蓝天和露水的狄安娜、戴着笑盈盈的面具的塔利亚、手持青春的金杯的赫柏，她常常变成一个向我展示其自然状态的仙女。我不断地修改我的画，我去掉我的美人的一种魅力，换上另一种。我也更换她的饰物，我向所有国家、所有时代、所有艺术和所有宗教借用饰物。然后，当我完成一幅杰作，我就将我的画和色彩打散，我那唯一的女人就变成许多女人，在她们身上，我分别地将那些我曾集合起来加以崇拜

[1] 希腊神话中的爱神。以下，狄安娜为罗马神话中的女神，塔利亚为希腊神话中司喜剧的缪斯，赫柏为希腊神话中的青春女神。

的魅力奉为偶像。

皮格马利翁对他的雕像也没有那么多的爱，因为我的困惑在于取悦我的雕像。我根本不知道如何才能被爱，反倒挥霍起我原本缺乏的东西。我像卡斯托耳[1]和波鲁克斯那样骑上骏马，像阿波罗那样弹起竖琴；马尔斯舞弄起他的兵器也没有那么多的力量和灵巧：小说或历史的英雄，我编造出多少想象的奇遇！摩尔文[2]的女儿们的影子，巴格达和格林纳达的素丹，古老的小城堡里的女主人，亚洲的沐浴、芳香、舞蹈、逸乐，一切都被我用一根魔棒据为己有。

于是来了一位年轻的女王，遍身钻石和鲜花（这一直是我的女气精）。在那不勒斯或迈锡尼的芬芳的海岸，在海浪拍打着的宫殿的长廊里，在恩底弥翁[3]的光亮射入的爱情的天空下，她半夜穿过橘园来找我。她，这个伯拉克西特列斯[4]的活动的雕像，走在不动的雕像、暗淡的图画和月光静静地漂白的景物之中，她跑在大理石上的轻柔的声响和波浪的难以察觉的低语声混成一片。巨大的妒忌包围了我们。我跪倒在埃纳[5]乡间的女王膝下；她朝我的脸俯下她那十六岁的头，散开的冠冕形的头发如拳曲的丝抚弄着我的额头，她的手紧压在我那跳动着尊敬和快感的胸前。

---

[1] 希腊神话人物，与波鲁克斯为兄弟俩，以驯马者和拳斗士闻名。
[2] 未详。
[3] 希腊神话中的美男子。
[4] 公元前 4 世纪雅典雕刻家。
[5] 地处意大利西西里。

当我走出梦幻，重现为一个默默无闻的小布列塔尼人的时候，没有光荣，没有美貌，没有才能，引不来任何人的目光，来去无人知晓，永远不会有女人爱，于是，绝望攫住了我。我不敢再看我拴在我的脚步上的那个光辉形象了。

秋天的快乐

季节越是萧索，越是与我息息相关。白霜增加了往来的困难，乡下的居民于是独处一隅，因为离群索居让人感到更舒服。

秋天的景物关联着一种精神特征：树叶脱落仿佛我们的岁月，鲜花凋零仿佛我们的时刻，流云飞逝仿佛我们的幻想，光亮渐暗仿佛我们的智力，太阳变冷仿佛我们的爱情，河流冰封仿佛我们的生活——这一切都和我们的命运有着隐秘的关系。

我怀着一种无法形容的喜悦看着暴风雨的季节回来了，天鹅和野鸽飞走了，小嘴乌鸦又聚集在水池边的草地上，入夜时分栖止在宽阔的槌球场边最高的橡树之巅。当黄昏在林间升起近乎蓝色的水汽，当风在枯萎的青苔上悲叹或吟着小诗，种种与我性情相合的感觉就一齐涌上心头。要是我遇见了一个伫立在休闲的田头的农夫呢，我就停下脚步，端详起这个人，他在谷穗的掩映下出生，他也应在谷穗的掩映下死亡，他用犁铧翻动着坟墓的土，把滚烫的汗水滴进秋天冰冷的雨中：他挖出的沟正是他身后的纪念。对此，我的守护女神又能做什么呢？她用魔法将我带至尼罗河畔，指给我看掩埋于沙石之中的埃及的金字塔，一如阿里莫里克的犁沟有朝一日隐藏于欧石楠根下。我不禁庆幸已将有关我的至福的种种神话置于人事的圈外。

晚上，我独自登船，在池塘上穿行于灯芯草和睡莲的巨叶之间。那儿，准备离开我们这里的燕子已经会合，呢喃之声全都收入我的耳中——儿时的塔佛尼埃[1]也不会对一位旅行者的记述这般全神贯注。落日中，这些燕子在水面上嬉戏，追逐昆虫，一齐冲上天空，像是考验它们的翅膀，然后又向湖面俯冲，接着就立于芦苇之上。芦苇只是微微弯了弯，而杂乱的叫声则响成一片。

[1] 17世纪法国著名旅行家，游历过土耳其、波斯和印度。

诱惑

很快，我在我的塔楼里待不住了，我便下楼，穿过黑暗，像个谋杀者偷偷打开通向台阶的门，到大树林里去游荡。

我挥舞着手，拥抱着风，风却像我穷追不舍的影子那样逃脱，盲目地走了一阵之后，我倚在了一棵山毛榉树上。我望着那些乌鸦，它们被我从一棵树上哄起，又落在另一棵树上；或者，我望着月亮，月亮在大树群的光秃秃的梢上爬行：我真想住在这个死寂的世界里，它反射着坟墓的苍白。我感觉不到冷，也感觉不到夜的潮湿；如果不是此刻村里的钟声响起，就是黎明冰冷的气息也不能把我从沉思中拉出来。

在布列塔尼的大部分村庄里，通常是在天蒙蒙亮的时候为死者敲钟。钟声由三个重复的音组成一个短小的乐曲，单调，忧郁，充满乡间情味。最适合于我那病态、受伤的灵魂的，莫过于经受生命的磨难了，钟声宣布了它的终结。我想象自己是一个牧人，在他那无人知晓的窝棚里断气，然后被送进一座同样无人知晓的公墓。他来到世间干什么？我自己呢，我在这世界上干什么？既然我终得过去，那么，借着早晨的清凉出发，早早地到达，不是强似在重压之下冒着白昼的炎热结束旅程吗？

欲望烧红了我的脸颊，不再生存的念头像一阵突如其来的欢乐抓住我的心。在我年轻常犯错误的时候，我常常希望幸福了就死，因为在最初的成功之中有一种至福，使我渴望着毁灭。

我越来越紧地被捆在我的幽灵上，只能从不存在的东西上得到乐趣，就像那些被毁伤的人一样，他们幻想着他们抓不住的极乐，他们为自己创造一个其快乐与地狱中的酷刑相等的梦幻。我还预感到我未来命运的种种苦难，由于精于为自己铸造痛苦，我就置身于两种绝望之间：有时候我认为我不过是个废物，不能超出于平庸之上；有时候我似乎觉得我身上有些品质永远不会得到欣赏。一种隐秘的直觉警告我，我在这个世界上往前走，根本找不到我寻找的东西。

一切都滋养着厌倦使我尝到的苦涩。吕西尔是不幸的，我的母亲不能安慰我，我的父亲使我感到生活的痛苦。随着年龄的增长，他越发闷闷不乐了，衰老使他的肉体和灵魂都变得僵硬，他不断地找碴儿申斥我。我疯跑过后回去，看见他坐在台阶上，这时候我宁愿被杀死，也不想进古堡。这不过使我的酷刑延期罢了，我总得在吃晚饭的时候露面。我呆呆地坐在椅子的角上，我的脸颊被雨水抽打过，头发乱糟糟的。在我父亲的注视下，我一动不动，汗水盖满了额头。理智的最后一缕光亮也逃离了我。

我于是到了一个时刻，需要一些力量坦白我的弱点。企图自杀的人表现得更多的是他天性中的软弱，而不是他的灵魂的力量。

我有一支猎枪，扳机磨损得厉害，常常走火。我给枪上了三颗子弹，我到了大槌球场的一个偏僻的角落。我顶上火，把枪口放进嘴里，把枪托往地上撞；我试了好几回，枪老是不响；一个看守人的出现中断了我的决心。我是个不自愿也不自知的宿命论者，我想时辰还不到，就等另一天实施我的计划。如果我自杀了，我的整个过去就同我一起隐没，人们对把我引向灾难的故事将一无所知，我将扩大无名的不幸者的队伍，我将不会让人发现我的忧伤的痕迹，就像一个受伤的人让人发现他的血迹。那些看到这一幅幅图画而心绪纷乱并且企图仿效这种种疯狂的人，那些因我的空想而喜欢我的《墓中回忆录》的人，应该记住他们听见的是一个死人的声音。读者，我永远也不会认识的读者，没有什么是永存的：我留下的只是永生的、对我进行评判的天主手中的我。

告别贡堡

两个月过去了，我又只身回到我出生的岛上；维尔纳福刚刚在那里去世。我去她咽气的那张简陋的空床前哭她一场，瞥见了那辆小藤车，我就是在那里面学会了在这个悲惨的地球上走路。我想象我那老保姆在床上把衰弱的目光投向这会走的花篮——我生命之第一个纪念物面对着我第二个母亲的生命之最后的纪念物。我想到了善良的维尔纳福在离开这世界时对天祝愿她的乳儿幸福，这证明了一种如此恒久、如此无私、如此纯洁的眷顾。这一切使我心碎，我的心充满了柔情、惋惜和感激之情。

尽管如此，在圣马洛，我的过去已荡然无存：在港口，我徒劳地寻找那些我曾经攀着缆绳玩耍的船只，它们有的走了，有的被拆散；在城里，我出生的那栋公寓已被改为旅馆。我几乎就要到达我的摇篮了，然而整整一个世界已经消逝了。我在童年度过的地方成了外乡人，遇见的人问我是谁，就因为我的脑袋多高出地面几分，其实不多年之后，它又会朝地面倾斜。我们是多么迅速、多么频繁地改变着我们的生活和幻想啊！一些朋友离开了我们，另一些朋友又随之而去。我们的关系变化着：总有那个时候，我们不再拥有曾经拥有的东西；总有那个时候，我们对我们的过去一无所有。人不是只有一个生命，他有好几个，一个接着一个，而这是他的苦难。

我从此没有伴侣，独自探索那个看着我的沙堡的舞台——“特洛伊城所在的原野”[1]。我走在荒凉的海滩上。潮水退去的沙滩向我呈现的景象是一片荒芜，就像幻象消失后留给我们的景象一样。八百年前，我的同胞阿贝拉尔[2]，像我一样望着这波涛，怀念着他的爱洛依斯。他像我一样看见有一条船驶过（“直到天边的浪”[3]），也像我一样，耳朵里只有海浪单一的声响。我面对着破碎的浪花，沉溺于我从贡堡的树林带来的阴郁的想象之中。一处地岬叫作拉瓦德尔，成了我的奔跑的终点。我坐在地岬的尖端，陷入最痛苦的思想之中。我想起就是这些岩石，在我童年的时候，每逢过节，就成了我的藏身之处；我在那里咽下泪水，伙伴们则高兴得发狂。我觉得，我不再被人爱，不再幸福。我很快要离开故乡，把我的岁月分散在不同的国度。这些思绪令我悲痛欲绝，我真想跌进波涛之中。

一封信把我叫回贡堡。我回去了，和家人一起吃晚饭。父亲大人没有跟我说一句话，母亲在叹气，吕西尔显得不知所措。十点钟，大家纷纷退下。我问姐姐，她什么也不知道。第二天早晨八点钟，有人来叫我。我下了楼，我父亲在他的书房里

[1] 原文为拉丁文，维吉尔的诗句。

[2] 法国哲学家和科学家（1079—1142），他爱上他的女学生爱洛依斯，与之秘密结婚，前后极哀婉曲折。

[3] 阿贝拉尔给爱洛依斯信中的语句。

等我。

“骑士先生，”他对我说，“您必须放弃您的疯狂。您的哥哥已经为您取得了纳瓦尔团队的少尉证书。您要去莱纳，从那儿再去冈布莱。这是一百路易，省着用。我老了，又有病，我活不了多久了。做个正直的人，永远不要让您的名字蒙受耻辱。”

他拥抱了我。我感到这张满是皱纹的严厉的脸激动地紧贴着我的脸。这是我父亲最后一次拥抱我。

德·夏多布里昂伯爵，这个在我眼中如此可怕的人，我觉得此刻成了最值得我爱的父亲。我扑在他那瘦骨嶙峋的手上，哭了。他后来瘫痪了，瘫痪又把他引入坟墓。他的左臂痉挛似的动了动，必须用右手扶住。他就这样控制住胳膊，把他的一把古剑送给我，不待我表示感谢，就把我送上已经等在绿院中的马车上。他让我当面上车。车子开动了，我用眼睛向母亲和姐姐致意，她们站在台阶上，泪流满面。

我又踏上水塘边的小路，我看见了我的燕子栖止的芦苇、磨坊的小溪和草地，我朝古堡望了一眼。于是，像亚当堕落之后，我走向陌生的土地：整个儿世界在我面前，整个儿世界在他面前。[1]

从那时以后，我只回过贡堡三次：父亲死后，我们团聚服丧，分割遗产，相互告别。还有一次，我陪母亲回贡堡，她为古堡进行装修。她等着我哥哥，我哥哥应该把嫂子带回布列塔

[1] 原文为英文，密尔顿的诗句。

尼。他没有回来。他很快和他年轻的妻子从刽子手的手里得到了一个枕头，而不是我母亲亲手为他准备的那个枕头。最后，我第三次经过贡堡，从圣马洛上船，前往美洲。古堡已被放弃，我不得不住在代管人家里。我在大槌球场徘徊，从一条阴暗的山谷深处瞥见冷冷清清的台阶、大门和关闭的窗户，我很难受。我痛苦地回到村里，打发人去找我的马，半夜里出发了。

离去十五年之后，再度离开法国前往圣地[1]之前，我跑到福杰尔去拥抱家里仅存的人。我没有勇气去瞻仰那片田野，那里联结着我的生命最活跃的部分。正是在贡堡的树林里，我成为现在的我，我开始感到毕生拖在身后的那种无聊、造成我的痛苦和我的至福的那种忧伤的第一次发作。在那里，我曾寻找一颗能够理解我的心的心；在那里，我曾看见我的家庭团聚，然后星散。我父亲在那里梦想着重振他的姓氏，恢复他的门庭：这是时代和革命驱散的另一个幻想。十个孩子中，只剩下我们三个，我哥哥、朱丽和吕西尔不在了。我母亲痛极而终，我父亲的骨灰被从坟墓里掘出来。

如果我的著作在我身后幸存，如果我有留名的可能，也许有一天，这部《墓中回忆录》会指引某个旅游者前来拜访我描绘过的地方。他可能认出古堡，但是他找不到大树林了。我的梦幻的摇篮已经像这些梦幻一样地消失了。孤零零地立在山岩上，古堡的主塔为那些橡树哭泣，它们是老伙伴，围拢着它，在风暴面前保卫着它。我像它一样孤独，也像它一样看见

[1] 指巴勒斯坦。

了我的家庭在我身边倾颓，它曾使我的日子变得美好，曾向我提供庇护。幸亏我的生命建于其上的那片土地不像我度过青少年时代的那些塔楼那么坚固，抵抗风暴，人不如他的手竖起的建筑物。

我在巴黎的孤独生活

我进了巴黎。我第一次来的时候就走的这条路；我住进同一家旅馆，在槌球场路——我就知道这一家；我睡在上一次住的那个房间的旁边，但是这套房稍大一些，而且临街。

我的哥哥，或是对我的举止感到为难，或是怜悯我的腼腆，根本不带我出去，不介绍我认识任何人。他住在蒙马特尔-壕沟街。我每天三点钟去他那里吃午饭，然后我们分手，第二天才再见面。我那胖表兄莫罗已不在巴黎。我有两三次从德·夏斯特奈夫人的府邸前经过，但是不敢向看门人询问她的近况。

秋天开始了。我六点钟起床，去骑马场，然后吃早饭。幸亏那时我酷喜希腊文，我翻译《奥德修纪》和《远征记》[1]，直到两点钟，中间穿插着研究历史。两点钟，我穿好衣服，去我哥哥那里。他问我干了些什么，看见了什么，我就回答说："没干什么，没见什么。"他耸耸肩，转过背去。

有一天，我们听见外面有响动，我哥哥跑向窗口招呼我，我正坐在窗扇后面。两个十五六岁的青年这时正在马路对面一

[1] 古希腊历史学家色诺芬的作品。

家旅馆的窗户上画画。我发现了他们活动的规律，他们也发现了我活动的规律。渐渐地，他们抬起头看看他们的邻居。我非常感激他们的这种关切的表示：他们是我在巴黎唯一交往的人。

晚上，我去看戏。观众稀稀落落，这使我很高兴，尽管我得多花点儿钱到门口买票，跟别人挤在一起。我修正了我在圣马洛时对戏剧的观念。我看见了圣-于贝尔蒂夫人扮演阿尔米德[1]，我感觉到了我创造的那个女魔术师缺了点儿什么。当我不把自己关在歌剧院或法国人剧院的大厅里的时候，我就在大街小巷或沿滨河路漫步，直到晚上十点、十一点。今天，我仍然一看见从路易十五广场到善人门那一长列路灯，就想起我顺着这条路前往凡尔赛觐见时所感到的恐慌。

回到住处，我低头朝着炉火，还要待上一段时间，那炉火什么也不对我说。我不像波斯人那样有足够的想象力，把火苗当成银莲花，把火炭当成石榴。我倾听着车辆来的来，往的往，交错而过，其远远的隆隆声很像大海在我的布列塔尼的沙滩上低语或者风在我的贡堡树林中浅吟。世界的这些声响，让人想到孤独的声响，唤醒了我的悔恨；我想起往日的痛苦，或者，我的想象编织出这些车辆带走的人们的故事。我隐约看见辉煌的客厅、舞会、爱情、征服。很快，我便醒了，又发现自己被遗弃在旅馆里，从窗口望着世界，在内心的回声中听着世界。

卢梭认为由于他的真诚，或者为了教育人，他才忏悔他一生中的那些可疑的快乐；他甚至以为别人是郑重其事地询问他，

---

[1] 17 世纪一出著名歌剧的女主人公，是一个爱上一位法国军官的女魔术师。

要求他坦白他和威尼斯的那些危险女人[1]所犯下的罪孽。假如我混迹于巴黎的娼妓堆里，我不认为我必须以此教育后人；然而，我一方面太腼腆，一方面又太狂热，不可能让妓女们诱惑了去。她们袭扰行人，拉他们爬上她们的夹层，就像圣克鲁的马车夫拉人上他们的马车一样，我走过这些不幸的女人群时，感到厌恶和害怕。只有逝去的时代的冒险乐趣才适合我。

在 14、15、16、17 世纪，不完善的文明，迷信，奇特和半野蛮的风俗，使得到处都有小说掺进：性格是强悍的，想象是有力的，生活是神秘而隐蔽的。夜里，在公墓和修道院的高墙周围，在城市的冷冷清清的围墙下，沿着集市的锁链和壕沟，在封闭的街区的边缘，在狭窄的、没有路灯的街上，小偷和杀人犯埋伏着，碰头时而在火把下进行，时而在浓重的黑暗中进行，赴某个爱洛依斯应允的约会是要冒掉脑袋的危险的。为了放荡一下，得真爱才行；为了违反一般的风俗，必须做出巨大的牺牲。问题不仅仅在于面对意外的危险和藐视法律的利剑，人们还必须在自身上战胜日常习惯的控制、家庭的权威、地方的风俗、良心的冲突、基督徒的恐惧和责任。所有这些障碍都加强了激情的力量。

我不会在 1788 年跟着一个可怜的饥饿的女人在警察的监视下进入她的破屋，然而我可能会把 1606 年巴松彼埃尔[2]叙述得如此精彩的那种冒险进行到底。

“五个月或六个月前，”元帅说，“每次我走过小桥（因为那

[1] 原文为意大利文。
[2] 法国元帅（1579—1646）。

时新桥还没有建），总有一个美丽的女人，挂着‘两天使’招牌的洗衣女，对我行大礼，看着我直到看不见。由于警惕她的行动，我就看着她，更关心地向她致意。

“有一回，我从枫丹白露回到巴黎，经过小桥，她一看见我，就站在她的铺子的门口，在我经过时对我说：‘先生，我是您的奴仆。’我还礼，不时地回头，我看见她的目光一直跟着我。”

巴松彼埃尔得到一次约会：“我看见一个很漂亮的女人，着晚妆，身穿细薄的衬衫、绿色的小裙子，脚上是高跟拖鞋，身上披着浴衣。我非常喜欢她。我问能否再见到她，她说：‘如果您想再见到我，那就是在我的一个婶婶那里了，她住在神甫镇街，在菜市场附近，挨着熊街，从圣马丹街那头数第三个门。我在十点到午夜之间等您，再晚些也行，我让门开着。门口有一条小过道，您得赶快过去，因为我婶婶的房间的门正对着，您会发现一个台阶，通到三层。’我十点到了，找到她指给我的那个门，灯很亮，不但是第三层，第四层和第一层都很亮，但是门关着。我敲门通告我来了，可是我听见一个男人的声音，问我是谁。我回到熊街，第二次又去，发现门开了，我进去，直上到第三层，发现那亮光原来是有人点着了铺草，两具裸露的躯体躺在房间里的桌子上。于是我退出了，很惊讶。出门的时候，我碰见了几个‘乌鸦’（埋死人的人），他们问我找什么。我呢，为了让他们走开，就拔出剑来冲了过去，回到我的住处。这意料之外的景象使我有些激动。”

我根据那个地址，也去寻找二百四十年前巴松彼埃尔的发现。我过了小桥，穿过菜市场，沿圣德尼街直到熊街，上了右手一侧。左手第一条街通到熊街，正是神甫镇街。街牌被时间和火灾熏黑了，我感到很有希望。我找到了从圣马丹街那头数“第三个小门”，历史学家的材料真可靠。不幸的是，我开始还以为仍然存在于街上的两个半世纪已经消失。房屋的正面已是现代的了；第二层，第三层，第四层，都没有任何光亮。屋檐下，顶楼的窗户上雕满旱金莲和香豌豆花饰；底层有一家理发铺，玻璃后面挂着好几种样式的头发。

我非常失望，就进入这座艾波尼娜[1]博物馆：自从被罗马人征服以后，高卢女人就一直把她们金色的头发卖给那些头发不那么漂亮的人；我的布列塔尼的女同胞在某些有集市的日子里仍然把头发剪下来，用她们的自然的头巾换一方印度纱巾。我问一位理发师，他正用一把铁梳子梳理假发：“先生，您不曾买过一个年轻的洗衣女的头发吗？她住在挂‘两天使’招牌的那个地方，在小桥附近。”他一下愣住了，既不能说是，也不能说否。我百般道歉，穿过一绺绺头发的迷宫，出去了。

随后，我一个门一个门地找。根本没有什么二十岁的洗衣女向我行“大礼”；根本没有什么直率、无私、热情的年轻女人，“着晚妆，身穿细薄的衬衫、绿色的小裙子，脚上是高跟拖鞋，身上披着浴衣”。一个好埋怨的老太婆马上就要到坟墓里去找她的牙了，想用她的拐杖打我——这大概是那次约会里的婶婶吧。

巴松彼埃尔的这个故事是一个多么美的故事啊！应该理解他被爱得那么坚决是有理由的。那个时代，法国人还被分作两个界限分明的阶级，一个是统治阶级，一个是半农奴阶级。巴松彼埃

[1] 高卢女英雄，死于公元79年。

尔被洗衣女拥抱着，就像一位半神落进一个女奴的怀里。他给她一种胜利的幻觉，而女人中的法国人是能够陶醉于这种幻觉的。

然而，谁能告诉我们那场灾难的不为人知的原因呢？是那个"两天使"的可爱的小女工吗，其尸体和另一具尸体一起横在桌子上？那具尸体是谁的？她丈夫的，还是巴松彼埃尔听见声音的那个人的？是瘟疫（因为那时巴黎有瘟疫）或妒忌在爱情之前来到了神甫镇街吗？在这样的主题上，想象力可以自由驰骋。请您在诗人的创造之中掺进民众的心灵、来到那里的掘墓人、"乌鸦"、巴松彼埃尔的剑吧，一出绝妙的情节剧就从这次冒险中出来了。

您也会赞赏我年轻时在巴黎的贞洁和节制的。在这座首都，我很容易胡作非为，就像在德廉美修道院[1]里，人人为所欲为；不过，我并未滥用我的独立：我只跟一个二百一十六岁的妓女来往过，她曾被一位法国元帅爱上，而这位元帅是那位贝亚恩人[2]为了德·蒙莫朗西小姐的情敌，是德·昂特拉格小姐的情夫，而这位小姐是德·维尔那依侯爵夫人的姐妹，后者说了亨利四世那么多坏话。我将要去见路易十六，他想不到我和他的家族还有过秘密的关系。

1821年3月，柏林

[1] 典出拉伯雷《巨人传》。

[2] 指亨利四世。

1789年。攻占巴士底狱

在我们的历史和人类的历史上如此著名的1789年，我正在我的布列塔尼的荒原上，我甚至相当晚才得以离开。我到达巴黎，已是在洗劫雷维雍宫、召开三级会议、三级会议组成国民议会、誓约网球场、6月23日御前会议以及教士、贵族和第三等级联合等等之后了。

路上很不平静：在乡村，农民截住车辆，要求出示护照，盘问乘客。越靠近首都骚乱越厉害。穿过凡尔赛时，我看见部队驻扎在橘林里；炮兵辎重队停留在院子里；国民议会的临时会场设在王宫的广场上，一些议员在好奇者、城堡里的人和士兵中间走来走去。

在巴黎，人群聚集在面包房门口，堵塞了街道；行人在墙角议论纷纷；商人走出店铺，在门口倾听和讲述着新闻：煽动者聚集在王宫，卡米尔·德穆兰开始崭露头角。

我刚刚与德·法尔西夫人、吕西尔夫人下榻于黎世留街上的一家有家具的旅馆，就爆发了一场起义：群众冲向修道院[1]，

[1] 当时的一座监狱。

想解救几名王室卫队士兵，他们因长官的命令而被逮捕。驻扎在残老军人院的一个炮兵团的下级军官站在了群众一边。军队的背叛开始了。

宫廷时而退让，时而想抵抗，混杂着固执和软弱、虚张声势和恐惧，招来米拉波[1]的藐视，他要求撤退部队，宫廷没有同意：它接受了冲突，没有消除其原因。在巴黎，有谣言说一支军队从蒙马特尔的下水道开来了，龙骑兵将冲破障碍。有人提出要揭掉路面石，运到六层楼上，朝暴君的喽啰们扔去：人人都干将起来。在一片混乱中，内克先生接到了下野的命令。改组后的内阁由德·布勒特依、德·拉加莱齐埃、德·布罗格里元帅、德·拉沃居庸、德·拉波特、德·福隆诸先生组成。他们取代了德·蒙莫兰、德·拉吕才纳、德·圣普里艾斯特和德·尼维耐诸先生。

一位初出茅庐的布列塔尼诗人求我带他去凡尔赛。在众王国纷纷垮台之际，还有人参观园林和喷泉：舞文弄墨的人尤其具有这种能力，在重大的事件中沉浸于他们的怪僻，词句和诗行就是他们的一切。

我带着我的品达[2]，在做弥撒的时候进入凡尔赛的长廊。小圆窗通明：内克先生被解职使人们很激动；他们以为胜券在握，也许参孙和西门[3]就混在人群中，冷眼对着王室的欢乐呢。

[1] 法国政治家（1749—1791），以演说著称，伯爵。

[2] 古希腊诗人（约公元前518—公元前438）。

[3] 《圣经》人物。

王后带着她的两个孩子过去了，他们金色的头发似乎正等着王冠。德·昂古莱姆女公爵年方十一，以其纯洁的骄傲引人注目。她因地位的高贵和少女的无邪而美丽，好像高乃依的《朱莉的花饰》中的橘花那样说：

我生得轰轰烈烈。

小王太子在他的姐姐的保护下走着，德·图歇先生跟着他的学生；他看见了我，殷勤地对王后指了指我。她微笑着望了我一眼，我觐见的那一天，她已经这样优雅地向我致意了。我永远忘不了这一瞥目光，它将很快黯淡下去。玛丽-安多奈特微笑起来，嘴形那么好看，当1815年发掘坟墓的时候，人们发现了这个不幸的人的头，我想起这微笑（真是可怕的一件事！），就认出了国王的女儿。

凡尔赛的动作在巴黎激起反响。我回去时，正碰上一大群人迎面而来，他们抬着内克先生和奥尔良公爵的挂满黑纱的半身像。他们高呼："内克万岁！奥尔良公爵万岁！"在这呼声中，人们还听见一个更为大胆、更出人意料的声音："路易十七万岁！"万岁，这个孩子要不是我在贵族院提起他，他的名字甚至会在家族死亡名录上被遗忘！路易十六退位，路易十八即位，奥尔良公爵被宣布为摄政，究竟发生了什么事？

在路易十五广场，德·朗贝斯克亲王把群众赶进杜伊勒里花园，并打伤了一位老人。突然警钟响了，人们冲进擦刀剑的店铺。残老军人院里有三万支枪被抢。人们用长矛、棍棒、镰刀、军刀和手枪武装起来，抢劫圣拉扎尔[1]，焚烧路障。巴黎的选举人掌握了首都的政府，一夜之间，六万公民被组织起来、武装起来，武装成国民自卫队。

7月14日，巴士底狱被攻占。我作为看客，目睹了对几个残老军人和一位胆小的监狱长发起的冲锋。如果把门关上，群众是绝不能进入堡垒的。我看见开了几炮，不是残老军人而是已经登上塔楼的王室卫队士兵开的。德·劳耐[2]在遭到百般羞辱之后，被从藏身之处拉了出来，然后打死在市政厅的台阶上；巴黎市长福莱塞尔被手枪打碎了脑袋：没有心肝的傻瓜们觉得如此之美的正是这种景象。在谋杀之中，人们纵情狂欢，如同奥托和维特里乌斯[3]治下的罗马暴乱一样。人们用马车拉着“巴士底狱的胜利者”游行，这些快乐的醉鬼在小酒馆里被宣布为征服者；妓女和无套裤党开始统治，并且追随他们。行人怀着对恐怖的尊敬，在这些英雄面前脱帽，英雄中有几位在欢庆胜利中累死了。巴士底狱的钥匙不断地增加，人们将其寄送给世界各地的愚蠢的要人。我错过了多少次发财的机会啊！假使我这个看客在胜利者的名录上签个名，今天我就会有一份补助金了。

专家们纷纷剖析巴士底狱。帐篷下设立了临时的咖啡馆，人来人往，拥挤如圣日耳曼和龙尚的集市。许多车辆在塔楼脚

[1] 当时一座监狱。
[2] 法国贵族（1740—1789），巴士底狱典狱长之子。
[3] 古罗马皇帝，先后于公元69年称帝，均死于非命。

下驶过或停下，人们在尘土飞扬中拆下塔楼的石头。打扮得高雅华贵的女人和衣着时髦的年轻人，都站在哥特式残余的台阶上，与拆墙的半裸的工人们混在一起，呼应着人群的欢呼声。这里会聚了最出色的演说家、最知名的文人、最著名的画家、最有名的男女演员、最走红的女舞蹈家、最显赫的外国人、宫廷的贵族和全欧洲的大使：旧法国来了，为了结束；新法国来了，为了开始。

任何事件，无论其本身多么可悲或者多么丑恶，当其情势是严肃的、它又造成了一个时代的时候，就不应受到轻率的对待。在攻占巴士底狱中应该看到的（而人们当时不曾看到），不是人民解放的那个暴烈的行动，而是解放本身，即这一行动的结果。

人们赞赏的是理应受到谴责的东西，即偶发事件，人们不去在未来寻求一个民族完成的命运、风俗、思想和政治权利的改变与人类的更新，其新时代正是由攻占巴士底狱来开辟的，如同一次血腥的狂欢。粗暴的愤怒造成废墟，然而在这愤怒之下隐藏着智慧，它在废墟中打下新建筑的基础。

但是，民族看错了物质事实的伟大，却没有看错精神事实的伟大。巴士底狱在它的眼里是它的奴役所取得的战利品；它像它的自由所面临的绞架一样耸立在巴黎的门口，正对着隼丘[1]上的十六根柱子[2]。人民以为夷平一座国家堡垒，就等于打碎了

[1] 巴黎东北一小丘。
[2] 隼丘上有绞架。

军事桎梏，获得了取代它所遣散的军队之无言的保证。人们知道变成士兵的人民产生了什么样的奇迹。

1821 年 11 月，巴黎

米拉波

米拉波，贵族的辩护士，民主派的代表，由于生活的放荡和机遇而介入最重大的事件和惯犯、绑架者、冒险家的生涯，他集格拉克索斯[1]和堂·璜、卡提里那和古斯曼·德·阿尔法拉什[2]、红衣主教德·黎世留和红衣主教德·莱兹[3]以及摄政的狡诈和革命的野蛮于一身；此外，他还有“米拉波”这个流亡的佛罗伦萨的家族保留着的、但丁赞颂过的那些武装的宫室和伟大的叛逆者的某种东西，它已归化法国。意大利中世纪的共和精神和我们的中世纪的封建精神在一些连续出现的非凡人物身上结为一体。

米拉波的丑陋有他那个种族的特殊的美作为背景，产生出某种米开朗琪罗的《最后审判》中的强有力的形象，阿里凯提人[4]的同胞。演说家的脸上，小疙瘩挖出一道道沟，更像是火烧

[1] 古罗马著名平民家族，出了好几位有影响的政治人物。

[2] 前者为古罗马政治家（约公元前 108—公元前 62），有野心，为达目的不择手段；后者未详。

[3] 均为法国 17 世纪政治家。

[4] 未详。

过后留下的痂。自然似乎铸了他的脑袋，要么为了王国，要么为了绞架；凿了他的胳膊，要么为了抱紧一个民族，要么为了拐走一个女人。当他看着民众摇动他那浓密的长发的时候，他能让民众站住不动；当他举起爪子、露出指甲的时候，平民会发狂地奔跑。我在一次会议的可怕的混乱之中看见他站在讲坛上，阴沉，丑陋，不动声色。他让人想起弥尔顿笔下的混沌，在其混乱之中不动声色，无形无状。

米拉波像他的父亲和叔叔，如同圣西门，鬼使神差地写出不朽文章。有人提供给他议会辩论的演说稿，他取用其中能够和他自己的思想混在一起的部分。如果他全部接受，他就宣读不好，人们从他偶尔加进的几句话里看出演说稿不是他的，这会暴露了他。他从他的邪恶中汲取力量，这些邪恶不会产生自一种脆弱的性情，它们附着于深沉的、灼人的、暴风雨般的激情之上。风俗的寡廉鲜耻在毁灭道德感的同时，把一种野蛮人带进了社会。人类文明中的这些野蛮人像哥特人一样只会毁灭，却没有他们那样的建设的能力：哥特人是原始自然的巨大的儿童，而这些野蛮人却是一个堕落的自然丑恶的早产儿。

我在宴会上两次遇见过米拉波：一次是在伏尔泰的侄女德·维莱特侯爵夫人那里；一次是在王宫，和一些反对派代表在一起，那是夏波里埃让我认识的。夏波里埃是跟我哥哥、德·马尔泽尔布先生坐一辆车上断头台的。

米拉波说得很多，尤其是谈他自己。这个狮子的儿子，自己则是一头长着怪物脑袋的狮子。此人在事实方面是那样实证，在想象力和语言方面却完全是小说，是诗，是热情。人们发现他是索菲的情人，感情狂热，勇于牺牲。他说："我觉得这个女人值得钦佩……我了解这颗灵魂，她是自然之手在慷慨大度的时刻造就的。"

我喜欢米拉波讲他的爱情，说他希望退隐，中间还夹杂着枯燥的议论。他令我感兴趣的还有一点：和我一样，他也曾受到父亲的严厉的对待，他父亲和我父亲一样，也保持着绝对父权不可动摇的传统。

这位宴会上的伟大宾客谈起外交政策滔滔不绝，却对国内政策几乎不置一词；不过，他关心国内政策，但是他脱口而出的几句话，是那种被误解的君主针对自诩高明的臣下的话，因为他们装作对灾难和罪恶漠不关心。米拉波生性宽宏大量，对友情很敏感，对冒犯很容易原谅。尽管他不道德，但从未在良心上作假。他只为自己而腐化，他的正直而坚定的思想并未把谋杀当作智慧的崇高，他丝毫也不欣赏屠宰场和垃圾场。

不过，米拉波不乏骄傲。他肆无忌惮地吹嘘自己，尽管他是自认呢绒商才被第三等级选为议员（贵族等级抛弃了他，真是疯狂得可敬），他仍然热爱他的出身。"桀骜不驯的鸟，它的窝在四座塔楼之间。"他的父亲说。他没有忘记他曾进过宫，坐过四轮马车，陪国王打过猎。他要求人们一定叫他伯爵，他看重他的衣饰，他让下人穿号衣，虽然别人都不再穿了。他动辄甚至不合时宜地称德·科里尼元帅为他的"亲戚"。《箴言报》把他称作里盖[1]。他激动地对记者说："您知道吗，您用这个里

[1] 贝洛的童话人物，丑陋但聪明。

盖把欧洲误导了三天？”他总是讲这个厚颜无耻却又如此有名的笑话：“要是在另一个家庭里，吾兄子爵就是才智之士和坏蛋了；但在我家里，他是个傻瓜和好人。”有的传记作家认为这句话是子爵谦逊地自比于家里其他成员时说的。

米拉波骨子里是拥护君主政体的，他说过这样精彩的话：“我是想让法国人从对君主制的迷信中解脱出来，而代之以对君主制的崇拜。”在一封路易十六能够看到的信里，他写道：“我不愿意仅仅为巨大的破坏出过力。”然而他得到的结果是：上天为了惩罚我们用之不当的才能，就让我们后悔我们的成功。

米拉波用两根杠杆搅动舆论：一方面，他把支点放在群众之中，他自认群众的捍卫者又蔑视群众；另一方面，他尽管背叛了他的等级，却又用种姓的关系和共同的利益支持对贵族的同情。这不会发生在头号受益阶级平民的身上；否则，他既会被他的党派抛弃，又得不到贵族的支持，因为如果他不是生在那个地位上，他的行为就是忘恩负义的，不得人心的。再说，贵族并不能临时制造一个贵族，既然贵族身份是时间的女儿。

米拉波开了风气之先。有人梦想摆脱了道德的束缚，就把自己变成了国务活动家。这些模仿只是产生了一批渺小的恶人：某人自诩腐化堕落，成了盗贼，其实只是个放荡之徒和无赖；某人自以为有恶癖，其实只是卑劣；某人自吹作恶多端，其实只是卑鄙下流。

米拉波自卖于宫廷，宫廷收买了他，对他来说是太早，对宫廷来说是太晚。他拿他的名声来赌一份补助金和一个大使馆，克伦威尔当时是拿他的前途换一个头衔和一枚嘉德勋章。尽管傲慢，米拉波的身价还抬得不够高。既然金钱和位置的充裕提高了良心的价钱，那些见风使舵的人的所得就没有不值几十万法郎和国家的最高荣誉的了。坟墓把米拉波从他的诺言中解脱，免遭危险，而那些危险他大概也是克服不了的。他活着也许能在善之中显示他的弱点，然而他的死已使他拥有了恶中的力量。

吃过饭出门，大家谈论米拉波的敌人；我觉得是站在他一边，就一声也不吭。他面对面地看着我，眼睛里闪烁着傲慢、罪恶和天才，一边把他的手按在我的肩膀上，对我说："我的卓越超群他们是永远也不会原谅的！"我现在还感觉到这只手的压力，好像撒旦用它的火爪碰着了我。

当米拉波盯着一个沉默的年轻人的时候，他可曾预感到我的未来？他可曾想到有一天他会出现在我的《墓中回忆录》前？我是注定要成为大人物的历史学家的：他们在我面前鱼贯而行，我却无须挂在他们的大衣上和他们一起被拖到后世。

有些人的回忆是应该传世的，米拉波已然经历了发生在他们身上的那种变化：从先贤祠到阴沟，又从阴沟回到先贤祠，他已经升到时间的最高处，而时间如今成了他的台座。人们已看不见真实的米拉波了，人们看见的是理想化的米拉波，是画家为了把他当作象征或他所代表的那个时代的神话而画出的米拉波。这样，他就变得更虚假了，也更真实了。在如此多的声望、如此多的演员、如此多的事件、如此多的废墟之中，将只有三个人留下，他们分别与革命的三个伟大的时期相联系，米拉波的是贵族，罗伯斯庇尔的是民主，波拿巴的是专制；复辟王朝则一无所有：法兰西为美德所不能认可的这三个名人付出了高昂的代价。

1821 年 11 月，巴黎

罗伯斯庇尔

人们对国民大会开会的兴趣远非我们现在的议会可比。人们早早地起来，到挤得满满的听众席上找个地方。议员们到场都是边吃边聊，指手画脚，他们根据观点聚集在大厅的不同的部位。宣读会议记录，然后展开讨论预定的主题，或者临时的动议。讨论的不是法律的某个乏味的条款，很少有破坏活动不列入议事日程的。人们说话表示同意或不同意，谁都好歹能即席演说一番。辩论越来越激烈，听众也参与讨论，对演说者鼓掌和称赞，吹口哨和喝倒彩。主席摇动铃铛，议员们隔着座位互相招呼。小米拉波揪住了对手的衣领，大米拉波高喊："不要谈三十票！"有一天，我在反对派保王党的后面，我前面是一位多菲内省的贵族，黑脸膛，短身材，他气得从座位上跳起来，对他的朋友们说："冲，拔出剑来，朝这些无赖冲过去。"他指着多数派那一边。菜市场的女人们在听众席上打毛线活，听见了这句话站了起来，一齐大喊，手里拿着毛裤，嘴上泛着白沫："把他吊在路灯杆上！"德·米拉波子爵、罗特莱克和几个年轻的贵族想冲上听众席。

很快，这一场喧闹就被另一场喧闹盖住了：一些请愿者手持长矛，出现在栏杆旁，他们说："人民在挨饿；是时候了，必须对贵族采取措施，必须适应形势的发展。"主席让这些公民确信他的敬意，他说："我们盯着叛徒呢，大会将主持正义。"于是又爆发了新的喧哗：右派议员大呼要走向无政府主义了；左派议员反驳说，人民有表达其意志的自由，有抱怨专制主义的支持者的权利，这些人竟还坐在人民代表中间——他们就这样向这至上的人民指出了他们的同僚，而这人民正在路灯下等着他们。

在引起愤慨方面，晚上的会议更胜过早晨的会议：灯光下，人们说得更好、更大胆。驯马场的大厅变成了真正的剧场，演出了世界上最大的悲剧之一。第一批人还属于旧秩序；而他们的可怕的替换人藏在身后，很少说话，或者根本不说话。一场激烈的辩论之后，我看见一位议员登上讲坛，他的气度平常，脸是灰色的，没有生气，头发梳得很整齐，衣服也很干净，像是一座好房子的管理人，或者注意衣着的乡村公证人。他做了一个长而令人厌倦的报告，根本没有人听。我打听他的名字，原来是罗伯斯庇尔。穿皮鞋的人正准备离开大厅，穿木鞋的人已经在撞门了。

1821 年 11 月，巴黎

在圣马洛上船

1790 年补足了 1789 年开始采取的措施。教会的财产先由国家控制起来，然后没收充公，公布了教士的公民组织法，废除了贵族身份。

我没有参加 1790 年 7 月的联盟节，因为身体严重不适，不得不卧床，不过此前马尔斯广场上的两轮车倒是使我很开心。斯达尔夫人绝妙地描写过那个场景。我一直遗憾没有看见德·塔列朗先生在路易神甫的主持下做弥撒，没有看见他挎着军刀接见土耳其大使。

1790 年，米拉波大失民心：他与宫廷的联系昭然若揭。内克先生退出内阁，没有人想挽留他。国王的婶婶们持国民大会的护照去了罗马。德·奥尔良公爵从英国回来，宣称他是国王的谦卑驯服的仆人。宪法之友协会遍地开花，从属于巴黎的圣母会，接受其影响，执行其命令。

在我的性格中，有些倾向是对公共生活有利的：大家共同发生的事情吸引我，因为我在人群里保持着孤独，丝毫不必与我的腼腆做斗争。沙龙介入了普遍的运动，对我的行为不那么陌生了，所以我终究还是新结识了一些人。

德·维莱特侯爵夫人已经处在我的路上了。她的丈夫，名声受到诽谤，跟大先生，国王的弟弟，一起在《巴黎日报》上写东西。德·维莱特夫人还很迷人，却失去了一个更加迷人的十六岁的女儿，德·帕尔尼骑士曾为她写下这些堪入《选集》的诗句：

她把生命还给上苍，
安安静静进入梦乡，
并不埋怨它的法律：
微笑就这样地逝去，
也是这样不留踪影，
林中一只鸟的歌声。

我的团驻扎在卢昂，相当晚的时候仍然纪律严明。关于演员波尔迪埃，我们和当地人民之间有一个约定，他是议会权限下最后一个被逮捕的人。头一天还是吊死鬼，第二天就是英雄，假使他多活二十四小时的话。不过，反正是纳瓦尔的士兵中间爆发了起义。德·莫特马尔侯爵流亡，军官们都跟他走了。我没有接受也没有抛弃新的观点；我既不打算攻击新观点，也不打算为之服务：因此我不想流亡，也不想继续军队生涯——我退了。

我摆脱了一切束缚。一方面，我和我哥哥以及德·罗桑博主席相当激烈地吵了一回；另一方面，我和冉格内、拉哈浦、尚福尔之间的争论也不减其激烈。从我年轻的时候起，我政治上的不偏不倚就不讨任何人的喜欢。更有甚者，对当时提出的问题，我只从人类自由和尊严的普遍观念出发衡量其重要性；个人的政治使我感到厌倦，我真正的生命乃是在更高的领域之中。

巴黎的街道，白天、晚上都挤满了人，我再不能闲逛了。为了重获荒原，我逃进了剧场：我坐在一个包厢的深处，让我的思想在拉辛的诗句、萨齐尼的音乐、歌剧院的舞蹈之中游荡。我不得不勇敢地连着在意大利人剧院看了二十遍《蓝胡子》和《丢失的木鞋》，以厌倦攻厌倦，仿佛墙洞里的一只猫头鹰。君主制垮台的时候，我没有听见百年大梁折断的咔咔声，没有听见滑稽歌舞剧的刺耳的叫声，没有听见讲坛上米拉波的震耳欲聋的说话声，也没有听见舞台上高兰对巴拜唱歌的声音：

下雨，刮风或下雪吧，
如果夜长，就让它短。

矿务局局长莫乃先生和他年轻的女儿，有时受冉格内太太的差遣，前来搅乱我的孤僻。莫乃小姐坐在包厢前头，我坐在她后头，半满意，半抱怨。我不知道我是不是喜欢她，是不是爱她，反正是我很害怕。她走了，我感到惋惜，又很高兴不再见到她了。不过，我有几次头上冒着汗去她家里找她，陪她去散步。我让她挽着胳膊，我觉得我挽着她的胳膊时有点儿紧。

一个念头缠住了我，就是到合众国去。我的旅行必须有一个有用的目的，我打算去发现（就像我在这部《墓中回忆录》

和我的好几本著作里说的那样）到达美洲西北部的通道。这个计划并非出自我的诗意的天性。没有人理我。我当时像波拿巴一样，是个完全无名的小小的少尉；我们两个都同时从默默无闻出发，我是在孤独中寻求我的名声，他则是在人群中寻求他的荣耀。所以，我还未依恋过任何女人，我的女气精依然纠缠着我的想象力。我把和她一起完成在美洲森林里的奇妙的奔走当成我最大的幸福。由于另一种天性的影响，我的爱情之花，我的阿尔莫里克树林里的无名幽灵，变成了佛罗里达树荫下的“阿达拉”。

德·马尔泽尔布先生鼓动我进行这次旅行。我早晨去看他。我们鼻子贴着地图，比较着北半球的不同的画法；我们估算着从白令海峡到哈得孙湾底部的距离；我们阅读英国、荷兰、西班牙、法国、俄国、瑞典、丹麦等国航海家和旅行家的游记；我们探索从陆地登上北冰洋岸的路线；我们详列针对气候的严酷、野兽的攻击和食物的缺乏所需克服的困难和采取的预防措施。这位著名人物对我说：“假使我年轻些，我就跟您一起走，这里那么多的罪恶、卑劣和疯狂的景象我也就看不见了。但是在我这个年纪，应该在哪儿就死在哪儿。每一班船都要给我写信，告诉我您的进展和您的发现。我要让部长们重视。这真遗憾，您不懂植物学！”这些谈话之后，我就去翻阅图纳福尔、杜阿梅尔、贝尔纳·德·于西厄、格罗、雅甘等人的著作，翻阅卢梭的辞典、花卉入门；我跑去参观王家植物园，我已经自认是一个林奈了。

终于，1791 年 1 月，我认真地拿定了主意。混乱愈演愈烈：只要有一个贵族的姓氏，就会遭到迫害；您的观点越是认真、温和，就越是会受到怀疑和追究。我于是决定开拔。我让我的哥哥和姐姐们留在巴黎，自己则踏上回布列塔尼的道路。

我在福杰尔会见了德·拉鲁埃里侯爵，请他写一封信给华盛顿将军。阿尔芒上校（在美洲，人们给侯爵的名字）在北美独立战争中功勋卓著。在法国，他是因一个保王党的阴谋而出了名，这次阴谋给德齐尔家族造成的牺牲真是感人。他在组织这次阴谋的时候死去，后来他被从坟墓里挖出来，被辨认出来，结果给他的客人和朋友带来不幸。德·拉鲁埃里侯爵是拉法耶特[1]和罗赞[2]的竞争者，拉罗什雅可兰[3]的先驱，但是比他们更聪明：与第一个人相比，他仗打得更多；他和第二个人一样，也从歌剧院里拐走了几个女演员；他也许可以成为第三个人的战友。他和一位美国少校一起，在布列塔尼的森林里纵横驰骋，他的马屁股上还坐着一只猴子。莱纳的法律学校的学生们喜欢他，因为他行动大胆，思想自由。他是曾被关进巴士底狱的十二个布列塔尼贵族之一。他身材修长，举止优雅，英气勃勃，面容可爱，很像画上的神圣同盟的那些年轻的贵族。

我选择圣马洛作为上船的地方，为的是拥抱我的母亲。我在这部《墓中回忆录》的第三章曾对你们讲过，我是如何经过

[1] 法国政治家（1757—1834），侯爵，年轻时曾率部参加北美独立战争。

[2] 法国政治家（1747—1793），公爵，曾参加北美独立战争。支持大革命，但被绞死。

[3] 旺岱的著名家族，出过好几个旺岱叛乱的代表人物。这里不知确指。

贡堡的，是什么样的感情压迫着我。我在圣马洛待两个月，忙于旅行的准备工作，就像以前曾打算去印度那样。

我跟一位叫德雅尔丹的船长谈好交易。他要把圣絮尔比斯神学院的院长纳果神甫送到巴尔的摩，还有几个修士随他同行。若在四年前，这些旅伴对我就更适合了，因为我已从一个狂热的基督徒变成了一个思想自由的人，也就是说，思想软弱的人。我的宗教观念中的这种变化发生于阅读哲学著作之后。我真诚地相信，一个信教的人在一方面是个瘫痪的人，有些真理他是不能认识的，无论他多么高尚。这种温和的骄傲使我上了当：我认为在信教的人身上缺乏一种能力，而这种能力正好存在于一个具有哲学思想的人身上——短视的智力以为什么都看见了，就因为他睁开了眼睛。总之，有一件事情毁了我：我内心深处无名的绝望。

我哥哥的一封信把我出发的日子固定在了我的记忆中：他从巴黎写信给母亲，告诉她米拉波的死讯。这封信到了三天之后，我在锚地上了船，我的行李早装上了。起锚，这是航海者的庄严的时刻。沿海引水员把我们引出水道之后，离开了我们。这时太阳落了，天气阴沉，微风软软的，涌浪在离船几链处沉重地拍打着礁石。

我的目光一直望着圣马洛，我刚刚把我那泪流满面的母亲留在了那里。我看见了钟楼和教堂的圆顶，我曾和吕西尔一起在那儿祈祷，我看见了城墙、壁垒、要塞、塔楼、我跟杰斯里及玩耍的伙伴一起度过童年的沙滩。我抛弃了我的四分五裂的祖国，此刻她也失去了一个不可替代的人。我也是怀着惴惴不安的心情离开了国家的和我个人的命运。哪一个将遭遇危险，法国还是我？我会再见到这个法兰西和我的家吗？

走出锚地时已经入夜，风平浪静，船也停了；城市的灯火和灯塔都亮了起来。这些在我的故乡的屋顶下颤动的光亮似乎同时向我绽出微笑，道声永别，在山岩、黑夜和晦暗的浪涛之间给我照着亮。

我带走的只是我的青春和我的幻想；我逃离一个世界，我曾在它的灰尘中奔走，数过它的星星；我走向另一个世界，我不知道它的土地和它的天空。如果我达到了我的旅行的目的，我会怎样呢？我迷失在极北的海岸上，纷争的岁月那样大张旗鼓地粉碎了那么多代的人，又将无声地落在我的头上；社会将更新它的面目，而我将不在其中。可能我将永远不会有写作的不幸；我的名字将不为人知，或者只是挂上一个平平静静的名气，够不上辉煌，引不起歆羡，幸运而已。谁知道我会不会再过大西洋，我会不会永远孤独，带着我所探索和发现的危险，如同一个征服者身处他的征服之中！

然而不！我应该回到我的祖国，换一种苦难，换一个人。这片大海，我生于它的怀抱之中，将要变成我的第二个生命的摇篮。在我的第一次旅行中，它负载着我，就像在我的奶娘的怀里，就像在我最初的哭泣、最初的欢乐的知心人的臂弯里。

没有微风，然而退潮把我们带向远方，岸上的灯光渐弱，消失。思考，模糊的遗憾，更加模糊的希望，把我弄得精疲力竭，我下到船舱。我躺下了，在吊床上摇晃着，伴着拍打着船舷的海浪的声响。起风了，裹在桅杆上的帆张开，鼓起。第二天早晨我登上甲板的时候，已经看不见法兰西的土地了。

这里，我的命运改变了："还要到海上去！ Again to sea！"（拜伦）

1821 年 12 月，巴黎

横越大西洋

我在圣马洛港口登船，上一章遂告结束。我们很快即驶出英法海峡，西来的巨大涌浪告诉我们，前面就是大西洋了。

从未航行过的人很难想象，置身船上，举目四望，所见唯有那深渊的严厉的面孔，此刻心中会涌起什么样的感情。在水手的危险的生活中有一种独立性，其源在于远离陆地。他们将人的种种激情留在了岸上：后面的世界已经离去，前面的世界还在找寻，他们浮于其上的这个场所就是他们的爱情和他们的祖国。不再有义务要尽，不再有拜访要做，不再有报纸，不再有政治；甚至水手的语言也不是普通的语言了，那是一种海洋和天空、平静和风暴说的语言。您居住在一个水的世界上，其造物的衣饰、举止、趣味和面目与陆地上的人迥然不同：他们有着海狼的粗暴和飞鸟的轻灵；在他们的额上看不到一丝儿社会的烦恼；长长的皱纹好似缩小的帆的褶皱，在海上，凛冽的北风比岁月更能刻下人们脸上的皱纹。这些造物的皮肤浸透了盐，又红又硬，仿佛海浪击打着的礁石表面。

水手对他们的船怀有一种如醉如痴的感情。离开他们的船，他们会恋恋不舍地哭；再见到它，又会有柔情涌上心头。他们在家里待不住，发誓一百次不再出海，最终还是不能没有他们的船，就像一个年轻人不能挣脱脾气坏又不忠实的情妇的怀抱。

在伦敦和普利茅斯的码头上，不难发现一些出生在船上的水手：他们自小到老从不上岸；他们只是在他们的浮动摇篮里看见陆地，他们是看客，根本不进入这个世界。在这种局限于如此狭小的空间、处于云之下渊之上的生活中，一切都是为了海才有了生气。一只锚，一张帆，一根桅杆，一门大炮，都是人们钟爱的事物，都有各自的故事。

帆在拉布拉多半岛[1]海滨被扯破了，您看到了，帆篷长把它补好。

在三明治群岛[2]的珊瑚礁中，船跟着锚跑，其中的一只救了它。在好望角的狂风中，桅杆折断了；桅杆当时是整根的，现在是两段，就结实多了。

在切萨皮克湾[3]的战斗中，只有大炮完整无损。

船上有了最让人感兴趣的消息：刚刚放下计程仪，船的航速为十节。

中午天气晴朗；有人测了高度，看看我们在什么纬度。

有人算了算，船沿着正确的航向又走了多少海里。

指针偏了多少度：我们已经朝北航行了。

沙漏不畅：要下雨了。

---

[1] 北美洲东北角的一个半岛。

[2] 大西洋南部岛屿。

[3] 美国东部海湾。

航迹上发现了信天翁：我们要遇上暴风雨了。

南面出现了飞鱼：天气要平静了。

东面的云中形成了一片晴空：那是风的脚，明天风要从那个方向吹来。

海水变了颜色；我们看见有木头和海藻漂浮；远处还有海鸥和野鸭；一只小鸟飞来栖在横桁上：应该朝外航行了，因为陆地已近，夜里靠岸可不好。

柳条笼里有一只公鸡，颇受宠爱，甚至被视为神圣，其他的鸡都死了，它仍活着；它之出名是因为在一次战斗中喔喔啼叫，就像在农家院子里身边拥着母鸡一样。甲板下住着一只猫：毛发绿，有条纹，秃尾，长须，四足用力着地，与船的前摇和横晃相抗衡；它已两次环游世界，在一次沉船中跳上一只酒桶得以逃生。见习水手们用蘸了酒的饼干喂公鸡，而公猫大人则有权在大副的衣兜里睡觉，只要它高兴。

老水手犹如老农夫。的确，他们的收获不同：水手过的是流动的生活，农夫则终其生不离土地；然而他们都认识星辰，都通过挖沟来预言未来。农夫有云雀、红颏、夜莺，水手有信天翁、杓鹬、珊瑚——这是他们的预言家。晚上，一个回到船舱，一个回到茅屋。这住处是脆弱的，然而风暴能摇晃这住处，却不能搅乱他们安宁的良心。

虽然风猛烈地吹，
他们却看不到任何危险；
无邪的心滴着香膏，

哼着催眠曲抚慰着他们……

水手不知道死亡在哪里抓住他，不知道把生命留在哪条船上：也许当他在风中吐出最后一口气的时候，他会纵身跳进海浪的怀抱，捆在两只桨上，继续他的旅行；也许他会葬于荒岛，人们永远找不到他，就像他在大洋的中心孤独地睡在床上。

单单是船就颇有可观：舵对手的最微小的动作都有灵敏的反应，它是半鹰半马的怪兽，或者是有翼的骏马，听命于舵手的手，如同马听命于骑手的手。桅杆和绳索的优雅，在桅桁上翻飞的水手的轻灵，船的各种不同的身姿，或逆风侧行，或顺风直驶，都使这架复杂的机器成为人类天才的一大奇观。时而浪及浪的泡沫撞在船身上，粉碎而后迸射；时而平静的水波在船头前面温顺地分开。国籍旗，狭长形小旗，帆，使这座尼普顿的宫殿臻于至美。最低的帆完全展开，鼓成一个圆柱体；最高的帆，中间收紧，宛若海妖的双乳。船生气勃勃地用它的龙骨犁铧般哗哗地切开大海的田野。

在这条海洋的大路上，两旁没有树木，没有村庄，没有城市，没有古堡，没有钟楼，也没有坟墓；在这条没有圆柱、没有石炮的大路上，边界只是浪，驿站只是风，火炬只是星，当人们不是在寻找未知的陆地和海洋的时候，最美的奇遇莫过于两条船相遇了。人们用望远镜互相发现于天际，遂向着对方行驶。两艘船靠近了，各自升起国籍旗，半收起帆，侧过船身。当一切都安静了，两位船长立于艉楼之上，手持传声筒高喊："船的名字？去哪个港口？船长的大名？从哪儿来？走了多少天了？纬度和经度？再见，走吧！”人们松开帆绳，帆落下。两条船上的水手和乘客相互看着远去，不说话。一些人去寻找亚洲的阳光，另一些人去寻找欧洲的阳光，都将看着他们死去。时间在陆地上使旅人相聚又分离，更快于风使他们在海上聚散。人们远远地相互挥挥手："再见，走吧！”共同的港口乃是永恒。

假使遇上的是库克的或者拉佩鲁兹[1]的船呢？

我们这条从圣马洛港开出的船的水手长过去曾是商务负责人，名字叫作彼埃尔·维尔纳福，单这名字就让我喜欢，因为我那善良的保姆就叫维尔纳福。他曾在印度为德·絮弗朗[2]大法官效劳，在美洲为德斯坦伯爵[3]服务；他经历过许多大事。彼埃尔站在船头，倚着艏斜桅，活像巴黎残老军人院的墓穴中一位老兵坐在他的小园子的葡萄架下。他嚼着一块嚼烟，腮鼓起来像肿了似的，一边给我描绘战斗准备的时刻、炮弹在甲板下爆炸的后果、圆炮弹在反弹时打在炮架上造成的破坏、大炮、木板等等。我让他讲印第安人、黑人、移殖民。我问他各地的居民如何穿着，树什么样，土地和天空什么颜色以及水果什么滋味，比如菠萝是否比桃子好吃，棕榈树是否比橡树美丽。他用我认识的东西作比喻给我解释这一切：棕榈树是一种巨大的白菜，印第安人的袍子就是我祖母的袍子，骆

[1] 库克是英国著名航海家（1728—1779），拉佩鲁兹是法国著名航海家（1741—1788）。

[2] 法国著名水手（1726—1788），1782 年在印度海战中任舰队司令。

[3] 法国著名水手（1729—1794）。

驼像一头长了罗锅的驴，东方人都是胆小鬼和小偷。维尔纳福是布列塔尼人，我们最后总要赞美一番我们的故乡和无与伦比的美。

铃声打断了我们的谈话；船上用打铃来安排交接班、着装、检阅和用餐的时间。早晨，一声令下，全体船员在甲板上列队，脱下蓝衬衣，换上在桅杆的侧支索上晾干的另一件衬衣。脱下的衬衣立刻在桶中洗净，那一块用海豹油做的肥皂还要用来洗棕色的脸和粘满沥青的爪子。

中午和晚上吃饭的时候，水手们围坐在一个个大盆周围，按先后顺序把他们的锡勺伸进颠簸中摇晃的汤里，没有人偷着多舀一勺。有的人不饿，就把他们那一份饼干和咸肉卖给同伴，换一块烟或一杯烧酒。乘客在船长的房间里用餐。天气晴朗的时候，人们在船尾支起一方帐子看着大海吃饭，蓝色的海被微风擦破，这里那里泛起一道道白痕。

夜里，我裹着大氅睡在上甲板上。我静观着头上的星辰。卷起的帐子给我送来微风的清凉，催我安眠于天穹之下。风推着我，睡意蒙眬中，梦换了一个又一个，天也换了一方又一方。

船上的乘客形成了一个不同于船员的社会，他们属于另一个环境，他们的目的地是陆地。一些人寻求财富，另一些人寻求休息——前者返回祖国，后者则离开祖国；还有一些人远航是为了了解各地的民俗，为了研究科学和艺术。在这座和旅人一起旅行的流动旅馆里，人们可从容地互相认识，获悉许多奇遇，抱有反感或结成友谊。那些英国血统和印度血统的年轻女人来来往往，她们将沙恭达罗[1]的优雅结合于克莱丽丝[2]的美丽，于是就形成了锡兰的香风续之断之的链条，她们如这风一样温柔，其轻盈亦如这风一样。

1822 年 4 月至 9 月，伦敦

[1] 印度古代文学著名女性人物。

[2] 英国 18 世纪小说家理查森作品中的女主人公。

圣彼埃尔岛

Fac pelagus me scire probes,

quo carbasa laxo.[1]

"缪斯，帮助我证明吧，我了解大海，我在海上张开我的帆。"这是六百年前我的同胞纪尧姆·勒·布列东说的。我到了海上，又开始静观他的孤独；但是，在我的梦幻所营造的理想世界中，出现了严厉的告诫者，法兰西和真实的事件。白天，当我想躲开那些乘客时，我有个隐蔽处，在主桅的桅楼里。我在水手的掌声中爬将上去，坐在里面，高居于海浪之上。

天空多了一片蔚蓝，仿佛一块画布，准备接受一位大画家未来的创造。水的颜色和液体的玻璃的颜色一样。长而高的波动在其浪谷间一阵阵把大海的荒凉呈现于目前。这动荡不定的风光使我的眼睛看清了《圣经》中的比喻，在天主面前摇摇欲坠的大地仿佛一个醉汉。有时候，又由于没有突出的点，它像是一方狭窄、有限的空间；然而，倘若一个浪抬起头，一道波

---

[1] 拉丁文：海上东南风起了，西北风就息了。

模仿着远方海岸的形状弯下身，一群鲨鱼游向天边，就会出现一系列层次的变化。尤其是当浓雾爬过远洋的水面，似乎增大了广阔本身时，水的面积就显现出来了。

我一直是茕茕孑立。过去是从我那柳树的窝里下来，这时是从桅杆的顶上下来，吃一块船上的饼干、一点儿糖和一个柠檬；然后就睡下，或裹着大衣躺在上甲板上，或躺在甲板下我的帆布吊铺上。我只要一伸胳膊就能从床上进入棺材。

风吹着我们向北航行，我们停泊在新地岛的礁石旁。一片寒冷、灰白的蒙蒙细雨中，有几块浮冰游荡。

使用三叉戟的人[1]有一些前人传下来的游戏：过赤道的时候，必须接受洗礼。在热带和在新地岛举行的是同一种仪式，而且不管在哪里，游戏的头儿都是那个热带老人。对水手来说，热带和水肿是同义词，所以热带老人有一个硕大的肚子，就是在热带，他也穿上船队所有的羊皮和棉衣。他蹲在主桅桅楼里，不时地发出号叫。大家从底下望着他。他顺着侧支索下来，笨重得像头熊，摇摇晃晃像棵蝇子草。他一踏上甲板，就又发出号叫，蹦着，抓起一只水桶，盛满海水，向那些没有过过赤道的人或者没有到过冰纬度的人的头上浇去。大家逃到甲板下，冲向舱口，爬上桅杆，热带老人在后面追，给他很多小费方可结束。这是安菲特里忒[2]的游戏。假使年迈的大洋神在尤利西斯的时代完全为人所知，荷马就会像歌唱普洛透斯[3]那样歌唱这游

[1] 指水手。
[2] 海神波塞冬的妻子，手中亦持有三叉戟。
[3] 波塞冬手下的海神。

戏了；然而那时人们还只能在赫拉克勒斯石柱上看见他的脑袋，他的隐蔽的身躯覆盖着大地。

我们驶向圣彼埃尔岛和密克隆岛，寻找新的停泊地。我们渐渐接近圣彼埃尔岛。一天早晨，在十点到正午之间，我们差不多到了它的外面；它的海岸从雾中冒出，其状如黑色的鼓包。

我们在岛的首府前面抛锚。我们还看不见它，但我们听见了陆地上的声音。乘客们急忙准备下船；圣絮尔比斯的修道院长持续地受到晕船的折磨，虚弱得不得不被人抬上岸。我单独住在一处，等着一阵大风驱散浓雾，让我看看我住的地方，或者看看这个影子国的东道主的面目。

圣彼埃尔的港口和锚地处在岛的东岸和一个狭长的小岛之间，小岛名叫犬岛。港口又叫巴拉舒阿，深入陆地，延伸到一个咸水坑。岛的中央挤着一片不毛的小山：有几座孤峰俯瞰着海岸，其余的则在脚下有一线泥炭质的、已被销蚀的荒原。从市区可以看见浅海中冒出的小山。

总督的房子正对着码头。教堂、本堂神甫的住所、食品店都紧挨着。接下去就是海军长官和港务监督长的住宅了。然后，沿着海岸，在布满卵石的海滩上，开始了一条本城唯一的街道。

我在总督那里吃过几次饭，他是一位殷勤周到、彬彬有礼的军官。他在一块平地上种了几种欧洲蔬菜。饭后，他领我看了他称为花园的地方。

一阵细细的、甘美的天芥菜的香气从一方开着花的蚕豆地里飘过来，它不是故乡的微风吹来的，而是一阵新地岛的狂野的风带来的，与流亡的植物没有关系，也与记忆和快感没有感应。在这种不曾洋溢着美、内心不曾净化过、亦不曾弥漫于其踪迹之上的香气中，在这种面临着不同的晨曦、文化、世界的香气中，有着种种混杂着遗憾、离别和青春的忧郁。

我们离开花园去爬小山，我们停在望岗的旗杆下。一面新的法国国旗在我们头上飘扬，仿佛维吉尔笔下的女人。我们望大海，大海把我们和故乡的土地隔开了！总督忧心忡忡，他站在被打败的意见一边；再说，他在这个隐居地也感到烦闷。这种地方对我这样的梦想家倒合适，对一个忙于事务的人来说就度日艰难了，或者说，根本不能在他身上引起那种充塞一切、让身外的一切消失的激情。我的东道主询问大革命的情况，我则问他关于西北通道的消息。他身处荒漠的前沿，却对爱斯基摩人一无所知，只从加拿大收到山鹑。

一天早晨，我独自前往鹰岬，想看太阳从法兰西那个方向升起。那里，一股冬天的水形成一道瀑布，其最后一跳直入海中。我坐在一块岩石的突出部分上，两脚垂下，下面就是在悬崖下散开的海浪。一个海边的小姑娘出现在上面的山坡上。尽管天气很冷，她却光着脚，蹚着露水走路。她头上缠着一方印度头巾，露出浓密的黑发；头巾上还戴着一顶当地的芦苇帽，其形状如帆船或摇篮；白色的衬衣紧裹着胸，露出一束淡紫色的欧石楠。她不时地弯下腰，采摘一种当地叫作天然茶的香料植物。她一只手提着篮子，一只手把叶子扔进去。她看见了我并不害怕，过来坐在我身旁，把篮子放在身边，也像我一样，把腿悬在海面上，望着太阳。

我们不说话。过了几分钟，还是我胆子大，说道："您在采什么？越橘果的季节已经过了。"她抬起黑黑的大眼睛，既腼腆又骄傲，回答说："我采茶。"她给我看她的篮子。

"您把这茶送给父亲和母亲吗？""我父亲跟纪尧米捕鱼去了。""你们冬天在岛上干什么？""我们织网，在水塘的冰上砸个窟窿抓鱼；礼拜天，我们去望弥撒做晚祷，或者唱圣歌；然后我们就在雪上玩儿，看男孩子猎白熊。""您的父亲很快就回来吗？""噢，不！船长和纪尧米带着船去热那亚了。""那纪尧米会回来吗？""哦，会的，在下个季节，渔民回来的时候，他会给我带来一件有条纹的丝绸短上衣、一条细布套裙和一条黑项链。""您将为了风、为了山、为了海打扮起来。您愿意我给您寄来一件短上衣、一条套裙、一条黑项链吗？""噢！不。"

她站起来，拿上篮子，沿着一片杉树林，顺着一条陡峭的小路，匆匆地走了。她嗓音嘹亮地唱起一支传教会的圣歌：

> 心中燃烧着不朽的热情，
> 我的愿望啊只向着天主。

她在路上惊起一片美丽的鸟儿，那种鸟头上有羽冠，所以叫"冠毛"；她好像是它们中的一员。她到了海边，跳上一条小船，张开帆，坐在舵前。她真像是命运女神，她离开了我。

哦！是的。噢！不。纪尧米，年轻的水手站在桅杆上，顶着风，这形象把圣彼埃尔的可怕的山岩变成了极乐之地：

> 您的眼前就是幸福之岛。[1]

我们在岛上过了十五天。离开了它的荒芜的海岸，我们发现新地岛的海岸更荒芜。岛内的小山向不同的方向延伸，最高的一座向北，直到罗德里格湾。山谷里，花岗岩中夹着红色和发绿的云母片，覆盖着一重泥炭藓和地衣。

一些小湖的水来自露礁溪、库瓦尔溪、糖面包溪、凯尔加里乌溪和风流脑袋溪。那些水面的名字是萨瓦人塘、黑岬塘、野萝卜塘、鸽子窝塘和鹰岬塘。当旋风扑向这些水塘的时候，不深的水就被撕开，这里那里露出几块水下草地，重新缝合的水面又很快将它们盖住。

圣彼埃尔的花神就是拉普尼和麦哲伦海峡[2]的花神。越往极地，植物的种类越少。在斯皮茨伯格[3]，只有四十种显花植物。换个地方，某种植物就会灭绝：有一些在北方，是冰原上的居民，在南方就成了山的女儿；另一些，在最稠密的森林的安静氛围中生存，却会逐渐丧失力量和规模，直到死在大洋的风暴频仍的沙滩上。在圣彼埃尔，沼泽欧洲越橘（Vaccinium fuliginosum）变得有气无力，它很快就会葬身于为它充作腐殖土的苔藓的棉花堆里和软垫子上。我是一棵游动的植物，我小

[1] 意大利诗人塔索《耶路撒冷的解放》中的诗句。原文为意大利文。
[2] 前者为欧洲极北地区，后者为连接大西洋和太平洋的海峡，在南美智利一带。
[3] 挪威的一个半岛。

心谨慎，不要消失在海岸上，那里是我的故乡。

圣彼埃尔的山坡上长满了没药树、欧楂树、杜鹃、落叶松、黑杉，黑杉的芽可以用来酿造一种抗坏血病的啤酒。这些树不超过一人高。大洋的风削去了它们的脑袋，摇晃着它们，让它们像蕨类植物一样匍匐在地，然后又钻进这些荆棘丛下，把它们再扶起来。但是那里没有树干，没有枝条，没有树荫，也没有呻吟的回声，没有比欧石楠丛生地上更多的声响。这些生长不良的树林和新地岛的大树林形成对比，人们已经发现了邻近的海岸，岛上的杉树覆盖着银色的地衣（alectoria trichodes）——白熊好像把毛挂在这些树的枝条上了，它们是这些树上的奇特的旋木雀。雅克·卡尔吉埃[1]的这个岛上的沼泽地有些白熊常走的路，有人会以为是看见了一座羊圈附近的乡间小路呢。岛上整夜都回荡着饥饿的野兽的叫声；旅行者只是听见了大海的同样凄惨的声音后才安下心来，它的波浪如此孤僻，如此粗暴，却成了伙伴和朋友。

新地岛的北端达到了拉布拉多半岛的查理一世角的纬度，再高几度，就开始了极地的景色。据旅行者说，那些地方独具魅力：晚上，太阳贴着大地，似静止不动，然后并不沉下地平线，而是重新升上天空。山上盖满了雪，山谷里铺了一层白色的苔藓，有驯鹿在啃食，海里则到处是鲸和浮冰。整个场景闪闪发光，同时被落日之火和晨曦照亮，人们不知道目睹的是一个世界的创造还是一个世界的终了。一只小鸟，很像夜里在我

[1] 法国航海家（1494—1554），被称为“加拿大的发现者”。

们的树林里歌唱的那种，发出了哀怨的鸣啭。这时，爱情引导爱斯基摩人登上冰山，他的女伴在那里等着他。人在大地最后的边缘上的婚礼不乏庄严，亦不乏幸福。

1822 年 4 月至 9 月，伦敦

拜访华盛顿将军

巴尔的摩像合众国的其他大都会一样，当时没有现在那么大，它是一座漂亮的天主教小城，干净，活跃，风气和社交都与欧洲极为相似。我向船长付了渡资，请他吃了一顿告别午饭。去往宾夕法尼亚的驿车每周有三班，我订好了座位。早晨四点钟，我上了车，我终于在新大陆的道路上奔驰了。

我们走的路与其说是修出来的，更像是画出来的，所经之地相当平坦，几乎没有树，农庄分散，村落稀疏，气候与法国一般无二，燕子在水面上飞来飞去，就像在贡堡的水塘上一样。

接近费城时，我们遇见了一些去市场的农民、公共的和私人的车辆。我觉得费城是一座美丽的城市，街道宽阔，有的栽了树，东西南北，纵横交叉，皆成直角。特拉华河与沿东岸的一条街平行。这条河在欧洲名气很大，在美洲却不大有人提起，它的两岸低矮，少有可看的景致。

在我旅行的那个年代（1791 年），费城的疆界还不到舒尔基尔河；接近这条支流的土地被分成小块，上面星星点点地盖了些房子。

费城的外观是单调的。一般地说，合众国的新教城市所缺的是宏伟的建筑：宗教改革运动为时不远，于想象力上不肯费力，很少修造古老的天主教布满欧洲的那种大教堂，那种直插云天的中殿，那种双双并立的塔楼。在费城，在纽约，在波士顿，没有一座建筑物高踞于一片墙垣和屋顶之上。目光止于这个高度，岂不悲哉。

我先在旅店下榻，然后在一家膳宿公寓找了套房子，公寓里住的是一些圣多明各的移殖民，还有一些法国人，他们流亡国外的想法跟我的不同。一块自由的土地向逃避自由的人们提供了栖身之地。专制政体的拥护者自愿流亡至一个纯粹民主的国家，没有比这更能证明高贵的体制所具有的崇高价值了。

一个像我这样怀着满腔热情来到合众国的人，一个到处寻求严峻的罗马早期风俗的卡图，肯定会不胜愤慨地发现到处是豪华的服饰、轻佻的言谈、不均的财富、不道德的银行和赌场、嘈杂的舞厅和剧院。身在费城，我简直会以为是在利物浦或者布里斯托尔。居民的外表讨人喜欢：公谊会[1]的女教徒身着灰裙，一式的小帽，脸色苍白，看起来很美。

我在我一生中的这个时候很欣赏共和制度，尽管我认为在我们当时的那个世界中是不可能实现的。我了解古人所说的自由，那是一个初生的社会中的风俗之女；然而我不知道作为光明之女和古老文明之女的自由，此种自由的现实性已为代议制

[1] 又称教友派，17 世纪创立的一个基督教教派。

共和国所证实。愿天主允许它长远！人们不再为了自由非得自己去耕他那一小块土地、非得抱怨艺术和科学、非得有弯钩的指甲和肮脏的胡子不可了。

我到达费城的时候，适逢华盛顿将军不在，我只好等了他七八天。我看见他坐在一辆由四匹骏马拉着的车里飞驰而过。依我当时的想法，华盛顿必是辛辛那图斯[1]无疑；坐马车的辛辛那图斯有点儿败坏了我那罗马历296年的共和国。独裁者华盛顿可能不是一个用刺棒戳耕牛、手扶犁把的庄稼汉吗？不过，当我向他递上推荐信时，我又看到了那位罗马老人的淳朴。

一幢小房子，与邻近的房子无大差别，作了合众国总统的宫殿。没有守卫，甚至没有仆役。我敲门，开门的是一位年轻的女仆。我说我有一封信要交给他。女仆问我的名字，我的名字用英语很难发音，她记不住。她于是轻轻对我说："Walk in, sir.（请进，先生。）"我跟着她进入一条狭窄的走廊，像英式房子一样，走廊是充作前庭的。她把我领进会客室，请我在那儿等将军。

我不感到激动。灵魂的伟大或财富的伟大都镇不住我：我欣赏前者，但并不因此而被压垮；后者使我产生尊敬之意，但更多的则是怜悯之情。人的面容从不会使我感到慌乱。

几分钟之后，将军进来了。他身材高大，神色安然，冷静多于高贵，与画像上的他很像。我呈上信，没有说话；他拆开，

---

[1] 公元前5世纪的罗马农民，曾被拥立为独裁者，击败入侵的敌人，功成身退。

很快读到签名，高声欢呼道阿尔芒上校！”他这样称呼签名的德·拉鲁埃里侯爵。

我们坐下。我好歹向他解释了此行的动机。他用英语和法语的单字应着，怀着某种惊奇听我说；我觉察到了，就对他说，稍许有些怒气：“您创造了一个民族，不过发现西北通道就不那么困难了。”“Well, well, young man！（好，好，年轻人！）”他高声说，向我伸出了手。他邀请我次日共进晚餐，我们就此告别。

我留意不要误了约会。吃饭的只有五六个人。席间谈到法国革命。将军给我们看一把巴士底狱的钥匙。我已经注意到，这种钥匙是当时流传的荒唐玩具。三年后，钥匙的复制者们很可以把关押君主的监牢的锁送给合众国的总统，正是这把锁给了法国和美国自由。如果华盛顿看见了巴士底狱的胜利者们躺在巴黎的河沟里，他会对手中的圣物少些敬意。革命的严肃和力量并非来自这种血腥的狂欢。1685 年，废除《南特敕令》[1] 的时候，也是这些圣安东尼郊区的群氓捣毁了夏朗东的新教教堂，与他们在 1793 年洗劫圣德尼教堂时怀着同样的热情。

晚上十点钟，我告别东道主，以后再未见到他；他第二天走了，我则继续我的旅行。

这就是我和这位公民士兵、一个世界的解放者的会见。华盛顿进入坟墓之后，我的脚步才有了点儿声响；我走过他面前的时候，是一个最没有名气的人；他如日中天，我则默默无闻；

[1] 1598 年，法国国王亨利四世在南特城颁布宗教宽容法令，史称《南特敕令》。

我的名字也许在他的记忆中不曾停留过一整天，然而我感到幸福的是，他的目光毕竟曾经落在了我的身上！我此后毕生都感到热乎乎的：一个伟人的目光中是有一种力量的。

1822 年 4 月至 9 月，伦敦

华盛顿、拿破仑异同论

波拿巴刚刚去世。既然我刚闯进了华盛顿的门，合众国的创立者和法国人的皇帝之间的比较自然地出现在我的思想中；再说，华盛顿本人也已不在。在智利歌唱和战斗过的爱尔西拉[1]在旅途中停下，叙述狄东之死；我则在我的宾夕法尼亚之行的开始停下，比较一番华盛顿和波拿巴。我本来可以在会见拿破仑的时候谈论他们；但是，倘若我在记事中谈到1814年之前就摸到了我的坟墓，人们不是就对我关于这两位福音的代理人要说的话一无所知了吗？我想起了卡斯太尔诺，他像我一样做过驻英大使，也像我一样在伦敦撰写他的部分生平。写到第七章最后一页的时候，他对儿子说："这件事我将在第八章里论述。"然而卡斯太尔诺的《墓中回忆录》的第八章并不存在：这警告我活着的时候要抓紧。

华盛顿像波拿巴一样，高不过常人。他的相貌没有任何惊人之处；他不曾被置于一个广阔的舞台上；他不曾与当时最机灵的将领和最有权势的君主交手；他也不曾从曼菲斯驰往维也

[1] 西班牙诗人（1533—1594），著有智利史诗《阿罗卡那》。

纳，从卡迪克斯驰往莫斯科：他和一小批公民战斗在一块无名之地上、家乡的狭窄圈子里。他没有发起过延续阿尔贝尔[1]的胜利和法尔撒尔[2]的胜利的那些战斗；他没有推翻一些王朝并用其残骸补偿另一些王朝；他也没有对聚集在他的门前的国王们说：

> 他们让人等得太久，阿提拉厌烦了。[3]

某种寂然无声的东西裹住了华盛顿的行动。他缓慢地行动，仿佛他感觉到自己肩负着未来的自由，生怕危害了它。这位新型的英雄担负的不是他个人的命运，他担负的是国家的命运，他不允许自己玩弄不属于他的东西；然而，有怎样的光芒从这种深刻的谦卑中迸射出来！找一找华盛顿的剑曾经闪耀过的树林吧，你们发现了什么？坟墓？不，你们发现了一个世界！作为战利品，华盛顿在他的战场上留下了合众国。

波拿巴和这位庄重的美国人迥然不同：他是在一块古老的土地上大张旗鼓地打仗，他只想建立他自己的名声，他只管他自己的命运。他好像知道他的使命是短暂的，从那么高的地方落下的激流将很快流过；他赶紧享用甚至滥用他的荣耀，犹如倏忽即逝的青春。如同荷马的诸神，他想四步就走到世界的尽头。他出现在所有的海岸，匆匆将他的名字刻在各民族的大事

---

[1] 不详。
[2] 不详。
[3] 高乃依悲剧《阿提拉》中的诗句。阿提拉是 434—453 年的匈奴王。

记上；他将一顶顶王冠扔在他的家人和他的士兵的头上；他急忙修筑他的纪念物，制定他的法律，夺取他的胜利；他俯身对着世界，一手扫平诸王，一手打倒革命的巨人。然而，他在粉碎王政的同时，也窒息了自由，最终在他最后的一个战场上丧失了他自己的自由。

有所成，就有所得：华盛顿把一个民族提高到独立的地位；他作为退休的行政长官，在他的同胞的惋惜中，在各族人民的景仰中，安眠于他自家的屋顶下。

波拿巴则抢走了一个民族的独立：他作为废黜的皇帝被推上流放的道路，尽管有大洋的守卫，恐惧的大地还不相信他的监禁已足够稳妥。他咽气了。征服者曾在王宫的门口让人宣布过多少葬礼啊，然而现在这个消息张贴在那里，却不能让过往的人驻足，惊奇——公民们要哭泣吗？

华盛顿的共和国留下来了，波拿巴的帝国却被毁灭了。华盛顿和波拿巴都出自民主的怀抱：他们两人都生于自由，前者忠于它，后者背叛了它。华盛顿是他那个时代的需要、观念、光明和舆论的代表；他不是阻挡而是支持精神的运动；他求他之所应求，完成他被召唤去完成的事情，所以他的事业是前后一致的，永生永存的。这个人很少使人震惊，因为他掌握着正确的尺度，他把个人的生命和国家的生命融为一体；他的光荣乃文明的胜利；他的名字有如一处公共的圣地，流淌着丰沛的、永不枯竭的泉水。

波拿巴同样能增加公共的财产，他作用于世上最聪明、最勇敢、最光辉的民族。如果他把高尚和他的英勇结合起来，如果他和华盛顿一起，把自由指定为他的荣耀之全部受遗赠人，今日他将占据何种地位！

然而，这个巨人根本不把他的命运和同时代人的命运联系在一起；他的天才属于现代，他的野心却是古代的；他看不出他生命的奇迹超过了一顶王冠的价值，这种哥特式的饰物戴在他头上不合适。他时而冲向未来，时而退回过去，无论逆或顺时代之潮流，他都用他神奇的力量拖着或推着波浪前进。在他眼里，人不过是权势的工具，在他们的幸福和他的幸福之间，没有任何一致性。他许诺解放他们，却给他们套上锁链；他孤立于他们，而他们则远离了他。埃及诸王不把他们葬身其中的金字塔放在开满鲜花的田野中，而放在不毛的沙漠里，这些巨大的坟墓耸立如孤独中的永恒。波拿巴比照其形象建立了他的名声的纪念碑。

尼亚加拉大瀑布

我在印第安人的村庄里逗留了两天，在那儿又给德·马尔泽尔布先生写了一封信。印第安女人干许多不同的活儿，她们把婴儿放在悬于一株粗大的红色山毛榉枝条之间的网里。草上沾满了露水，当地的棉花已经绽开花苞，很像白色的蔷薇。微风摇晃着空中的床，几乎感觉不到它们在动；母亲们不时地起身，看看她们的孩子是不是睡了，是不是被鸟儿吵醒了。从印第安人的村庄到大瀑布有三四法里[1]远，向导和我也得花三四个钟头才能到。六英里[2]开外，一柱水汽已经告诉我飞流直下的地方了。我进入一片树林，我快乐得心跳，还夹杂着恐惧，这大自然呈现给人类的最雄伟的景象之一被树林挡住了。

我们下了马，拉着缰绳，穿过一片片长满石楠之属的荒地和一片片荆棘丛，到了尼亚加拉河边，距下面的落水处有七八百尺。我还不停地往前走，向导抓住了我的胳膊，我站住了，险些碰着了水，河水箭一般飞速流过。它一点儿浪花不起，

[1] 法国古里，1 法里约合 4 公里。
[2] 1 英里约合 1.6093 公里。

整个儿地顺着岩石的斜坡滑过去，落前的安静和落时的轰鸣适成对比。《圣经》常把人民比作大水；这里恰如濒死的人民，弥留之际被剥夺了声音，向着永恒之深渊直冲过去。

向导一直拉着我，因为我觉得仿佛被河水拖住，身不由己地想跳进去。我时而看看上游的河岸，时而望着下游分水的小岛，河水在那儿突然消失，仿佛半空中被切了去。

我茫然无措，又满怀莫可名状的赞美之情，一刻钟之后，终于到了落水处。人们可以在《革命论》和《阿达拉》中找到我的描绘。今天已有大路通往大瀑布，美国一侧和加拿大一侧都有旅店，瀑布的下面也有了磨坊和工厂。

看到这如此雄浑的大混乱，我思绪万千，无法传达。我的幼年是一片荒原，我不得不杜撰一些人物来装饰它；这些人是我从自身中获取的，别处找不到，只我身上有。这样我就把对阿达拉和勒内的回忆置于尼亚加拉大瀑布之畔，以表达忧郁之情。倘若人性不是和命运与不幸紧密相连，那么，何以解释一道瀑布在大地和天空的无动于衷的面孔前无休止地下落呢？深入到此种水与山的孤独之中，却不知道跟谁谈谈这雄伟的景象！只一个人独对这波浪，这岩石，这树林，这激流！给心灵一个同伴吧，山丘的秀丽的装饰，水波的清新的呼吸，一切都将变得令人陶醉；白日的旅行，傍晚的更加温馨的休息，漂洋过海，在苔藓上安眠，都将使心中涌起最深沉的柔情。我让弗蕾达[1]坐

[1] 夏多布里昂的另一部著作《殉道者》中的人物。

在阿里莫里克的沙滩上，让西莫多塞[1]坐在雅典的柱廊下，让白兰卡[2]坐在阿尔汗布拉宫里。亚历山大[3]走到哪里就把城市建到哪里，我则生活在哪里就把梦留在哪里。

我见过阿尔卑斯山间的瀑布和阿尔卑斯岩羚羊；我也见过比利牛斯山间的瀑布和比利牛斯岩羚羊；我没有溯尼罗河很远，去看它的瀑布，那不过是急流而已；我不说特尔尼[4]和蒂沃里的那些碧蓝色的地方，那是一方方废墟织成的高雅披巾或者诗人咏唱的主题：

湍急的阿尼欧河与提布尔的神圣树林。

尼亚加拉使这一切黯然失色。我静观大瀑布；把它披露给旧大陆的不是我这样的无谓的旅行者，而是那些传道士，他们为了天主而寻求孤独，他们看见大自然的什么奇观，就跪倒在地，唱完了赞美的感恩歌，就坦然殉难。我们的教士欢呼美洲的秀丽风光，为它们洒下热血；我们的士兵徒手在底比斯[5]的废墟上搏斗，向安达卢西亚[6]举枪致敬：法兰西的全部天才就存在于兵营和祭坛的双重战法之中。

[1] 《殉道者》中的人物。

[2] 夏多布里昂的短篇小说《阿邦赛琪拉末代王孙的艳遇》中的人物。阿尔汗布拉宫是摩尔人的宫殿，意为“红宫”。

[3] 指马其顿帝国的亚历山大四世。

[4] 意大利城市，以瀑布知名。

[5] 意大利城市，以园林和喷泉著称。

[6] 埃及古城。

我牵着马，缰绳缠绕在胳膊上。一条响尾蛇在灌木丛中发出沙沙的响声；受惊的马直立起来，朝着瀑布后退。我的胳膊缠在缰绳里挣脱不出；马惊骇不已，一直拖着我。它的前蹄已然离开地面，后蹄蹬在深渊的边缘上，全靠腰的力量支持。我已无能为力；这牲口眼看着面临新的危险，不禁一惊，遂向内转了个身。我若是丧命于加拿大的丛林深处，我的灵魂在最后的审判中奉献的是约格和拉勒芒神甫[1]那样的牺牲、善举和功德，还是虚度的岁月、可悲的幻想？

我在尼亚加拉遭遇的危险非此一端。有一野蛮人下洼地时用的藤梯，当时已经折断。我想从下往上看看大瀑布，不顾向导的劝阻，冒险登上一面几乎垂直的峭壁的一侧。尽管水在我下面翻腾咆哮，我还保持着冷静，一直到了距底四十多尺的地方。那儿的岩石光秃垂直，再无立足之地。我用一只手抓住最后一个树根，悬在半空，感到手指经不住身体的重量——很少有人在其一生中经历过我那样的两分钟。我的手终于坚持不住，松开了，我掉了下去。真是意想不到地幸运，我落在一块岩石的凸角上，本来会粉身碎骨的，却居然没有感到太痛。我摔在距离深渊半尺的地方，没有再往下滚。不过，当我开始感到透骨的寒冷和潮湿的时候，我意识到我不会这么便宜就摆脱险境的。我的左臂在肘部以上的地方折断了。向导在上面望着我，我向他做了个求救的表示，他跑去找野蛮人。他们用柳条把我

[1] 约格是法国耶稣会会士（1607—1646），赴加拿大传教，殉教。拉勒芒是法国耶稣会会士（1593—1673），是魁北克教团的教长。

从一条水獭走的小道上拖了上去，送到了村子里。我不过是骨折罢了，两块木板条，一截绷带，一条三角巾，就足以让我痊愈了。

米拉[1]的原型

我在医生那里住了十二天，他们是尼亚加拉的印第安人。我看见过去了一些来自底特律或伊利湖以南和以东地方的部落。我调查他们的风俗。我给他们一些小礼物，他们向我介绍古老的习俗，这些习俗本身差不多已不存在。不过，北美独立战争开始的时候，野蛮人还吃俘虏，更确切地说，吃被杀的人。一位英国上尉用勺子在印第安人的锅子里舀汤，捞出来一只手。

出生和死亡是印第安人所失最少的习俗，因为它们不像横亘其间的生命那样轻率，它们也不是一件转瞬即逝的时髦事物。为了给一个初生儿带来荣耀，人们依然让他用家里最古老的姓，例如女性祖先的姓，因为姓总是取自母系。从这时起，孩子就占据了他使用其姓的那个女人的位置：人们一边跟他说话，一边为他确定这个姓使之再生的辈分；这样，一位叔叔可以称一位侄儿祖母。这种习俗看起来可笑，却很动人。它使故去的老人复活；它使晚年的衰弱再现于初年的软弱之中；它拉近了生命的两端，拉近了一个家庭的开始和结束；它向祖先传递了一

[1] 夏多布里昂作品中的女主人公。

种不朽，并想象它仍存在于后代之中。

关于死者，很容易发现野蛮人对圣物的眷恋。为了保存对祖国的回忆，文明的民族记住文学和艺术；他们有城市、宫殿、塔楼、圆柱、方尖碑；耕种过的土地上有犁铧的痕迹；名字刻在青铜器和大理石上，行动写在大事记里。这一切都不存在于孤独的民族中：他们的名字不写在树上；他们的茅屋几个钟头建成，不多时也便消失；他们耕地使用的木棍不过掠过地表而已，甚至不能垒成畦；他们的传统歌曲随着最后的记忆衰亡，随着演唱的最后的声音消失。因此，新世界的部落只有一种纪念物：坟墓。对野蛮人来说，夺走先人的遗骨，就夺走了他们的历史、法律甚至神；对这些人来说，您也就在未来的世代中夺走了他们生存和死亡的证据。

我想听听我的东道主唱歌。一个十四岁的印第安女孩，很漂亮（印第安女人只在这个年龄上才漂亮），唱了几支很好听的歌，那不是蒙田引述过的段落吗？“游蛇呀，你停下；你停下呀，游蛇。让我的姐姐照着你画个样子，做一条华丽的带子，让我能把它送给我的情人：这样呀，她就永远有你的美、你的情绪，她就不学别的蛇啦。”

《随笔集》的作者在卢昂[1]见过易洛魁人[2]，依他的看法，他们是些很有见识的人。“怎么，”他还说，“他们居然不穿短裤！”

---

[1] 法国北部港口城市。

[2] 北美印第安人的一支。

假使如圣徒亚历山大的克莱芒[1]所说，有朝一日我公布年轻时的《杂著》或疯话，人们将会看见米拉。

1822年4月至9月，伦敦

[1] 希腊的基督教作家（150？—251？），著作中有一种题为《杂著》。

印第安人的船队

戴珍珠的小姑娘的部落走了。我的向导，那个荷兰人，过了瀑布就拒绝陪同我了。我给了他钱，便和一些商人结队，他们出发去漂俄亥俄河。我在动身前看了看加拿大的湖。这些湖的面貌最为凄惨不过。大西洋和地中海开辟了通往各国的道路，其沿岸已经或将要住上文明的人民，数量众多，力量强大；加拿大的几个湖呈现的只是赤裸裸的水，通向的乃是一片光秃的土地：孤独之间的另一片孤独。没有居民的沿岸望着没有船的海，您从荒凉的水中上来，踏上的是荒凉的沙滩。

伊利湖方圆百余法里。沿岸的民族已在两个世纪前被易洛魁人赶尽杀绝。看印第安人驾树皮舟在湖上穿行，真是一件惊心动魄的事情。这个湖素以风暴著称，过去那里面的蛇不可胜数。这些印第安人把神像挂在船尾，冲进涌起的浪涛之间的漩涡之中。浪峰与船舱齐平，好像就要将其吞没。猎人的狗的爪子抓住船帮，汪汪直叫，而它们的主人则保持着深深的沉默，用他们的短桨有节奏地击水。小船鱼贯而行：第一只船的船首站着一位头领，重复着只有两个音的号子“oah”，o 调低沉而悠长，a 声尖厉而短促。最后一只船上还有一位头领，也站着，操纵着一支舵形的桨。其余的战士在舱底，坐在脚跟上。透过雾和风，只能看见印第安人头上装饰着的羽毛，吠叫的狗的伸长的脖子，两个 sachems[1] 的肩头：一个是舵手，一个是卜者——可以说是这些湖的神。

加拿大的河流在旧世界中是没有历史的，恒河、幼发拉底河、尼罗河、多瑙河及莱茵河的命运则不同。在其岸边发生的变化，它们什么没看见！征服者洒了多少汗和血，才越过这些河流，而在其源头，牧羊人一步就跨了过去。

1822 年 4 月至 9 月，伦敦

1846 年 12 月修改

[1] 英文：酋长，首领，领导人。

返回欧洲

我从荒漠回到费城，这我已说过，像拉封丹老人一样，在路上匆匆写下我刚刚讲述的东西，可是我等候已久的汇票迟迟不到；我钱财上的拮据从此开始，此后我一生都深陷其中。财富和我，我们一见面就相互憎恶。希罗多德[1]说，印度的某些蚂蚁聚集了一堆堆的金子；据阿太纳[2]说，太阳神给了赫拉克勒斯一艘金船，让他去厄律提亚岛，赫利阿得斯姊妹的隐居地：尽管我是一只蚂蚁，可我没有属于印度家族的荣幸；尽管我是航海者，可我从来都是乘一艘杉木船漂洋过海。正是一艘这样的船把我从美洲带回欧洲。船长允我赊账上船。1791 年 12 月 10 日，我跟好几位同胞一起上了船，他们出于各种不同的动机，也像我一样回法国。船的目的地是勒阿弗尔[3]。

一阵西风在特拉华河口把我们咬住，在大西洋的另一侧追逐了我们十七天。我们常常收帆抛锚，几乎只能顶风低速航行。太阳一次也没有露面。船估摸着走，躲避着大浪。我在阴影幢

[1] 希腊历史学家（约前 484—约前 425）。
[2] 公元 2 至 3 世纪的希腊学者。
[3] 法国北方港口。

幢中穿越大洋，我觉得大洋从未这样凄惨过。我则更加凄惨，我的人生第一步就让我大错而返。“根本不能在海上建筑宫殿。”波斯诗人费里克-艾丁说。我感到心无名地沉重，仿佛正在接近一种巨大的不幸。我的目光掠过波涛，我向它们询问我的命运；或者我写作，波涛的汹涌妨碍着我，更甚于危险引起的忧虑。

风暴非但没有平息，反而越接近欧洲越来得频繁，不过倒是吹得同样的猛烈。这种不变的愤怒使苍白的天空和铅色的大海出现了一种风暴前后的过分的平静。船长测不了太阳的高度，心中不安；他爬上桅的侧支索，用单筒望远镜望着天边不同的点。一个望哨设在了艄斜桅上，另一个设在了主桅的桅楼里。浪变短了，水的颜色也变了，这是接近陆地的迹象。哪一块陆地？布列塔尼的水手有这样的谚语：“谁看见了美丽岛[1]，谁就看见了他的岛；谁看见了格洛亚[2]，谁就心里乐开了花；谁看见了乌艾桑[3]，谁就鲜血流淌。”

我两夜都在上甲板上散步。波浪在黑暗中呼啸，风在缆绳间、在反复漫过甲板的海水的瀑布下低声吼叫；在我们周围，是一片海浪的骚乱。冲击和碰撞使我累了，第三天一入夜，我就睡下了。天气很可怕，我的吊床在海浪的冲击下咔咔直响，像过筛子一样。海浪在船上冲出窟窿，把船的骨架打散。很快，我听见一捆捆缆绳从甲板的一头滑向另一头，跌落下去。我感

[1] 布列塔尼群岛中最大的岛。

[2] 美丽岛北面的一个小岛。

[3] 布列塔尼半岛西面的小岛，以对航行危险著称。

觉到船掉头的动作。甲板间梯子的顶盖开了，一个惊恐的声音在叫船长，正当深夜，风暴正猛，这声音很有几分恐怖。我竖起耳朵，我好像听见海员们谈论陆地的位置。一阵摇晃，把我扔到地上。一个浪冲进艉楼，淹没了船长的房间，把桌子、床、柜子、家具和武器掀翻，冲得满地乱滚。我上了已经淹了一半的上甲板。

我从甲板间伸出头来，一下子惊呆了，眼前的景象极为壮观。船试图掉头，但没有成功，一阵风吹得它搁浅了。一轮弯月从云里钻出来，立刻又钻进去了，借着月光，透过一片黄色的雾，人们看见船的两侧是乱石嶙峋的海岸。在我们陷进去的水道里，大海把它的浪鼓得山一般大。海浪时而散成泡沫和水花，时而呈现出光滑平整的表面，根据它呼啸其上的浅滩的颜色，布满了黑色的、紫铜色的、发绿的斑点。两三分钟之内，深渊的吼叫和风的吼叫混成一片，随后，人们才分辨出水流的进退、暗礁的响声和远处海浪的声音。从船体凹处发出了响声，令最胆大的水手胆寒。船的龙骨切开了巨大厚实的海浪，其沙沙声让人害怕，而在舵旁，水流打着旋，仿佛开闸放水。在这一片咔嚓声中，最危险的是一种低沉的嗡嗡声，酷似容器灌满的声音。

人们聚在污水槽下，用一盏风灯照着，把罗盘地图、海图、航海日志摊开在一个鸡笼子上。罗经柜里的灯已被狂风吹灭。大家谈论着陆地，说的都不一样。其实我们没有觉察到，我们已进入英法海峡，船在浪里跌跌撞撞，在盖纳塞岛和奥里尼岛之间随波逐流。看起来，沉船是不可避免了，乘客们为了救下自己最珍贵的东西，都抓得紧紧的。

水手中有法国人，船上没有神甫，他就唱起了献给救苦救难的圣母马利亚的赞美诗。这是我童年时最先学的东西。我唱着，仿佛看见了布列塔尼的海岸，几乎就在我母亲的注视下。信仰新教的美国水手也跟他们的信仰天主教的法国伙伴一起唱起来：危险教会人认识其软弱，把他们的心愿并成一个心愿。乘客和海员都站在甲板上，有的抓住索具，有的抓住缆绳，有的抓住绞盘，有的抓住锚钩，以防被浪卷走或横摇时翻进大海。船长大喊："斧子！斧子！"他要砍断桅杆。舵柄已被抛弃，正在自己空转，发出沙哑的声音。

还有一试的是：测深器测出一片通过航道的沙滩只在四英寻深的水下，大浪有可能使我们通过沙滩，把我们带到水深处。然而谁敢掌舵、负责众人的获救呢？舵柄稍有差池，我们就完了。

一个人挺身而出，他是那种从时势中涌现出来的人，他是危难的自生的儿子：一个纽约的水手站在了已然空出来的舵手的位置上。我现在好像还能看见他，只穿着衬衣，粗布长裤，赤着脚，头发蓬松散乱，有力地抓住舵柄，同时转过头，望着船尾的浪，这浪能救我们，也能毁我们。来了一排浪，与水道一样宽，高高地卷起，却不散开，仿佛一片海侵入了另一片海。它的前面是白色的大鸟，平稳地飞翔着，犹如死亡之鸟。船碰着了什么，原来是船尾龙骨触着了海底；一片深沉的寂静，人人的脸都变白了。涌浪来了：正当它冲击我们的时候，水手转了一下舵；船几乎偏向一侧，露出船尾，浪似乎要把我们吞没，却把我们抬了起来。有人扔下测深器，它测出了二十七英寻。一阵欢呼直冲云霄，我们高呼："国王万岁！"我们根本不是为了路易十六喊给天主听的，我们只是为了我们自己。

我们摆脱了那两个岛，还没有脱离危险，我们不能超越格兰维尔海岸。最后，退潮把我们带走，绕过了拉胡格角。这次险遭失事，我并未感到丝毫的慌乱，也未因获救而感到丝毫的快乐。当人还年轻的时候，逃避生活要胜于被天气追赶。第二天，我们进了勒阿弗尔。全城的人都跑来看我们。我们的上桅断了，我们的小艇被冲走了，艉楼也被削平了，船每一摇晃就有海水冲上来。我下到防波堤上。1792年1月2日，我又踏上了日后还要离开的这片故乡的土地。我带来的不是极地的爱斯基摩人，而是两个其种类不为人所知的野蛮人：夏克达斯和阿达拉。

1822年4月至9月，伦敦

亨利四世的衬衣

勤王军由以省划分的贵族组成，皆以普通士兵的身份效力。贵族身份一直追溯到家世的源头和王朝的源头，然而此刻这个贵族和这个王朝业已式微，如同一个老人返回儿童。此外还有一些由不同的团的军官组成的旅，他们也成了普通一兵，其中就有我在纳瓦尔团时的战友，由上校德·摩尔特马尔侯爵统领。我很想跟拉马尔提尼埃[1]一起当兵，他应该还喜欢我；然而阿里莫里克的爱国主义最终占了上风。我进了布列塔尼的第七连，由德·古雍-米尼亚克先生指挥。我那个省的贵族提供了七个连，还有一个由第三等级的年轻人组成的第八连。这最后一个连的铁灰色制服有别于那七个连的制服，王蓝色，有白鼬皮饰带。系于同一事业、面临同一危险的人们依然继续着由丑恶的标志表示出的政治上的不平等，真正的英雄是那些平民士兵，因为他们的牺牲没有掺进任何个人的利益。

清点一下我们这支小小的军队吧：

由贵族士兵和军官组成的步兵，四个由开小差的人组成的

[1] 夏多布里昂的一位战友。

连队，着所属团队不同的制服；一个炮兵连；几个工兵军官；几门不同口径的加农炮、榴弹炮和迫击炮（炮兵和工兵几乎全部参加了革命，对外大获成功）。一支很漂亮的带德国来复枪、带火枪的骑兵队支援我们的步兵，由布列斯特、罗什福尔和土伦的海军军官组成，统帅他们的是德·蒙莫兰老伯爵。这些军官的一致流亡使法国海防重新陷入曾经被路易十六摆脱的软弱之中。自迪凯纳和图尔维尔[1]之后，我们的舰队从未表现出更多的荣耀。我的战友们欢天喜地；我眼里满含着泪水，望着这些海洋之龙走过去，他们不再驾驶战舰，然而他们曾用战舰使英国人蒙羞，使北美获得解放。拉佩鲁斯的这些战友如今不是去寻找新的土地送给法国，而是深入到德国的烂泥之中。他们骑上献给尼普顿的马；然而他们换了环境，陆地不是属于他们的。他们的指挥官徒劳地在他们面前举着撕烂了的“美丽的母鸡”旗，白旗的圣物，在其碎片上还挂着荣誉，然而胜利却跌落下来。

我们有帐篷，此外则什么都缺。我们的步枪是德国造的，乃报废的武器，沉得可怕，压破了我们的肩膀，还常常打不响。我一直用这种滑膛枪作战，击铁总是退不下来。

我们在特莱夫停了两天。我的一大乐趣是看见了俄亥俄的无名废墟之后又看见了罗马废墟，参观这座屡遭破坏的城市。萨尔维安曾说过：“特莱夫的逃亡者啊，你们问那些皇帝，哪里是剧场，哪里是马戏场，难道不问问城市在哪里，人民在哪

[1] 17世纪法国两位著名海军将领。

里？”Theatra igitur quaeritis, clrcum a principibus postulatis? cui, quaeso, statui, cui populo, cui civitati?

法兰西的逃亡者啊，人民在哪里？为了他们，我们想重建圣路易[1]的纪念碑。

我带着枪，坐在废墟中间，从背包里拿出我的北美游记的手稿，把散开的纸页放在身边的草地上，在一座罗马圆形剧场的残垣断壁中重读并修改一段关于森林的描写，《阿达拉》的一个片段，这样来准备征服法兰西。然后，我抓紧了我的宝贝，其重量加上我的衬衣、斗篷、马口铁壶、带套的酒瓶和小开本的荷马，压得我吐血。我试图把《阿达拉》和那些无用的弹夹装在弹盒里；我的战友们取笑我，从皮盖的两头把胀出来的纸拉掉。福音来帮助我了：一天夜里，我睡在放干草的房屋里，醒来时背包里的衬衣找不到了，那些废纸却留下了。我赞美天主：这次意外保证了我的荣耀，也拯救了我的生命，不然的话，我肩上的六十本书会让我得肺病的。“我还有多少件衬衣？”亨利四世问他的仆人。“一打，陛下，其中还有破的。”“手帕呢，我不是有八块吗？”“现在只有五块了。”贝亚恩人[2]没有衬衣打赢了易夫里战役，我丢了衬衣却未能把他的王国还给他的子孙们。

[1] 指路易九世。

[2] 指亨利四世。

在阿登省[1]

出了阿尔隆，一辆农民的大车把我拉上，要了我四个苏，又把我放在五法里以外的一个石头堆上。我拄着拐杖跳了几步，在路旁的一汪泉水里洗了洗裹伤口的绷带，这使我舒服多了。小水疱全出来了，我觉得轻松了。我没有扔掉背包，虽然背包带勒得我肩膀生疼。

第一夜，我是在一座谷仓里过的，什么东西也没吃。谷仓的主人是个农民，他的妻子拒绝收我的钱；天亮的时候，她给我端来一大碗加了牛奶的咖啡，还有黑面包，我觉得非常好吃。我又上路了，精力充沛，尽管还常常跌倒。我碰上了四五位战友，他们帮我拿背包，他们也病得很厉害。我们遇见了一些村民；我们一段一段地坐着大车，五天里也在阿登省跑了相当多的路，到过阿太尔、弗拉米祖尔和贝尔福。第六天，我又是一个人了。我的小水疱发白了，瘪下去了。

我花了六个钟头的时间，走了两法里的路，瞥见一条壕沟的后面有一家波希米亚人扎起了帐篷，围着一堆树枝和野草燃

[1] 法国东北部省份。

起的火，他们还有两只山羊和一头毛驴。我一到他们跟前就倒下去了，这些奇特的人急忙过来帮助我。一个衣衫褴褛的年轻女人，棕发，活泼，机灵，她唱着，跳着，转着，怀里还斜抱着她的孩子，仿佛她用来伴舞的手摇弦琴，然后她正对着我，坐在脚后跟上，借着火光好奇地望着我，拿起我这奄奄一息的人的手，想给我算命，要我“小小的一个苏”——这可太贵了。要比我这个阿登省的西彼拉[1]有更多的聪明、更多的优雅、更多的苦难是很困难的。我本来可以是这些游牧人的好儿子，我不知道他们什么时候离开了我；黎明时分，当我从昏迷中苏醒过来的时候，已经找不见他们了。我那善良的女冒险家带着我的未来走了。作为我那“小小的一个苏”的交换，她在我的耳边放了一个苹果，我吃了以后，嘴上才清凉了些。我像雅诺·拉班那样在“百里香”和“露水”中间晃了晃；然而我既不能“吃草”，也不能“跳跃”，也不能“转很多圈”。我还是起来了，想对晨曦表示爱慕。它很美，我很丑；它的玫瑰色的脸庞说明它的身体健康；它比可怜的阿里莫里克的刻法罗斯[2]健壮。尽管两个人都还年轻，可我们已经是老朋友了，我想象那一天早晨它的泪水为我而洒。

我钻进森林，我并不过分地忧郁，孤独使我恢复了本性。我哼起不幸的卡索特[3]的谣曲：

[1] 希腊神话中的预言家。
[2] 希腊神话中的俊美猎人。
[3] 法国作家（1719—1792）。

在阿登省的正中央，
悬崖上有一座古堡……

不正是在这座幽灵古堡的主塔里，西班牙国王菲利普二世命人囚禁了我的同胞拉努上尉吗？他的祖母是夏多布里昂家的人。菲利普同意释放这位著名的囚徒，如果他同意让人剜掉双眼的话；拉努准备接受这一提议，他多么渴望着再见他的亲爱的布列塔尼啊。唉！我也被同样的愿望缠住，而为了失去视力，我只需要天主开恩让我受苦。我没有遇见过来自西班牙的恩格兰德先生，只遇见过可怜的受苦人，流动小商贩，他们像我一样，背上背着他们全部的财产。一个樵夫裹着毡护膝走进树林，他真会把我当作一段枯死的树枝砍倒。几只小嘴乌鸦，几只云雀，几只叽叽喳喳燕雀一类的鸟儿，在路上跳来跳去，或站在一溜石头上不动，警惕着一只在空中盘旋的红隼。我不时地听见猪倌的喇叭声，他正把母猪和小猪放到橡树林里吃橡子。我在牧羊人的一间活动窝棚里休息，发现窝棚的主人当时是一只小猫，它跟我百般亲昵。牧羊人远远地站在放牧区的中央，他的狗远近不等地围着羊群，坐在地上。白天，这位牧人采药草，他是个医生，是个巫师；晚上，他观望星星，是个迦勒底[1]式的牧羊人。

我站在半法里外的一处较高的地方，周围是一片鹿喜欢吃的草，猎人从草地的边上走过。我的脚旁有一眼泉涌出，就是

[1] 古代欧洲人对东方巫师的称呼。

在这片树林里，在这眼泉的深处，“不死的”而非“疯狂的”罗兰[1]看见了一座水晶宫，里面满是贵妇和骑士。假如追寻光彩照人的女浴者的勇士至少把金笼头留在泉水旁[2]，假如莎士比亚把罗萨林德和流亡的公爵派给我，他们就会帮上我的大忙。

我喘了口气，继续赶路。我的思想变得脆弱，在一种不无魅力的波浪中漂荡。我过去的幽灵刚刚变成稳定的影子就消失了四分之三，又包围了我，跟我告别。我连回忆的力量都没有了。我在一种不确定的远处看见我的亲人和朋友们虚无缥缈的音容笑貌，还掺杂着一些从未见过的形象。我靠着路边坐下，觉得看见了一些人对着我微笑，他们在远处茅屋的门槛上、树尖上、透明的云彩中、仿佛金耙在欧石楠丛生地上拖着光线的太阳的一束束明亮的光里。这些幽灵乃缪斯的幽灵，来目睹诗人的死亡：我的坟墓是在阿登省的一株橡树下用它们的竖琴的梁挖成的，倒是相当适合于一个士兵和旅人。几只松鸡错进了一棵女贞树下的兔子窝，独自和着一些昆虫在我周围轻声唱着；那声音和我的生命一样地轻飘，一样地无人知晓。我走不动了；我感到极端地痛苦；小水疱又给憋回去了，让我喘不过气来。

白日将尽时，我仰面躺在一条壕沟里，脑袋下垫着阿达拉的背包，身边放着拐杖，两眼盯着太阳，太阳的目光和我的目光同时暗淡下去。我柔情满怀地向这个天体致敬，它曾经在故乡的荒原上照亮我的童年。我们同时睡下：它是为了更加辉煌

[1] 法国古代英雄。
[2] 典故不详。

地升起，而我无论从哪方面看都似乎再也醒不来了。我在一种宗教感情中昏了过去，我听见的最后一个声音是一片树叶落下和一只灰雀鸣叫。

1822年4月至9月，伦敦

1845年2月修改

威斯特敏斯特教堂一夜

派勒吉埃是《使徒行传》[1]的主要编辑之一，在伦敦继续他在巴黎的事业。他没有什么具体的恶习，然而他已被种种改不掉的小毛病咬得千疮百孔：行为放荡，品质恶劣，挣钱很多，吃喝亦费，既是正统派的奴才，又是黑人国王克里斯托夫[2]派驻乔治三世身边的大使，德·"柠檬水"伯爵先生的外交联络，有人以糖付他薪俸，他换成香槟酒喝掉。这个维奥莱先生[3]一类的人在一把袖珍小提琴上演奏大革命的雄伟乐曲，他来看我，以布列塔尼人的身份主动帮助我。我跟他谈起写《革命论》的计划，他深表同意。"妙极了！"他喊道，并给我在他的印刷商白里斯那里找了间房子，他将随写随印。书商德波夫将负责销售；而他，派勒吉埃，将在他的报纸《杂谭报》上大吹喇叭，同时还可以打入伦敦的《法国通信》，其编辑部很快便归了德·蒙洛

[1] 疑为当时的一份刊物。

[2] 1810—1820年间的海地国王，曾为黑奴，在位期间有册封柠檬水伯爵、注射器男爵之举。

[3] 一位教土著人跳舞的法国人。

齐埃先生[1]。派勒吉埃确信无疑，他说要让我因参加围困提雍维尔而获得圣路易勋章。我的这位吉尔·布拉斯[2]，高瘦，果断，头发上扑着粉，但已秃顶，老是喊叫开玩笑，圆帽子压在耳朵上，拉起我的胳膊，带我到印刷商白里斯那里去，随便给我租了一间房，租金是每月一个几尼[3]。

我面对的是一个金色的未来，然而眼下这段日子如何打发呢？派勒吉埃建议我翻译拉丁文和英文，于是我白天翻译，晚上写《革命论》，我把我的旅行和幻想的一部分也写了进去。白里斯向我提供书籍，我也白花了几个先在书摊上买了些书。

我在杰西的轮船上遇见的安冈，与我过从甚密。他搞文学，知识渊博，偷偷地在写小说，跟我读过些片段。他住得离白里斯不远，在通向霍尔波恩的一条街的尽头。每天上午十点钟，我去他那里吃饭；我们谈谈政治，特别是谈我的工作。我跟他谈我夜里构筑的东西，即我的《革命论》；然后我回去干白天的事，即翻译。我们再碰头，一起去一家小咖啡馆吃午饭，每人一先令；吃完饭就去郊外。我们也常常独自散步，因为我们两个人都喜欢遐想。

那时候我常去肯辛顿和威斯特敏斯特。我喜欢肯辛顿，我在偏僻的角落里溜达，挨着海德公园的那一部分就挤满了衣着鲜丽的人了。我的贫困和别人的富有、我的无依无靠和别人的熙来攘往之间的对比，使我感到愉快。我远远地望着一些年轻

[1] 法国伯爵（1775—1838）。
[2] 法国作家勒萨日创造的人物，狡猾的骗子的典型。
[3] 英国旧金币，1 几尼相当于 21 先令。

的英国女人走过，心中涌动着一种模模糊糊的希望，而以往每当用种种疯狂打扮起我的女气精、不敢抬眼望着我的著作的时候，我就感觉到这种希望。我以为已经触及的死亡又给这个我几乎已然走出的世界的景象增添了一种神秘。它可曾看过一眼那个坐在松树下的外乡人吗？某个美丽的女人可曾猜到勒内的看不见的存在吗？

在威斯特敏斯特，则是另一种消遣：在这个坟墓的迷宫里，我想到我的坟墓就要被打开了。像我这样的无名之人的半身像是永远也不能厕身于这些著名的人像之间的！然后是一些君主的坟墓：克伦威尔的已然不在，查理一世的根本就不在。一个叛徒的骨灰，罗贝尔·德·阿尔图瓦[1]的骨灰，埋在我的忠诚的双脚践踏着的石板之下。查理一世的命运刚刚波及路易十六的头上；在法国，剑每天都在收割，我的亲人的墓坑已经挖好。

唱经班领班的歌唱和不相识的人的谈话常常打断我的思考。我不能老去，因为我必须给守护死者的人钱，而这钱是我的生活必不可少的。于是我就和小嘴乌鸦们一起在教堂外面转，或者停下脚步观赏那一对大小不等的钟，落日的余晖透过旧城的烟雾织成的帷幔把它们染上血红的颜色。

然而有一次，我想在白日将尽时静观教堂的内部，竟然在欣赏其充满激情和随意性的建筑的时候忘了时间。我全身心地沉浸在一种对于“基督教教堂之阴郁的浩大”（蒙田）的感觉之

[1] 伯爵，后来的查理十世。

中，慢慢地游荡，冒着走夜路的危险：教堂的门关了。我试着找一条出去的路；我叫看门人，碰到的却是大门。这些响动在寂静中散布，传开，最后消失。我只好跟死人睡在一起了。

我拿不定主意选什么地方，最后停在切特姆爵士的墓旁，在祭廊和骑士及亨利七世的双层小教堂的脚下。在这些楼梯和用栅栏关住的栖息地的入口处，有一具石棺嵌在墙上，正对着一尊带着镰刀的大理石像，这就成了我的隐蔽地。一条石刻的裹尸布的褶皱作了我的窝。我学着查理五世的样子，对我的埋葬泰然处之。

我处在看得最清楚的地方看着这个世界。在这些圆顶下掩盖着多少高贵啊！如今还剩下什么？苦难不比幸福更没有意义。不幸的简·格雷[1]和幸福的阿丽克丝·德·萨利斯伯里没有不同，只是她的骷髅不那么可怕，因为没有脑袋。她所受的折磨，她少了造就其美丽的那个东西，反而美化了她的骨架。克雷西[2]的胜利者的比武，亨利八世的金毯营的比赛，不会在这个充满死亡景象的大厅里再行开始。培根，牛顿，弥尔顿，和他们默默无闻的同代人相比，被埋葬得一样深，同样是一去不返。我被驱逐，到处流浪，穷困潦倒，我会同意不再是我现在这个被人遗忘的、痛苦不堪的小东西，为的是成为这些著名的、有权有势的、享尽荣华富贵的死者中的一员吗？啊！生活不全是这些！假如在世界的此岸我们不能清楚地发现神圣的东西，我们

[1] 英国贵妇（1537—1554），被玛丽·都铎肢解；后者亦为英国14世纪贵妇。
[2] 法国市镇。

不要感到惊奇：时间是隔在我们和天主之间的一道帷幕，犹如我们的眼皮横在我们的眼睛和光亮之间。

我蜷缩在我的石头内衣中，又从这些玄妙的思想降回到此时此地的实实在在的印象之中。我的焦虑混杂着乐趣，类似于冬天我在贡堡的墙角塔里听着风吼：一阵风和一个影子具有同样的性质。

渐渐地，我习惯了黑暗，影影绰绰地看见了坟墓上的人像。我望着英吉利的圣德尼的突出部分，仿佛过去的事件和当前的岁月成了哥特式的高脚灯台，整个建筑则如同一座石化时代的整块石头雕成的庙宇。

我数着大钟敲了十下，十一下；钟锤举起，放下，打在青铜上。在这个地方，它是和我在一起的唯一的活物。外面，一辆车滚滚而过，更夫喊着钟点，仅此而已。这些地上的遥远的声音从一个世界进入另一个世界，传到了我的耳中。泰晤士河上的雾和煤的烟钻进了大教堂，散成了第二种黑暗。

终于，一点微弱的光亮在阴影最浓重的一个角落里散开：我紧紧地盯着，光亮渐渐扩大；它是来自爱德华四世的两个儿子那里吗？他们是被其叔叔暗杀的。“这两个可爱的孩子，”伟大的悲剧家说，“睡在一起，他们用纯洁白皙如大理石的臂膀相互抱着。他们的嘴唇犹如一枝茎上的四朵红玫瑰，开得正盛正艳，相互吻着。”天主没有给我送来这些忧郁迷人的灵魂；然而一个刚刚长成的女人的幽灵出现了，她拿着用卷成贝壳状的纸遮着的灯火。这是敲钟的小姑娘。我听见了亲吻的声音，钟声响了，天亮了。我和敲钟的姑娘一起走出内院的门，她吓坏了。

我跟她讲了我的遭遇，她说她是来代替生病的父亲，我们没有提起亲吻的事。

1822 年 4 月至 9 月，伦敦

夏洛特

距贝克勒四法里处，有一小城名本盖，住着一位英国牧师，尊敬的艾福斯先生，他还是一位研究古希腊语的大学者，一位大数学家。他有一位还年轻的妻子，容貌、思想和举止都可爱，还有一个十五岁的独生女儿。我被介绍到这个家庭，所受的接待比其他任何地方都好。我们按照旧时英国人的方式喝酒，女人离去之后，还在桌旁待上两个钟头。艾福斯先生去过美洲，喜欢讲他的旅行，听我讲我的旅行，谈论牛顿和荷马。他的女儿为了讨他喜欢，也变得博学，还是个极好的音乐家，歌儿唱得和今天的帕斯塔夫人[1]一样。喝茶的时候，她又回来了，勾起老牧师的富有感染力的睡意。我倚在钢琴的一端，静静地听艾福斯小姐唱歌。

音乐过后，年轻的女士向我提一些有关法国和文学的问题；她询问我的研究计划；她特别想了解意大利作家，求我给她讲讲《神曲》和《耶路撒冷》[2]。渐渐地，我感到了一种发自灵魂的

[1] 当时一位著名的歌唱家（1798—1865）。

[2] 指意大利诗人塔索的《耶路撒冷的解放》。

依恋所具有的腼腆的魅力：我打扮过两个佛罗里达女子[1]，可我不敢拾起艾福斯小姐的手套；当我试着翻译塔索的一段诗的时候，我感到局促不安。我面对一位更为贞洁、更具阳刚之气的天才例如但丁，感到更为自如。

夏洛特·艾福斯和我年纪相当。在形成于您一生途中的关系中，往往有某种忧郁进入；如果两个人不是一见钟情，那么对于所爱之人的回忆就跟不认识她的那些岁月无涉：这些岁月属于另一个圈子，想起来让人难过，仿佛与我们的生命无关。是因为年龄相差悬殊吗？不便之处与日俱增：年长者在年轻者尚未出生时已经开始生活，年轻者也注定有一段时间独自生活；前者在摇篮前的孤独中行进，后者则要穿越坟墓后的孤独；对前者来说，过去是一片荒原，对后者来说，荒原则是未来。要是万事俱备才相爱，诸如幸福、青春、美貌、及时和心灵、趣味、性格、风度、年纪的和谐，那是很难的事情。

我从马上摔了下来，在艾福斯先生家里住了几天。那是在冬天，我对生活的梦想开始在现实面前逃遁。艾福斯小姐变得更加持重，她不再给我送花，她也不愿意再唱歌了。

假使有人说我能在这个孤独的家庭中度过余生，不为世人所知，那我可高兴死了：爱情要同时成为堕落之前的伊甸园和无穷无尽的赞美歌，所缺的只是长久。让美貌长存，让青春永驻，让心灵不会厌倦，那您就再造了一个天堂。爱情是最高的幸福，因此它总是幻想着天长地久；它只愿发出不可收回的誓

[1] 夏多布里昂在《墓中回忆录》第一部第八章第四节描写过两位佛罗里达女子。

言；倘若没有欢乐，它就竭力使痛苦不朽；它是堕落的天使，却依旧说着未被腐蚀的时候的语言；它的希望是永不终止；它在人世间具有双重的天性和双重的幻想，却企图通过永垂不朽的思想和绵绵不绝的世代而永世长存。

我眼睁睁地看着不得不离开的那个时刻到来了，心里很难过。走的日子已经宣布，头天晚上，饭桌上闷闷不乐。大出意料，艾福斯先生用完甜食带着女儿走了，剩下我独对艾福斯太太，她极为局促不安。我以为她要指责我了，她可能已经发现我的倾慕之情，虽然我从未谈起过。她望着我，垂下眼睛，脸红了；她本人在这慌乱中也是很可爱的，她可以要求任何感情而不会被看作非分之想。终于，她用力粉碎了那使她说不出话来的障碍。“先生，”她用英语对我说，“您看见了我的慌乱。我不知道您是否喜欢夏洛特，但要骗过一个母亲是不可能的；我的女儿肯定是对您起了爱慕之情。艾福斯先生和我商量过了，您在各方面对我们都很合适，您的财产已经变卖，谁还会要您回法国呢？您可以等着我们的遗产，和我们生活在一起。”

在我所经历过的痛苦中，这一次最伤心、最剧烈。我扑倒在艾福斯太太膝前，我在她的手上印满了吻和泪。她以为我是幸福得哭了，也快乐得抽噎起来。她抬起胳膊，要拉门铃的绳子，招呼她的丈夫和女儿。“慢着！”我叫了起来，“我已经结婚了！”她晕倒了。

我出去了，没有回房间，我是徒步离开的。我到了贝克勒，上了去伦敦的驿车，在这之前我给艾福斯太太写了一封信，很可惜，我不曾留底。

这件事给我留下了最甜蜜、最温柔、充满感激之情的回忆。在我出名之前，唯有艾福斯先生一家对我好，真情实意地接待了我。贫穷、无名、流亡他乡、既无魅力又无美貌的我找到了一个有保障的前途，找到了一个祖国，找到了一个可爱的妻子，使我免遭无依无靠之苦，找到了一个几乎和她的女儿一样美丽的母亲，代替我那年迈的母亲，找到了一个有教养、有爱心、对文学感兴趣的父亲，取代上天已使我失去的父亲；然而对于这一切我又回报了什么呢？他们选择了我，本不存任何幻想；我应该相信我是为人所爱。从那以后，我只遇到过一次崇高得足以使我产生同样的信任的倾慕之情。至于说到我此后似乎成为人们感兴趣的对象，我从来也未能弄清楚，是否外在的原因、名声的显赫、党派的外衣、文学或政治高位的光彩成了一种外表，吸引人们对我表示殷勤。

总之，娶了夏洛特·艾福斯，我在人世间的角色就会改变：隐居于大不列颠某郡，成为一个以打猎为乐的绅士；我的笔下不会写出一行字；我甚至可能忘记我的语言，因为我用英文写，我头脑中的思想开始用英文形成。我的消失会使我的国家蒙受很大损失吗？倘若我能撇开我所得到的慰藉不谈，我想说，我早就想过平静的日子了，我不愿过落到我头上的动乱的日子。帝国，复辟，分裂，法国的争吵，这一切与我何干？我不必每天早晨都去掩饰错误，制止谬论。我肯定有真正的才能吗？这种才能值得牺牲生活吗？我能超越我的坟墓吗？如果我去了冥间，在目前正在进行的变化中，在一个改变了的、忙于别的事情的世界上，还会有一个倾听我的公众吗？我会是一个过时的、为新一代所不理解的人吗？对于倨傲的后世来说，我的思想、感情甚至风格会是一种无聊的、陈旧的东西吗？我的影子可会像维吉尔那样对但丁说：“Poeta fui e cantai！”（我是诗人，我歌唱！）

1822 年 4 月至 9 月，伦敦

母亲的死

Alloquar? audiero nunquam tua verba loquentem? Nunquam ego te, vita frater amabilior, Aspiciam posthac? at, certe, semper amabo!

（我再不能跟你说话了吗？我永远听不见你的话了吗？你这比生命还要可爱的兄弟呀，我永远看不见你了吗？啊！我将永远地爱你呀！）

我刚刚离开了一位朋友，我又将离开我的母亲。应该永远诵读卡图尔[1]写给他的兄弟的诗句。在我们的泪谷里，如同在地狱里，有一种我不知其名的永恒的呻吟，成了人类的哀歌的根本或主调；人们不断地听见它，当所有外来的痛苦沉默的时候，它仍在继续。

封塔纳的信之后不久，我接到了朱丽的一封信，证明了我有理由悲惨地注意到我日甚一日的孤独：封塔纳鼓励我工作，出人头地；我姐姐让我保证放弃写作。一个劝我求光荣，一个劝我

[1] 公元前 1 世纪的拉丁诗人。

求遗忘。你们在德·法尔西夫人[1]的故事里看见她正处在这样的念头之中：她痛恨文学，因为她把文学看作生命的一种诱惑。

> 我的朋友，我们刚刚失去了最好的母亲；我遗憾地告诉你这一悲惨的打击。当你不再是我们操心的对象时，我们也就停止了生活。你不知道你的错误让我们可敬的母亲流了多少泪，你不知道你的错误对一切有或自认有怜悯心和理智的人来说是多么可悲。如果你知道，这也许会有助于使你睁开眼睛，使你放弃写作；如果上天被我们的愿望打动，允许我们团聚，你会在我们中间找到世上所能享受的一切幸福。你也会给予我们这幸福，因为只要我们挂念你，为你的命运担心，这种幸福我们就无从谈起。

啊！我要是听从了我姐姐的劝告多好！为什么我要继续写作呢？这个时代若是少了我的作品，会对其事件和精神产生什么影响吗？

我就这样失去了我的母亲，我就这样让她的生命的最后时刻还感到痛苦！她远离她的小儿子，在为他祈祷时咽下最后一口气；此刻我正在伦敦干什么？我也许正趁着清凉的早晨散步呢。死亡的汗珠盖满了母亲的额头，而我不曾用手将其擦掉！

我对德·夏多布里昂夫人所怀有的亲情的温柔是深沉的。

[1] 即朱丽。

我的童年和青年是与我对母亲的回忆紧密联系在一起的。我所知的一切都来源于她。我一想到我败坏了这个在肚子里孕育过我的女人的晚年，就感到绝望。我怀着恐惧将一册册《革命论》扔进火里，仿佛那是我犯罪的工具；如果我有可能销毁这部著作，我会毫不犹豫地去做。当我想到用一部宗教著作补赎这部著作时，我才从这种纷乱的心情中解脱出来：这就是《基督教真谛》的起因。

我在这部著作的第一篇序言中写道："我的母亲在七十二岁上被投入监狱，她曾眼看着她的一部分儿女死于其中，后来自己也在那张不幸留给她的简陋的床上咽气。我回忆起我的迷失使她最后的日子充满巨大的忧伤；弥留之际，她让我的一个姐姐劝我记起曾经教育过我的那种宗教。我的姐姐在信里告知我母亲的遗愿。当那封信漂洋过海到达我的手中的时候，我的姐姐自己已不在人世，她也是入狱以后死去的。这两个出自坟墓的声音，这种为死神充当代言人的死亡，深深地震动了我。我成了基督徒。我承认，我绝非向超自然的巨大的启示屈服：我的信念发自内心；我哭了，我就信了。"

我夸大了我的错误：《革命论》不是一本渎神的书，而是一本怀疑和痛苦的书。在这部著作的黑暗中，贯穿着一线照亮过我的摇篮的基督教的光明。从《革命论》的怀疑主义到《基督教真谛》的确信无疑，不需要花很大的力气。

1822年4月至9月，伦敦

在迪埃普[1]

你们知道，我写这部《墓中回忆录》的时候，曾多次改换居所。我常常描绘这些地方，谈论它们触发的感情，叙述我的回忆，这样来把我的思想的历史和我一生中居无定所的历史融会在一起。

你们看见我现在住在什么地方。今天早晨，我在迪埃普的古堡后面的悬崖上散步的时候，看见了借助于壕沟上的一座桥和这些悬崖相通的那条暗道。德·隆格维尔夫人[2]就是经这条路从奥地利的安娜王后的手中逃脱的；她匆匆在勒阿弗尔上船，在鹿特丹上岸，前往斯特奈，投奔德·图莱纳元帅[3]。伟大的统帅的荣誉不再纯洁无瑕，这位好嘲弄的流亡者却也不曾善待这个罪魁祸首。

德·隆格维尔夫人是朗布耶府[4]、凡尔赛王宫、巴黎市府的

[1] 法国北部城市，濒临英法海峡，有著名的海边大绝壁。

[2] 公爵夫人（1619—1679），孔岱大公的姐姐。

[3] 法国元帅（1611—1675），子爵。

[4] 德·朗布耶侯爵夫人（1588—1655）的府邸，在巴黎，其沙龙非常著名。

人，钟情于《箴言集》的作者[1]，并且尽可能地忠实。后者更多地不是靠他的思想过活，他靠的是德·拉法耶特夫人和德·塞维尼夫人的友谊[2]、拉封丹的诗句和德·隆格维尔夫人的爱情：这就是杰出人物的眷恋之情。

德·孔岱公主[3]在弥留之际对德·布里埃那夫人[4]说："亲爱的朋友，把您看到的我的状况告诉斯特奈的那个可怜的不幸女人，让她学学怎么死。"这话说得好；然而公主忘了，她自己曾为亨利四世所爱，她被丈夫带到布鲁塞尔的时候，还想去找那个贝亚恩人，"夜里跳窗逃走，然后骑马走了三十或四十法里"；当时，她可是一个十七岁的"可怜的不幸女人"啊。

我从悬崖上下来，正在去往巴黎的大路上。出了迪埃普的地界，这条路迅速升高。右边，在一个陡坡上面，竖立着一座公墓的墙，顺着这堵墙，建了一个制绳的纺车。两个制绳工人，平行地后退，两腿交换着摇晃，一起小声唱歌。我侧耳倾听；他们正唱到《老班长》的这一段，诗的美丽谎言让我们到了现在的地步：

那里谁在抽泣谁在看？
嘿！是鼓手的寡妇呀……

[1] 法国公爵（1613—1680），作家，《箴言集》的作者。
[2] 两位夫人都是17世纪法国贵妇，一以小说、一以书简著名。
[3] 本名夏洛特-玛格丽特·德·蒙莫朗西，嫁与孔岱亲王。
[4] 法国17世纪贵妇，其夫曾任驻英大使和外交大臣。

这两个人唱着叠句："新兵齐步走，你们不要哭……齐步走，齐步走。"口气是那样的刚健，那样的悲怆，我的眼中涌上了泪水。他们自己打着拍子，纺完了他们的麻，好像织着老班长的最后的时光。我说不好贝朗瑞[1]的独特的光荣中有什么，这种光荣由两个寂寞的水手揭示出来，他们望着大海，咏唱着一个士兵的死亡。

悬崖令我回想起一种王政的崇高，大路令我回想起一种平民的庄严。我在思想中对处于社会两极的人做了对比，我问自己：在这些不同的时代中，我更喜欢属于哪个时代？当现在像过去一样消失的时候，这两种声誉哪一种最得后人的瞩目？

然而，倘若事实就是一切，倘若在历史中姓氏的价值不能与事件的价值相称，那么在我的时间和自亨利四世之死至马扎兰之死之间流逝的时间之间，又有什么区别呢？与这次革命相比，1648 年的动乱算得了什么呢？这次革命吞噬了旧世界，它也可能因此而死亡，身后既留不下一个旧社会，也留不下一个新社会吗？在我的《墓中回忆录》中，我不是需要描绘一些比德·拉罗什福柯公爵叙述的场景重要得无可比拟的画卷吗？就在迪埃普，着了迷的、反叛的巴黎心目中的这个倦的、肉感的偶像，与德·贝里公爵夫人[2]相比，又算得了什么呢？海上有炮声宣布了这位王族的寡妇在此，现在也不响了；火药和硝烟的奉承在海岸上只留下了海浪的呻吟。

---

[1] 法国歌谣诗人（1780—1857）。

[2] 那不勒斯国王弗朗索瓦一世的女儿，法国查理十世的次子的妻子，很年轻即守寡。

波旁的两个女儿，安娜-热纳芙和玛丽-卡洛琳已经退隐，唱着平民诗人的这支歌的两个水手也将葬身海底，我亦不在迪埃普了。这是另一个我，我的已经结束的日子中的我，曾经住在这些地方的我，而这个我已然倒下，因为我们的岁月先于我们而亡。你们曾经在此地看见我当着纳瓦尔团的少尉，在卵石地上操练新兵；你们又看见我在波拿巴治下流亡；你们还将在7月的日子[1]弄得我措手不及的时候再度碰见我。我又来到这里，我又拿起笔继续我的忏悔。

为了我们彼此相认，看一看我的《墓中回忆录》写到了哪里，还是有益的。

1836年，迪埃普

1846年12月修改

[1] 指1830年的七月革命。

我的《墓中回忆录》写到哪里了

任何从事大规模工作的人遇到的事情，我也遇到了：首先，我升起了极端的旗帜，然后，我在这里那里挪动和重新设置我的脚手架，我搬运中间建筑的石头和水泥。人们用几个世纪的时间完成哥特式大教堂的修建；如果天假我年，我的建筑物将用我的不同的岁月来完成。建筑师始终是一个，改变的只是他的年龄；再说，他的精神存在被囚禁在一个已然破损的物质外壳里，要使之安然无恙实在是一桩酷刑。圣奥古斯丁[1]感到他的泥土倒塌了，便对天主说："做我的灵魂的圣体龛吧。"而他对人们说："当你们在这本书里认识了我的时候，就为我祈祷吧。"

在促使我开始写《墓中回忆录》的事情和我现在操心的事情之间，算起来已经过了三十六年了。我与之倾谈的已不再是活着的人，问题在于唤醒已然被冰冻在永恒之深处的肖像，下降到墓穴之中和生命争高低，当此之时，如何能用几分热情就

[1] 古代神学家（354—430），曾任非洲主教，有多种著作传世，其中以《忏悔录》最为有名。

重新开始叙述一个对我来说曾经充满了激情和冲动的主题呢?我自己不就是一个垂死之人吗?我的看法不是已经改变了吗?我看事物还用同一种观点吗?这些我深感不安的个人的事件,那些伴随而来的或者接踵而至的一般而奇妙的事件,不是已经在世人的眼中和我自己的眼中降低了它们的重要性吗?谁延长了自己的生涯,谁就感到自己的岁月渐渐变冷,第二天他就找不到前一天所感到的兴趣了。我在我的思想中挖掘,有一些名字,有一些人物,我已回忆不起,然而,它们可能曾经使我心跳。健忘的人和被遗忘的人的虚荣啊!对梦幻和爱情说“再生吧!”,这不足以使之再生;人们只能用金枝打开影子国的大门,而要折到金枝,非一只年轻的手不能。

《阿达拉》

我一面忙于增删改动《基督教真谛》的稿子，一面迫于生计干些别的事情。德·封塔纳先生当时正在编《法兰西水星》，他建议我给这份报纸写东西。斗争还是有些风险的，我们只能通过文学介入政治，波拿巴的警察从半吞半吐的话里就能听出名堂。有一种特殊情况妨碍我睡觉，延长了我的时间，使我有更多的空闲。我买了两只斑鸠，老是咕咕地叫，夜里把它们关在我那小旅行箱里也没有用，反而叫得更欢。它们叫得我睡不着，我想何不为《法兰西水星》给斯达尔夫人写一封信。这一赌气一下子使我走出了黑暗，两卷《革命论》未能做到的事，一份报纸的几页竟然做到了。我的脑袋稍稍从默默无闻中伸了出来。

首战告捷似乎宣布了日后的节节胜利。我正忙着看《阿达拉》（像《勒内》一样，也是《基督教真谛》中的一个片段）的清样，发现少了若干页。我很害怕，认为有人偷了我的小说，这种恐惧肯定没有多少根据，因为谁也想不到我还值得一偷。无论如何，我决心单独发表《阿达拉》，我在给《论战报》和《记者》的信中宣布了我的决定。

作品冒着风险面世之前，我拿去给德·封塔纳先生看，他在伦敦时曾经看过手稿的片段。当他读到奥布里神甫在临终的阿达拉身旁的长篇大论的时候，他突然口气生硬地对我说："不是这样的，不好，重新写！"我垂头丧气地回去了，我不觉得我能写得更好。我真想把书扔进火里。我从晚上八点到十一点一直待在我那夹层屋里，坐在桌前，两手伸直张开，放在稿子上，头抵在手背上。我怨恨德·封塔纳先生，我怨恨我自己，我甚至不想写了，我真对我自己感到绝望。临近午夜，我听见了斑鸠的叫声，这声音因距离远而变得轻柔，因斑鸠被我关进了牢房而更加悲哀。我来了灵感，一气呵成写下了传道士的话，未增一行，未减一字，就是今天的模样。第二天早晨，我的心怦怦跳，拿去给封塔纳看，他叫了起来："就是这样！就是这样！我跟您说过了嘛，您会写得更好的！"

我在这世界上引起轰动始于《阿达拉》的出版，从此我的生活不再囿于自我，我的社会活动生涯开始了。作为军人的成功已然可观，又来了文学上的成功，这似乎是个奇迹——这正是渴望已久的事情。著作的奇特性更增加了大众的惊奇感。帝国时期的文学本属古典派，乃是一个返老还童的老太婆，看一眼就让人够受的了；《阿达拉》应运而生，是一种闻所未闻的作品。人们不知道该把它归入"怪物"还是归入"美女"，它是戈耳工还是维纳斯。院士们聚集一堂，引经据典地论证它的性别和本质，一如他们关于《基督教真谛》作出的连篇累牍的报告。旧时代排斥它，新时代欢迎它。

阿达拉变得家喻户晓，居然很快就和布兰维里埃[1]一起，增加了库尔提乌斯蜡像馆的展品。大车店里贴上了红色、绿色和蓝色的版画，画着沙克达斯、奥布里神甫和斯玛格罕的女儿。在塞纳河畔旧书摊的木箱子里，人们展示蜡制的书中人物，仿佛在集市上展示圣母和圣徒的形象。我在林荫道上的一家剧场里看见我那野姑娘头插鸡毛，向一个同类的野蛮人大谈“孤独的灵魂”，那样子真令我汗颜。巴黎游艺场上演了一出戏：剧中一个姑娘和一个小伙子出了公寓，乘旅行马车回到他们的小城结婚；他们下车的时候，神色恍惚，满口的鳄鱼、鹳鸟和森林，他们的父母还以为他们疯了呢。模仿、漫画、嘲讽，一起朝我压过来，莫勒莱神甫为了让我难堪，就让他的女仆坐在他的膝上，但是不能像沙克达斯在暴风雨中将阿达拉的脚握在手中那样，也将年轻处女的脚握在手里。如果安茹街[2]上的沙克达斯让人画成这样，我是会饶恕他的批评的。

这一片聒噪倒使我露面时声势大增。我成了时髦人物。我昏了头。我本不知自尊为何物，于是我陶醉了。我像爱一个女人、像初恋那样爱上了荣誉。然而我是个胆小鬼，我的恐惧不下于我的激情：我这个新兵第一仗就没打好。我生性孤僻，总是怀疑我的才能，这使我在成功中依然谦卑。我逃避我的地位，我躲避行人，竭力打掉罩在我头上的光环。晚上，我去小咖啡馆，帽子低低地压在眼上，害怕人们认出这个伟人，我在那儿

---

[1] 法国 17 世纪的一位侯爵夫人（1630—1676），以一投毒案著名。

[2] 巴黎的一条街，多住达官贵人。

偷偷地读某个无名小报对我的赞扬。为了独享我的名声，我多少次跑去看夏约[1]的盛典，也是这条路，为了进宫我曾多么痛苦地走过啊！我的新荣誉并未使我感到更快活。我怀着优越感在巴黎拉丁区吃三十个苏[2]的饭食，我噎住了，浑身不自在，以为别人都在看我。我出神地看着自己，心想："可这就是你呀，不同凡响的家伙，你吃饭跟别人一样！"在香榭丽舍有一家咖啡馆我很喜欢，因为那里有几只夜莺，笼子就挂在大厅的边上。女主人卢梭太太见了面认识我，但并不知道我是谁。十点钟，她给我端来咖啡，我听着那五六只夜莺歌唱，在《广告报》上寻找《阿达拉》。唉！我很快就看见卢梭太太死了，我和夜莺、印第安姑娘的聚会也不长久，那姑娘唱道："相爱是个好习俗，生活当中少不了！"

如果成功还不能延续我对虚荣的愚蠢的迷恋，还不能败坏我的理智，它却有另外一种危险，这些危险随着《基督教真谛》的出版和我在德·昂吉安公爵被杀后的辞职[3]而日益增加。当时，聚集在我周围的除了读小说流眼泪的年轻女人，还有成群的女基督徒，还有那些一桩维护名誉的行为就能使之激动起来的热情贵族。十三四岁的女孩子最危险，因为她们不知道自己要什么，也不知道想要您干什么，就颇有诱惑力地将您的形象混同于一个用彩带和鲜花装饰起来的传说中的模特儿。让-雅克·卢梭谈到《新爱洛伊丝》出版后他收到的爱情表白和他唾

[1] 巴黎市内地方。

[2] 法国辅币，20苏为1法郎。

[3] 1804年3月，该公爵因被控谋反而丧命，夏多布里昂愤而辞职。

手而得的征服，我不知道人们是否这样把支配的权力拱手送我，但是我知道我被一大堆馨香四溢的信埋住了。如果这些信今天只是一些老祖母的信，我将很不好意思地带着一种得体的谦逊说一说，人们如何争夺出自我的手的一句话，人们如何拾起我用过的信封，如何红着脸，低下头，藏在长长的头发下。如果说我没有被宠坏，必是因为我的本性良好。

或是出于真实的礼貌，或是出于奇怪的软弱，我有时竟以为必须在她们之中感谢那些不知名的夫人，她们寄给我她们的芳名和恭维。一天，我在五层楼上发现了一个还在母亲的翼翅下的尤物，她的家我再未去过。一个波兰女人在丝绸店里等我，她是一种土耳其后宫姬妾和瓦尔基丽[1]的混合物，有着开白花的雪莲的神气，或者那种季节未到和已过的时候取代花神的其他女儿的石楠的神气。这一群女人，年龄不等，美貌不同，成了我往日的女气精的化身。直到那时为止，除了一次认真的倾慕之外，我既非特别受人欢迎，亦非众人中的佼佼者，因此这种对我的虚荣和情感的双重后果就更加可怕。不过我应该说，即便我很容易滥用一种短暂的幻想，通过宗教的纯洁的道路得到一种快感，这种念头也会冒犯我的真诚：居然通过《基督教真谛》被人爱！居然为了《临终涂油礼》、为了《亡灵节》而被人爱！我决不做这种可耻的伪君子。

我认识一位外省的医生，维加鲁大夫，他已到了快乐一天就少一天的年纪。他说，他对这样失去的光阴毫无遗憾，他会

[1] 北欧神话中的战争女神。

很痛快地交出他得到的幸福而走向死亡，他将把死亡当作他最后的快乐。然而我却目睹他咽气时流出了可怜的眼泪，他不能对我掩饰他的痛苦。为时晚矣！他的白发垂得不够，盖不住也抹不掉他的泪水。

伟大而仁慈的天主啊，您把我们抛在地上绝不是为了一些无谓的苦恼和一种可悲的幸福！我们的不可避免的醒悟告诉我们，我们的命运是更为崇高的。无论我们犯了什么样的错误，只要我们在软弱之中保有一颗严肃的灵魂并且想到您，您的仁慈就会使我们得到解脱，把我们带到那个充满着永恒的眷恋的地方。

1837年，巴黎

1846年12月修改

我到了巴黎

没有人从故乡来。

——拉伯雷

八年来，我被封闭在大不列颠，看见的只是英国人的世界，它是那样特殊，尤其和欧洲其他地方不同。1800年春，随着丹佛的渡轮驶近加莱，我的目光已经先我到了对岸。国家一派贫困的样子，令我吃惊：不多几根桅杆竖在港口里；一些身穿卡玛尼奥拉服[1]和头戴棉布便帽的人沿着防波堤在我们前面走着，阵阵木鞋的响声向我宣布他们是大陆的胜利者。我们靠在码头上的时候，宪兵和海关人员跳上甲板，检查我们的行李和护照。在法国，人人都是可疑的，在我们的事务里，在我们的娱乐中，所见的第一个东西乃是三道杠的帽子和刺刀。

林赛夫人在旅店等着我们。第二天，德·阿格索夫人，一个年轻的女人，她的亲戚，还有我，一起出发去巴黎。路上几乎看不见人。女人的脸被晒得黢黑，赤着脚，光着头或围着一

[1] 法国资产阶级革命时期流行的一种短上衣。

方手帕在耕田：真像是一群奴隶。我似乎更感到吃惊的是这片土地的独立和刚健，女人用镢头，男人使火枪。村庄仿佛都被火烧过，一片惨相，半遭毁弃，到处是烂泥或灰尘、废物和残垣断壁。

路的右边和左边，残留着一些被拆毁的古堡；成片的树林被砍光，只剩下几根破成方的树干，有小孩子在上面玩耍。还看得见一些遍是缺口的围墙，被废弃的教堂，死者已被驱走，钟楼没有了钟，公墓没有了十字架，龛中的圣徒没有了头，遍身石痕。墙壁上涂写着共和党人的已然陈旧的标语：自由，平等，博爱，否则毋宁死。有的地方，人们试图抹掉“死”这个词，然而黑色的或红色的字母在一层白灰下又显现了出来。这个似乎正当解体的民族却开始了一个新世界，如同那些民族走出了中世纪的野蛮和毁灭。

快到首都了。在艾库昂和巴黎之间，小榆树一棵也未被砍倒，这些美丽的街道让我吃惊，这在英国的土地上是见所未见的。法国令我耳目一新，就像过去北美的森林令我耳目一新一样。圣德尼教堂已经无遮无盖，窗户被打碎；雨射进教堂的发绿的殿里，坟墓已经没有了。我曾在那里看见过路易十六的尸骨、暴徒德·贝里公爵的棺材和路易十八的灵柩台。

奥古斯特·德·拉莫瓦农前来迎接林赛夫人。她的漂亮车子和我们沉重的大车及肮脏破烂的驿车形成对照，拉车的瘦马用缰绳套着，是我在加莱碰上的。林赛夫人留在特尔奈，他们把我拉到造反路。我穿过田野，到了女主人家，我在她家待了二十四小时。我在那里碰见了一位叫拉萨尔的又高又胖的先生，他为她处理有关流亡者的事务。林赛夫人派人通知德·封塔纳先生我到了；四十八小时后，他到一间小房间的尽头来找我，房间是林赛夫人在一家旅店为我租的，几乎就在她家的门口。

那是一个礼拜天。快到下午三点的时候，我们步行从星广场的城门进入巴黎。大革命的暴力在当时欧洲人的精神上留下什么印象，特别是给那些恐怖时期不在法国的人们留下什么印象，今天我们已无从想象；我觉得我的的确确是正在进入地狱。的确，我曾目睹革命的开始；然而那时滔天大罪尚未犯下，我一直局限于后来的事实，英国的平静的、规矩的社交圈子里传来传去的事实。

我往前走着，用的是假名，而且确信会连累我的朋友封塔纳。令我大感惊讶的是，我居然在进入香榭丽舍大街的时候听见了一片小提琴、圆号、单簧管和鼓的声音。我瞥见几个简陋的舞场，一些男人和女人在跳舞；再远些，我看见了两大片栗子树掩映下的杜伊勒里宫。至于路易十五广场，则是空空如也，一片破败的景象，透着古老的罗马露天剧场的凄凉冷落的气息。人们都快步走过；我十分惊奇，竟没有听见抱怨声。我害怕踏进一汪已然了无痕迹的血泊之中；我的眼睛无法从天空的一块地方移开，那里耸立着死亡的工具；我觉得看见了我的哥哥和嫂嫂，他们身上只穿着衬衣，被绑在血腥的机器上：路易十六的人头就落在那里。尽管街上一片欢乐，教堂的塔楼却悄然无声。我觉得我回来的那一天是巨大痛苦的日子，是耶稣受难的日子。

德·封塔纳先生住在圣奥诺雷街，距圣罗克教堂不远。他把我带到他家，介绍给他的妻子，然后又引我去他的朋友儒贝尔先生的家里，我在那儿有个临时的住处。我被当作一个听说过的旅行者。

第二天，我去警察局，以拉萨涅的名义递上我的外国护照，领回一张居留巴黎的许可证，每月须延期一次。几天后，我在里尔街租了一间夹层房，靠近圣父街。

我带回了《基督教真谛》的手稿，以及在伦敦印出的开头部分。他们让我去找米涅莱先生，他是一个高尚的人，答应重新开始中断了的印刷，并预先给了我一点儿钱，以供日用。没有人知道我的《革命论》，尽管勒米埃先生和德·赛先生跟我说起过。我埋葬了哲学家德里尔·德·萨勒[1]，他刚刚出版了他的《为了天主的回忆》。我去找冉格内[2]，他住在格勒奈尔–圣日耳曼街，靠近善人拉封丹旅馆。在旅馆安放招牌的地方还可读到："此地人们以公民的身份为荣，彼此互称你我。请关好门。"我上了楼。冉格内先生几乎认不出我了，跟我大谈他当时曾经多么辉煌。我谦卑地退出，不打算继续这种如此不相称的关系了。

我在内心深处一直怀念和回忆着英国，我在这个国家生活了那么长时间，都养成了那里的习惯了：我忍受不了我们的房屋、楼梯、桌子的肮脏，忍受不了我们的不洁、我们的嘈杂、

[1] 法国哲学家（1743—1816），绰号“狄德罗的猴子”，著有《自然哲学》等。
[2] 法国诗人、批评家（1748—1816）。

我们的不拘礼节、我们的谈话的不得体。我在举止上、趣味上，甚至某些方面在思想上已成了英国人；因为，假使有人说拜伦爵士在他的《恰尔德·哈洛尔德游记》中有几处受到《勒内》的启发，同样可以说的是，在大不列颠生活了八年，前面又有一次北美之行，长期习惯于用英文说话、写作，甚至思想，必然地要影响我的观念及其表达方式。然而渐渐地，我也喜欢上使我们与众不同的爱交际、令人愉悦的交往、智力的轻松快捷、毫不傲慢也不怀成见、不计财产和门第、不同地位之间的自然的拉平、使法国社会无与伦比并且弥补了我们的缺欠的那种精神平等。在同胞中间安顿下来几个月之后，人们就感到不能在巴黎以外的地方生活了。

1836 年，迪埃普

德·博蒙夫人的社交圈子

为了我的作者的虚荣，我很快受到了惩罚，如果这不是一种最愚蠢的虚荣，也是一种最可憎的虚荣。我原以为可以悄悄地品味成为一个杰出的天才所感到的满足，不是像今天那样蓄一把奇异的胡子、穿一种奇异的衣服，而依然像一个有教养的人那样穿着，只以我的超群显示我的不同：真是空想！我的骄傲应该受到惩罚，惩罚来自一些我不得不认识的政治人物。出名的好处是以灵魂为代价的。

德·封塔纳先生与巴乔奇夫人交好，他把我介绍给波拿巴的妹妹[1]，很快又介绍给第一执政的弟弟吕西安。吕西安在桑里（普莱西）有乡间宅邸，我得到那里去吃饭；那座古堡原来是属于德·贝尔尼红衣主教的。在吕西安的花园里，有他的第一位妻子的坟墓，那位妇人一半德国血统，一半西班牙血统，还有诗人红衣主教的纪念物。用锹开出的一条小溪亦有其提供营养的仙女，那是一头从井里提水的母骡。这是波拿巴当使之流遍其王国的诸河流的源头。人们极力使我发出光芒，已经开始叫

[1] 即巴乔奇夫人。

我的名字了，我自己也高声直呼“夏多布里昂”，忘了我应该叫“拉萨涅”。一些流亡人士来看我，其中有德·波纳尔先生和舍那多雷先生[1]。克里斯蒂安·德·拉莫瓦农，我流亡中的伙伴，带我到雷卡米夫人[2]家里去：一道幕突然在她和我之间落下。

我从流亡中返回的时候，在我的生活中最占位置的是德·博蒙伯爵夫人。她一年中有部分时间在约那河新城附近的帕西古堡度过，儒贝尔先生夏天也在那儿住过。德·博蒙夫人回到巴黎，希望与我结识。

为了让我的生活成为长长的一串悔恨，福音要第一个在我的公共生涯之初给我以善意接待的人也成为第一个消失的人。德·博蒙夫人为那些在我面前走过的女人打开了死亡之路。我的最遥远的回忆停在骨灰之上，它们继续落在一个棺材一个棺材上；仿佛印度的博学者，我背诵着亡者的祈祷，直至我的念珠串上的鲜花枯萎。

德·博蒙夫人的父亲是阿尔芒·马克·德·圣埃朗，德·蒙莫兰伯爵，法国驻马德里大使，布列塔尼的指挥官，1787年贵族院的议员，路易十六的外交大臣，并且很受宠爱。他丧命于断头台，跟着他的还有一部分家人。

德·博蒙夫人模样儿不大好看，很像勒布伦夫人为她画的一幅肖像。她的面庞瘦而苍白；杏眼，射出的光也许太多了，幸亏一种不寻常的温柔半遮住她的目光，令其忧郁地闪烁，宛

[1] 此两人都是当时著名的保王派文学评论家。

[2] 著名的沙龙女主人，后来与夏多布里昂关系密切。

若一缕光穿过清澈的水而变得柔和。她的性格中有着某种僵硬和急躁，这来源于她的情感的强烈和内心所感受到的痛苦。她有着高尚的灵魂和巨大的勇气，她为了一个世界而生，她的精神出于选择和不幸而退居其中；然而，当一个友爱的声音从外面呼唤她那孤独的才智的时候，她就会出来，对您说几句来自上天的话。德·博蒙夫人的极端虚弱使她说话缓慢，而这种缓慢极动人。我认识这个备受痛苦的女人，正是在她逃亡的时候，她已经遭受过死亡的打击，我于是全力减轻她的痛苦。我在圣奥诺雷街的艾当普旅馆租了房，离卢森堡新街不远。德·博蒙夫人在这条街上有一套房子，看得见司法部的花园。我每天晚上都去她那里，还有她的朋友和我的朋友，儒贝尔先生，德·封塔纳先生，德·波纳尔先生，莫雷先生，帕斯基埃先生，舍那多雷先生，这些人都在文学界和企业界占有重要的地位。

儒贝尔先生有许多疯狂之举和古怪之处，所有认识他的人都会永远地想念他。他对精神和心灵具有一种异乎寻常的控制力，他一旦抓住了您，他的形象就立在那儿了，仿佛一桩事实，仿佛一种固定的思想，仿佛一个驱之不去的附身的魔鬼。他的宏愿乃是清净，然而无人比他更加心绪不宁。他留神抑制那种他认为有害健康的灵魂的激动，然而他的朋友们总是扰乱他为了身体好而采取的种种预防措施，因为他禁不住要为他们的忧愁和快乐而感动。这是一个只关心他人的利己主义者。为了重新获得力量，他常常认为必须闭上眼，几个钟头不吭一声。谁知道在这种他强加给自己的沉默和休息之中，有什么声音和动静在他的内心里走过。儒贝尔先生随时更换节制饮食的食谱，有时终日饮奶，有时又整天吃肉糜，有时在最陡峭的路上快步颠簸，有时又在最平直的小径上小步徜徉。读书时，他把不喜欢的几页从书里撕去，于是他就有了一批只供他自己使用的图书，净是缺页的书，包在过于宽敞的封面里。

他是一位深刻的形而上学者，他的哲学经过独特的发展，变成了绘画或诗；他是一位有着拉封丹的心灵的柏拉图，他对完美有独特的见解，这使他什么也不能完成。他死后，人们发现他在手稿里说："我像一把伊奥利亚竖琴，能发出几个美妙的声音，却不能演奏任何一支乐曲。"维克多丽娜 · 德 · 夏特奈夫人说，他仿佛一颗灵魂偶然碰到一具肉体，但也能随遇而安。此乃迷人而真实的定评。

我们嘲笑德 · 封塔纳先生的敌人，他们想把他说成是一个深沉不露的政客，其实他不过是一位暴躁的诗人罢了：直率到易怒的程度，对立可以把他推向极端，他不能隐瞒自己的观点，也不能接受别人的观点。他的朋友儒贝尔的文学原则与他的不同：儒贝尔在任何地方、任何作家身上都发现了一些好的东西；封塔纳则相反，厌恶这样那样的理论，简直听不得某些作家的名字。他是现代写作原则的不共戴天的敌人。在读者的眼皮底下搬弄物质的作用、不可避免的罪恶、带着绳子的绞刑架，在他看来都是骇人听闻的丑恶。他声称永远只应该在诗的氛围中看事物，如同在一个水晶球下。痛苦看久了就会机械地耗尽，在他看来不过是一种来自马戏场或沙滩广场[1]的感觉罢了；他只

[1] 沙滩广场曾被当作刑场。

能理解经过赞叹而变得崇高、通过艺术而化为迷人的怜悯的那种悲剧情感。我跟他谈到希腊古瓶：在这些古瓶的图案中，人们看见赫克托耳的身体拖在阿喀琉斯的战车后面，而一个小人儿在空中飞翔，代表着帕特洛克罗斯的影子，忒提斯的儿子[1]的复仇使他得到安慰。“好哇！儒贝尔，”封塔纳叫道，“这些希腊人代表着灵魂，您对云彩的变化还有何话说？”儒贝尔觉得受到了攻击，就让封塔纳自相矛盾，指责他对我的宽容。这些辩论常常很滑稽，总是没完没了。一天晚上，已经十一点半了，我正在位于路易十五广场的德·库瓦兰夫人的公馆的顶楼上，封塔纳又重新登上八十四级楼梯，怒气冲冲地回来，用手杖的尖敲着地，结束一个他刚才没有说完的论据：事关皮卡尔，那个时候，他认为皮卡尔比莫里哀高明得多。不过，他说过的话，他可留神不写下一个字来——说话的封塔纳和手里拿着笔的封塔纳乃两个人。

我喜欢反复地说：是德·封塔纳先生鼓励我写出最初的论文；是他宣布了《基督教真谛》；是他那满怀着一种感到震惊的忠诚的诗神，引导我的诗神走上他已经走过的新的道路；是他教会我通过彰明的方式来掩盖事物的丑恶，把古典的语言安放在我的浪漫的人物口中，如同他活在我身上一样。过去曾经有过趣味上保守的人，仿佛那些在赫斯珀里得斯姊妹的花园里看守金苹果的龙[2]，只有当年轻人摸摸金苹果而不把它弄坏时，这

---

[1] 指阿喀琉斯。

[2] 希腊神话故事。赫斯珀里得斯姊妹住在大地极西的果园里，园中结着神奇的金苹果，有巨龙看守。

些人才让他们进去。

我的朋友的文章带着您畅行无阻，精神体验到一种舒适，进入一种和谐的境界：一切都令人心醉，没有任何让人难受的东西。德·封塔纳先生不断地修改他的作品，没有谁比这位旧时的大师更相信这句卓越的谚语了："欲速则不达。"他会说什么呢？今天，无论在精神上还是在肉体上，人们都竭力取消过程，做事唯恐不快。德·封塔纳先生喜欢随心适意地旅行。您已经读过我在伦敦与他重逢时关于他说过的话，我当时表示的惋惜之情这里还得再说一回：生活不断地迫使我们提前哭泣，或者在回忆中哭泣。

德·波纳尔先生头脑敏锐，他的聪明被人当作天才。在黑森林，他梦想着在孔岱的军队里实现他的形而上的政治，如同那些耶拿和哥廷根的教授们走在他们的学生前面，为了德意志的自由而甘愿被杀掉。他是个改革者，尽管曾是路易十六时代的火枪手，却仍将旧时的人看作是政治上和文学上的孩子。他第一个使用自命不凡的现代语言，声称国民教育部部长还不够先进，听不懂。

舍那多雷有学问有才能，不是天生的，而是后学的，他愁容满面，自号"乌鸦"，因为他要在我的作品中偷东西吃。我们做了一笔交易：我把我的天空、雾气、云彩让给他，他把我的微风、海浪和森林留给我。

现在我只谈我的文学朋友；至于我的政治朋友，我不知道我会不会谈到——原则和讲话已在我们之间挖下了道道深渊！

奥卡尔夫人和德·万提米夫人前来参加卢森堡新街的聚会。德·万提米夫人是个所剩已然不多的旧式女人，她常出入社交界，给我们带来那里的消息。我问她“人们是不是还在建造城市”。一则辛辣但并不得罪人的嘲讽显露出几宗小小的丑闻，其描绘使我们更深刻地感到了我们的安全的代价。德·万提米夫人和她的女儿曾被德·拉哈卜先生颂扬过。她言谈谨慎，性情克制，思想稳重；她跟德·舍弗勒兹夫人、德·隆格维尔夫人、德·拉瓦里埃夫人、德·曼特侬夫人有过从，也和德·乔夫兰夫人、德·戴方夫人有来往[1]。她跟这个圈子混得很熟，其消遣注重精神的多样性及其不同价值的组合。

奥卡尔夫人很得德·博蒙夫人的兄弟的喜欢，她是他思想的王后，他直到上了断头台还关心着他的这位王后，如同奥比亚克走向绞刑架的时候还吻着一个蓝色平绒的手笼——玛格丽特·德·瓦洛亚留给他的恩惠之一。从此，没有任何地方能够把一些来自不同阶层、有着不同命运的杰出人物聚集在一个屋顶下，使他们能够谈论最普通和最高尚的东西。言谈之简单并非因为贫乏，而是出自选择。这也许是旧时法兰西精神的最后的一个上流社会了。在新的法国人中，这种文雅已经不复存在，那是教育的结果，经过运用变成了性格的能力。这个上流社会出了什么事？请您制订计划，聚集朋友，准备一个永久的葬礼吧！德·博蒙夫人不在了，儒贝尔不在了，舍那多雷不在了，德·万提米夫人不在了。过去，在收获葡萄的时候，我去维尔

[1] 诸夫人皆为当时在政治上、文化上起过重要作用的贵妇人。

纳福看望儒贝尔先生，我和他在约那的小山上散步：他在矮树林里采红鹅膏[1]，我在草地上采灯芯草。我们什么都谈，特别是谈永远不在的德・博蒙夫人。我们又回想起往日的希望。晚上，我们回到维尔纳福，这座由菲利普-奥古斯特时代的衰颓的城墙、上面升起了种植葡萄的人家的炉烟并且已经半塌的塔楼包围着的城市。儒贝尔向我指着远处小山上树林里的一条铺沙的小径，他就是走这条路去看他的女邻，恐怖时期她就藏在帕西古堡里。

自我的东道主死后，我曾四五次穿越桑斯地区。我从大路上看见了那些小山坡，儒贝尔不再在那里散步了。我认出了那些树、那些田、那些葡萄秧、那一小堆一小堆的石头，我们常在那上面休息。经过维尔纳福的时候，我看了看无人的街道和我的朋友的关闭着的房子。最后的一次，我是去罗马赴大使任。啊！如果他在家，我会把他带到德・博蒙夫人的墓前！天主开恩，向儒贝尔先生敞开了一个天国的罗马，更适合于他那颗柏拉图式的、已然变成基督徒的灵魂。我在这世上将再也见不到他了："我朝他走去，他却不会朝我走来。"（《诗篇》）

1837 年，巴黎

[1] 一种可以食用的植物。

塔尔玛 [1]

夏天过去了，依照惯例，我可以指望来年重新开始，然而时针绝不会回到人们希望的那个时刻。冬天，我在巴黎又新结识了几个人。儒连先生，富有，殷勤，尽管家族里常有人自杀，却仍是一个快乐的饭友。他在法兰西人剧院有一个包厢，他把包厢借给了德·博蒙夫人，我跟德·封塔纳先生和德·儒贝尔先生一起去看过四五回戏。我初入世的时候，旧的喜剧正展示出它全部的辉煌；我再看的时候，它已处于完全的解体之中了。悲剧因为有了德·杜舍诺亚小姐，尤其是因为有了已达到戏剧艺术的顶峰的塔尔玛而仍在坚持。我在他初登台的时候见过他；他那时不如现在漂亮，甚至可以说不如现在年轻：岁月使他多了些优雅、高贵和庄重。

斯达尔夫人在她的关于德意志的著作中为塔尔玛所作的肖像，只有一半是真实的。杰出的作家以一种女性的想象力来看伟大的演员，把他所缺乏的东西给了他。

塔尔玛不需要中间世界，因为他不了解贵族；他不知道我

[1] 当时著名的悲剧演员（1763—1826）。

们的旧社会；他不曾在树林深处哥特式塔楼中古堡女主人的餐桌旁坐过；他不懂语调的柔韧和变化，对女人的殷勤，风俗之表面的轻佻、淳朴、温柔，事关荣誉的英雄主义和骑士的对于基督教的忠诚；他不是唐克莱德[1]，不是古齐[2]，或者至少他是把他们变成了他自造的中世纪的英雄——奥赛罗到了旺岱[3]的腹地。

塔尔玛何许人也？他，是当代和古代的融合。他对爱情和祖国所怀有的激情是深刻的，但不外露；一旦从心中流露，就是一次爆发。他的灵感是阴郁的，那是他所经历的革命产生的天才之错乱。恐怖的景象曾经包围着他，又以索福克勒斯和欧里庇得斯的合唱将那哀怨的、遥远的声调再现于他的才华之中。他的优雅绝不是那种习见的优雅，他能使您感到震惊，仿佛不幸突然抓住了您。邪恶的野心，悔恨，嫉妒，灵魂的忧郁，肉体的痛苦，神祇和敌对引起的疯狂，人类的丧事，这就是他之所知。只要他一出场，只要他一发出声音，立刻就是一片强烈的悲剧气氛。痛苦和思想在他的额头上交融，呈现于他的静止、他的姿态、他的手势和他的步履之中。演希腊人，他来了，喘着气，沉着脸，不朽的奥瑞斯忒斯从阿耳戈斯的废墟中来了，带着自《奥瑞斯忒亚》[4]问世三千年以来的痛苦；演法国人，他

[1] 公元11世纪的西西里亲王。

[2] 意大利望族。

[3] 法国布列塔尼的一个封建势力十分顽固的地区。

[4] 希腊悲剧诗人埃斯库罗斯的三部曲。

从圣德尼大教堂[1]的孤独中来，1793 年的命运女神已经斩断了墓中诸王的生命之线。他忧心忡忡，等待着某种未知却已在不义的天上被决定了的事情，他走着，这命运的苦役犯，已被无情地锁在了宿命和恐怖中间。

时间在衰老的戏剧杰作的上面罩了一片躲不过的黑暗，它的投影把最纯净的拉斐尔变成了伦勃朗；没有塔尔玛，高乃依和拉辛所创造的一部分奇迹就会湮没无闻。戏剧才能是一把火炬，它把火传给那些快要熄灭的火炬，使天才重获青春，以其焕然一新的辉煌让您陶醉。

塔尔玛使演员的服装仪表臻于完美。然而，戏剧的真实和服装的严格对于人们所说的那种艺术是同样必要吗？拉辛的人物从服装剪裁那里无所借鉴；早期画家的画，背景不受重视，服饰也不准确。奥瑞斯忒斯的“愤怒”或者约亚德[2]的“预言”，塔尔玛身着燕尾服在客厅里朗诵，或者穿着希腊大氅或犹太长袍在舞台上道出，其效果是一样的。伊菲吉妮[3]穿得像是塞维尼夫人，而布瓦洛[4]为他的朋友写下这样美丽的诗句：

伊菲吉妮在奥里德献作祭品
从未让全希腊流下这许多泪，
美好的戏剧让我们睁大眼睛

[1] 许多法国国王葬于其中。
[2] 拉辛悲剧《阿达莉》中的人物。
[3] 希腊悲剧人物，阿伽门农的女儿。
[4] 法国古典主义批评家（1636—1711）。

原来是尚麦蕾[1]顶着她的名字。

在表现死去的对象时进行这样的改动，这是我们这个时代的艺术精神：这一改动宣告了高雅的诗和真正的戏剧的衰落；人们无力享受大美，就满足于小美；人们再不能描绘坐在天鹅绒上和扶手椅中的人的音容笑貌，就模仿天鹅绒和扶手椅来欺骗眼睛。然而，一旦降至这种物质形式上的真实，人们就被迫要加以复制，因为自身也已物质化的公众要求这样。

1837年，巴黎

[1] 法国女演员（1641—1698）。

会见波拿巴

正当我们忙于平凡地生与死的时候，世界也在完成宏伟的进程，当代英雄走在人类的前头。巨大的骚动是天下大乱的先兆，我于高潮中在加莱[1]上岸，以便促进总的行动，尽一个士兵的职责。本世纪的第一年，我到达波拿巴的宿营地，他正在那里击打命运的集合鼓，他很快就成了终身执政。

立法议会于1802年接受了和解协议，其后，内政部长吕西安为他的哥哥[2]举行了一个庆祝会；我因为重新集合基督教的力量并使之振作起来而受到邀请。拿破仑进来的时候，我正在走廊里。他给我的印象颇深，而且令人愉快，从前我只在远处看见过他。他的微笑温柔，而且很美；他的眼睛令人赞叹，尤其是它们处于额下嵌在睫毛之间的那种方式。他的目光中还没有任何江湖气，也没有丝毫的夸张和做作。《基督教真谛》当时正

[1] 濒临英法海峡的法国港口。

[2] 指拿破仑·波拿巴。

引起巨大的轰动，对拿破仑起了作用。一种神奇的想象力鼓动着这位如此冷静的政治家：假使缪斯不在那里的话，他就不会是后来的他了；理智完成了诗人的思想。所有这些拥有伟大的一生的人，都是两种天性的化合，因为他们必须既有灵感，又能行动：前者产生计划，后者完成之。

波拿巴看见了我，认出了我，我不知道他是如何认出我的。他朝我走过来，谁也不知道他在找谁；人群依次散开，人人都希望执政停在自己前面；他似乎对这种误会感到不耐烦；我缩在周围的人的后面；波拿巴突然提高了声音，对我说："夏多布里昂先生！"我一下子独自站在前面，因为我旁边的人纷纷后退，于是很快形成一个圆圈，围着我们两个人。波拿巴跟我说话很随便，没有恭维，也没有空洞的问题，开门见山，立即与我谈起埃及和阿拉伯人，好像我是他的亲信，他不过是继续一次我们早已开始的谈话罢了。他对我说："当我看见酋长们在荒漠中朝着东方跪倒在地，额头碰着了沙子，我总是感到震惊。他们面向东方所崇拜的那个未知之物究竟是什么呢？"

波拿巴不说了，立刻转向另一个念头："基督教？那些空想理论家不是想把它变成一种天文学的体系吗？如果确实如此，他们以为就能让我相信基督教是渺小的吗？假使基督教是天体运动的隐喻，是星辰几何学，自由思想家们仍是徒劳，他们无形中依然为'无耻之徒'留下了足够的伟大。"

波拿巴说完立即离去。那天夜里，我仿佛对约伯说："有灵从我面前经过，我身上的毫毛直立；那灵停住，我却不能辨其形貌，我听见他说话，声音像一阵微风。”[1]

我的日子只是一连串的幻象，地狱和天堂不间断地打开在我的脚下或头上，我都来不及探测其黑暗或光明。我在两个世界的交接处只见过一次旧时代的人和新时代的人，华盛顿和拿破仑。我和他们两个人都交谈过片刻，两个人都把我打发给了孤独：前者以其善意的祝愿，后者则以其罪孽。

我注意到，波拿巴在人群中走来走去，向我投来的目光要比停在我面前跟我说话时更为深沉。我也一直看着他。

> Chi e quel grande, che non par che curi L'incendio?
>
> “那个大个子是谁，对火灾毫不在意？”（但丁）

1838 年，巴黎

[1] 语出《圣经·约伯记》。

我的工作

红衣主教费什[1]租下了朗塞洛蒂宫，距台伯河相当近；后来我在那儿看见过朗塞洛蒂公主，那是在1827年。他们把最上一层给了我，一进去，跳蚤就往腿上蹦，多得白裤子变成了黑裤子。德·包纳福神甫和我，我们竭尽全力清洗我们的房间。我还以为又回到了新街[2]上的狗窝了呢。回忆我的贫困并不使我感到不快。在这间外交办公室里安顿下来之后，我就开始干起发放护照及其他同样重要的工作了。我的书法成了我的才华的一大障碍，红衣主教费什看到我的签字，耸了耸肩。我在我那空阔的房间里几乎无事可做，只好越过屋顶看一座房子里的洗衣妇，她们也朝我挥挥手。一位未来的女歌唱家在练声，老是让我听她那无穷无尽的视唱教本。解闷的只有送葬的走过，让我高兴一阵！居高临下，我从窗口看见深渊般的街上一位年轻母亲的送葬队伍：她的脸露在外面，被人抬着，两旁是穿白衣的香客；她的新生儿也死了，身上盖满了鲜花，躺在她的脚旁。

[1] 当时法国驻罗马的大使。

[2] 伦敦的一条街。

我无意中铸下大错：我毫不犹豫地认为应该拜访著名的人物，我不拘礼节地去向撒丁国的废王致敬。这一非常之举引起了轩然大波，所有的外交官都对我关上了大门。献媚者和随员们则不断地说："他完了！他完了！"那是一种人们对无论什么人的不幸遭遇表示怜悯时所感到的快乐。真是愚不可及，外交界的任何一个傻瓜都自以为比我强。他们希望我跌跤，尽管我微不足道，毫无用处。管他呢，反正是一个人跌了跟头，这总是让人开心。我很天真，对我的罪过浑然不觉，一如既往地把随便什么位置都视若草芥。人们以为我看重国王，其实在我眼里，国王只在造成不幸时才重要。他们从罗马写信到巴黎，报告我的可怕的蠢举。幸亏我打交道的是波拿巴，原本应该淹死我的事反而救了我。

不过，如果说突然一跃而成为拿破仑之叔、教会之长手下的大使馆一等秘书看起来是一件非同小可的事，我究竟还是仿佛被发送到一个省里去了。在酝酿中的纠纷之中，我本来是可以找到事情做的，可是谁也没有让我与闻任何秘密。我完全为大使馆内的争执所摆布，然而我何必浪费时间详述一些连办事员都知道的事情呢？

我在台伯河一带观光流连，回来之后要处理的净是红衣主教的锱铢必较的烦恼、夏隆主教的土财主式的吹牛和未来的摩洛哥主教的不堪置信的谎言。吉庸神甫利用一个与他的名字听起来相仿的名字，声称奇迹般地逃脱卡尔莫大屠杀[1]之后，在福

[1] 大革命时期巴黎的一所政治监狱，1792 年 9 月 2、3 日那里发生了大屠杀。

尔斯监狱[1]为德·朗拜尔夫人赦罪。他吹嘘自己是罗伯斯庇尔关于上帝崇拜的演说的作者。我敢担保，有一天，我穷追不舍，他竟说他去过俄罗斯。他的话不大令人信服，不过他谦虚地承认他只在彼得堡住过几个月。

德·拉·麦松福尔先生是一个有思想但不露锋芒的人，他帮助了我，很快，大贝尔丹先生，《论战报》的所有者，也在我痛苦的时候以他的友谊给我支持。那个后来也从厄尔巴岛出来的人[2]曾把贝尔丹先生流放至厄尔巴岛，又把他驱逐到冈城[3]，他于1803年从我认识的共和分子布里欧先生那里获准在意大利结束流放。我和他一起参观了罗马的废墟，目睹了德·博蒙夫人的死，这两件事情把他的生活和我的生活连在了一起。他是一个很有鉴赏力的批评家，像他的兄弟一样，也给了我的著作极好的建议。如果他登上讲坛的话，他会表现出真正的演说才能。他长期以来就是一个正统派，经过了坦普尔监狱[4]和厄尔巴岛流放的考验，他的原则实际上始终如一。我将忠实于我的患难之交；为了人世间的政治观点哪怕牺牲真挚友谊的一个钟头，那都是过高的代价。我只需在观点上不变，正如我永远和我的回忆连在一起。

在我逗留罗马期间，博尔赫斯公主到了。我被委派给她送去巴黎的鞋子。我被介绍给她；她当着我的面梳妆打扮，她穿

[1] 大革命时期巴黎的一所政治监狱，朗拜尔公主死于1792年9月这里的屠杀。
[2] 指拿破仑。
[3] 法国城市。
[4] 巴黎的一所监狱。

在脚上的这双小巧漂亮的鞋子大概在这片古老的土地上只走了一会儿。

我终于遭到了不幸，这是我的一个取之不尽的源泉。

德·博蒙夫人之死

罗马的空气给德·博蒙夫人的身体带来的益处未能持久。的确，猝死的迹象是消除了，但是最后的时刻总是停下脚步来蒙蔽我们。我试过两三次，让病人乘车走走；我竭力让她看看田野和天空，散散心——可是她对什么都没有兴趣了。一天，我带她到科洛塞奥[1]去，那是10月的一天，那样的天气只在罗马才有。她好不容易下了车，坐在一块石头上，面对着散布在建筑物周围的石拱桌中的一张。她抬起眼睛，慢慢地把目光投向柱廊，这些柱廊自己已死去多年，也曾看见多少人死去；废墟上点缀着荆棘和耧斗菜，都已被秋天染成橘黄色，淹没在一片光明里。奄奄一息的女人不再看太阳，垂下的目光掠过一个个梯阶，直到竞技场；她把目光停在石拱桌的十字架上，对我说："走吧，我冷。"我把她送回去；她躺下了，再没有起来。

我和德·拉卢塞恩伯爵取得了联系。每一个邮班，我都给他寄一份他嫂嫂的健康报告。他曾因外交使命被路易十六派

[1] 古罗马斗兽场。

往伦敦，他带上了我的弟弟；安德列·谢尼埃[1]也在这个大使馆里。

散步以后，我又把医生请来会诊，他们说只有奇迹才能拯救德·博蒙夫人。她认定她过不了11月2日，那一天是亡灵节，后来她又想起，她的一位家人，我不知道是哪一位，就死于11月4日。我跟她说她是胡思乱想；她承认她的恐惧没有道理，她为了安慰我，就回答说："啊，是的，我会活得长些！"我试图不让她看见我流泪了；她发觉了，她朝我伸出手，说："您真是个孩子，难道您没有料到吗？"

临终前一天，11月3日礼拜四，她看上去比往日平静。她跟我谈到财产的安排，关于遗嘱，她说"一切都已做好，但一切又都有待做，真希望能有两个钟头忙这些事"。晚上，医生告诉我，他认为必须通知病人，时候到了，该考虑有关良心的事了。我一时失去控制，恐惧攫住了我，生怕死神的机器加速德·博蒙夫人还剩下的一点点时间。我对医生发火了，接着又求他至少等到第二天。

我的那一夜是残酷的，而且我的心中还藏有秘密。病人不允许我在她的房间里度过那一夜。我待在外面，听见的每一个声响都让我发抖；门微微开了，我瞥见一盏正在熄灭的蜡烛的微弱的光。

11月4日，礼拜五，我进去了，后面跟着医生。德·博蒙夫人觉察到我的慌乱，就对我说："您为什么这样？我这一夜过

[1] 法国诗人（1762—1794）。

得很好。”这时，医生故意高声对我说，他想到隔壁房间里跟我谈谈。我出去了，我回来的时候，真不知道我是不是还活着。德·博蒙夫人问我医生的意思。我扑倒在她的床前，泪水夺眶而出。她不说话，看着我，过了一会儿，她对我说，语气坚定，好像要给我力量似的：“我没有料到真会这样快。行了，该对您说永别了。去叫德·包那威神甫吧。”

德·包那威神甫颇有权力，他来到德·博蒙夫人的住处。她对他表明：她的心中一直存有深厚的宗教感情；但是，革命时期她所遭受的骇人听闻的苦难使她一度怀疑上帝的公正。她已准备好改正错误，请求享有永恒的慈悲；不过，她希望她在人世所受的痛苦能够减轻她在冥世的赎罪。她示意我出去，她要单独和听她忏悔的神甫在一起。

一个钟头之后，我看见他回来，一边擦着眼睛，一边说他从未听过更美好的话，见过如此的壮烈。有人去找本堂神甫，来行临终圣事。我回到德·博蒙夫人身旁。她一看见我就说：“怎么！您对我可满意？”她说到她所谓的“我对她的亲切关怀”时很动感情。啊！此刻我若是能牺牲我的余年换回她的一天，我会多么愉快地去做啊！德·博蒙夫人的其他朋友不曾目睹此情此景，但他们都至少来过一次，无不涕泪涟涟。我站在这张床前，痛不欲生，病人的每一次微笑都给了我生命，每一次微笑的消失又把它夺走。一个可悲的念头搅得我心乱如麻：我觉察到德·博蒙夫人到了最后一口气的时候才感到我对她的确怀有真正的倾慕之情；她不断地表示惊奇，仿佛死得既绝望又高兴。她原以为她是我的负担，希望撒手而去以使我能够摆脱她。

十一点，本堂神甫到了。房间里塞满了好奇的和不相干的人，在罗马是不能阻止人们尾随教士的。德·博蒙夫人眼看着这惊心动魄的庄严仪式，毫无畏惧之色。我们跪着，病人同时接受了领圣体祷文和临终涂油礼。当人都走光了之后，她让我坐在床边，怀着最高尚的思想和最动人的友情跟我谈了半小时我的事务和我的意愿；她尤其让我保证生活在德·夏多布里昂夫人和儒贝尔先生身边——然而儒贝尔先生还活得了吗？

她求我打开窗子，她觉得压抑。一线阳光照亮了她的床，似乎让她很高兴。于是，她向我提起我们曾经谈过几次的隐居田园的计划，她哭了。

下午两三点钟，德·博蒙夫人向圣-杰尔曼太太要求换床，那是一位西班牙老使女，怀着一种和一位如此善良的女主人相称的情感侍候着她。但是医生反对，怕德·博蒙夫人在搬动中咽气。于是她就对我说，她感到死期临近了。突然，她掀开被子，伸出一只手，痉挛地抓紧我的手；她的目光散乱了。她那只空着的手指着床脚，她在那儿看见了什么人；然后她又把手放在胸前，说："就是那儿！"我惊呆了，问她是否还认得出我。她在恍惚中现出一痕微笑，点了点头。她的话已在这个世界上消失了。抽搐只持续了几分钟。我，医生和护士，我们伸出胳膊扶住她。她的一只瘦骨微现的手压在心上，那颗心急速地跳动，好像一只表松开断了的弦。啊！悲惨和恐惧的时刻，我觉得这个时刻停住了！我们把这个安息的女人放倒在枕头上，她垂下了头。她的几卷头发伸直了，散落在额头上；她的眼睛闭着，永恒的夜已经降临。医生把一面镜子和一束烛光对着这个外国女人的嘴，镜子没有在生命的气息下发暗，烛光也纹丝不动。一切都结束了。

1838年，巴黎

论波拿巴

青春是一个迷人的东西，它从鲜花环绕的生命之初起程，犹如雅典人的舰队出发去征服西西里和埃那[1]的美妙田野。尼普顿的祭司高声祈祷；奠酒从金杯里倒出；海边满是人，他们的祈求和舵手的祈求混成一片；在阿波罗的颂歌声中，船帆迎着黎明的阳光和气息展开。亚西比得[2]身着红袍，美若爱神，站在三层桨战船上，引人注目，为他投入奥林匹亚的事业中的七辆战车而感到骄傲。然而，阿尔西诺乌斯[3]的岛屿一过，幻想便告破灭：被逐的亚西比得将在远离祖国的地方老去，身中箭矢而死在蒂芒德拉[4]的胸前。他的最初的希望还有伙伴，他们乃锡拉库萨的奴隶，然而能够减轻其锁链之重量的唯有欧里庇得斯的几行诗句。

您看见了，我的青春已离开海岸。它没有伯里克利[5]的孤

[1] 西西里中部地区。

[2] 古希腊政治家、军事首领（公元前 450—公元前 404）。

[3] 古希腊传说中非亚士人的王。

[4] 亚西比得的情妇。

[5] 雅典民主派政治家（约公元前 495—公元前 429）。

儿的美貌，他们在阿斯帕齐亚[1]的膝上长大；然而它有清晨的时刻，还有欲望和梦想。今天，多次流亡之后又回到陆地，我只能向您讲述和我的年龄一样悲哀的真实。假使有时候我还让人听见竖琴的和弦，那是诗人最后的悦耳之音，他试图治愈时间之箭留下的创伤，或者不再为岁月的束缚而痛苦。

您知道我的生活在我当旅行者和士兵时的变化；您了解我在1800年至1813年间的文学活动。1813年我住在狼谷，我的政治生涯开始的时候，狼谷还属于我。我们现在进入政治生涯。开始之前，我必须回到我叙述我的工作和我个人的经历时跳过的一般事实，这些事实乃拿破仑的行状。让我们来谈谈他吧，谈谈在我的梦幻之外建造起来的那座宏伟大厦吧。我现在变成了历史学家，但我同时仍是回忆录作家；我的个人倾诉将以公众的兴趣为支撑，我的那些小故事将围绕着我的叙述来安排。

革命战争爆发之时，国王们毫不理解；他们本应看到民族的变化，一个世界的结束和开始，然而他们的眼中却只有一场暴动。他们自以为可以为他们的国家增加从法国夺来的几个省，他们相信旧的军事战术、旧的外交协定和政府间的谈判；结果是新兵赶走了弗雷德里克[2]的掷弹兵，君主们跑到几个不知名的煽动家的前庭里要求和平，可怕的革命舆论将在断头台上结束古老欧洲的阴谋诡计。这个古老的欧洲只想着和法国打仗，它没有觉察到一个新的时代正在它身上走过。

---

[1] 伯里克利之妻。

[2] 普鲁士大选帝侯（1620—1688）。

波拿巴在其日益扩大的成功的过程中似乎被呼唤来改朝换代，使他自己的王朝最为长久。他让巴伐利亚、乌滕贝格和萨克斯的选帝侯都成为国王；他把那不勒斯的王冠给了缪拉，把西班牙的给了约瑟夫，把荷兰的给了路易，把威斯特伐利的给了杰洛姆；他的姐姐爱丽莎·巴克乔齐是吕克的公主；他自己则成了法国人的皇帝，意大利国王，这个王国包括有威尼斯、托斯卡纳、巴马和普莱桑斯；皮埃蒙特合并给了法国；他同意让他的一位大将贝纳多特统治瑞典；根据莱茵联邦协定，他对德意志行使奥地利王室的权利；他宣布他是海尔维第联邦的调停人；他推翻了普鲁士；一条船也没有，他却宣布不列颠群岛已被封锁——英国有舰队，竟一时在欧洲没有一个港口可以卸下一包货物或者在邮局投递一封信件。

教皇诸国成了法兰西帝国的一部分，台伯成了法国的一个省。人们看到，在巴黎的街上，半为囚徒的红衣主教从车门里探出头来，问道："这里可住着国王……？"被问到的人答曰："不，还得往上。"奥地利国王为了自赎只好交出女儿，犹如南方的"骑士"索要奥诺丽亚·德·瓦朗第尼安[1]，还有王国的一半省份。

这些奇迹是如何进行的？产生这些奇迹的人具有何种品质？为了完成这些奇迹他还缺少何种品质？我将追述波拿巴的巨大成功，不过，他消失得太快，他的岁月只在我的《墓中回

[1] 瓦朗第尼安三世之姐。瓦朗第尼安三世是罗马帝国皇帝（424—455），罗马帝国在他的统治下分崩离析。

忆录》中占有一个很短的时期。令人厌倦的家谱资料，对事实的冷静探究，对日期的枯燥乏味的考证，这些是一位作家的负担和束缚。

厄尔巴岛

波拿巴拒绝上法国船，他只看重英国海军，因其是胜利者。他已经忘了他对“阴险的白石”[1]的仇恨、诽谤和凌辱了。他的眼中只有胜方，因为胜方才值得他钦佩，而胜方是“无畏号”，载他去他第一次流放的港口。他对于他被接待的方式不无担心：法国驻军会将其占据的地盘让给他吗？岛上的意大利人，有的想让英国人来，有的想自由自在不受人管；三色旗和白色旗飘扬在几个毗邻的海岬上。无论如何，一切都已安排就绪。当人们获悉波拿巴带了几百万来，舆论就慷慨地决定接纳这位“令人敬畏的受难者”。民事当局和宗教当局达成共识。代理主教约塞夫-菲利普·阿里季发表主教训谕，虔诚地宣称：“天主要我们将来成为拿破仑大帝的子民。厄尔巴岛不胜荣幸，张开臂膀欢迎这位涂过圣油的人。我们命令，届时将唱起感恩赞美诗以表达感激之情……”

皇帝已经写信给法国驻军司令官达莱姆将军，说他想让厄尔巴岛的居民知道，考虑到民风和气候的温和，他选中了他们

[1] 指英国。

的岛作为居留之地。他在费拉霍港上岸，所乘之英国三桅战舰和海岸炮台一齐向他致敬。从那里，头顶堂区的华盖，他被引至教堂。人们唱起了感恩赞美诗。教堂执事担任仪式的主持人，是个既短且胖的人，两只手都抱不拢。拿破仑随后被引至镇政府，他的住处已收拾停当。人们展开新制的皇旗，白底，红杠，红杠上三只金蜜蜂。三把小提琴和两把低音提琴跟着他，欢快的琴声吱吱嘎嘎。皇座匆匆忙忙安置在举行公共舞会的大厅里，上面饰有金色的纸片和鲜红的布条。囚徒的天性中的戏子一面和这种排场甚是相宜。拿破仑在小教堂里玩耍，就像他在杜伊勒里宫里于杀人之余用陈旧的小把戏愉悦他的宫廷一样。他组成了他的侍从，由四名内侍、三名副官、两名文书组成。他宣布每周两次晚上八点钟接待贵妇。他举行了一次舞会。他为了居住强占了工程部队的营帐。波拿巴不断地寻找他的两个生命之源，即民主和王权。他的力量来自公民群体，他的地位则来自他的天才；因此，您看到他毫不费力地从公共广场走到皇座，在艾尔福特[1]国王和王后们围着他转，做面包的和卖油的在费拉霍港他的谷仓里跳舞。对君主，他拥有人民；对人民，他拥有君主。在厄尔巴岛，早晨五点钟，他穿着丝袜和带扣的鞋，监督他的泥瓦工们干活。

波拿巴建立起他的帝国，这里从维吉尔的时代起就有取之不尽的铁：

[1] 德国城市，1808 年 9 月 27 日至 10 月 14 日，拿破仑在此会见沙皇亚历山大一世及德意志诸王。

Insula inexhaustis Chalybum generosa metallis...[1]

然而他绝没有忘记他刚刚受到的侮辱，他绝没有放弃撕碎他的尸衣；不过他最好是显得已被埋葬，只是在他的坟墓周围不时地有鬼魂游荡。这就是为什么他好像什么也不想，只是匆匆下到他的晶化铁和磁铁的矿场里去；人们简直会把他当成前国家的一位矿山巡视员。他后悔曾经把依路亚炼铁厂的收入拨给了荣誉团，他似乎觉得五十万法郎比他的掷弹兵胸前的浸满鲜血的十字勋章更有价值。“我的头脑哪儿去了？”他说，“可是我签署了好几个这样的愚蠢法令。”他和里窝那签订了一个贸易协定，打算也和热那亚签一个。他好歹修了五六图瓦兹[2]的大路，划下了四座大城的位置，就像狄多[3]划出迦太基城的边界一样。他成了一个不相信人类伟大的哲人，宣称他从此愿意在英国某郡做个治安法官，然而，他爬上一座俯瞰费拉霍港的小山，看到四周从一个个峭壁伸展开去的大海，不禁脱口说道：“见鬼！应该承认，我的岛毕竟很小。”他的领地几个钟头即可走遍，他想划进一个叫作皮亚诺撒的悬崖。他笑着说：“欧洲该谴责我又进行了一次征服了。”同盟国列强很高兴给他留下了可笑的四百名士兵，其实他若把他的兵招至麾下本也无须更多。

意大利曾经目睹拿破仑的发迹，并且记忆犹新，如今他又

[1] 拉丁文：沙里伯人冶炼该岛取之不尽的铁。

[2] 法国旧长度单位，1 图瓦兹合 1.949 米。

[3] 传说中公元前 9 世纪提尔人的女王，建立迦太基国。

来到了自己的海岸上，便使得人人心神不安。缪拉就在附近；他的朋友们，一些外国人，秘密或公开地接近他的隐居地；他的母亲和妹妹波丽娜公主前来看他；人们预料很快就会看见玛丽-路易丝[1]和她的儿子到达。其实已有一个女人和一个孩子出现，她受到极其秘密的接待，前往岛上最冷清的角落，住在一座偏僻的别墅里。在俄古癸亚岛的海滨，卡吕普索[2]向奥德修斯倾诉她的爱情，而他充耳不闻，想着如何摆脱求爱者。休息了两天，北方的天鹅又带着小天鹅来到海上，乘坐白色的小快艇，前往巴亚[3]的香桃木林。

如果我们不那么轻信，我们很容易发现灾难正在降临。波拿巴距离他的摇篮和战利品太近，他的葬身之岛应该更远，隔有更多的波涛。人们不明白，同盟诸国何以能够想象把拿破仑发配到悬崖峭壁之上而不剥夺其政治权利，他正好在那儿学习流亡生涯呢！亚平宁山脉在望，蒙特诺特、阿尔考、马朗哥战役的火药味可闻，威尼斯、罗马和那不勒斯三位美丽的女奴举目能见，难道能够相信如此不可抵抗的诱惑会攫不住他的心吗？人们忘记他曾经搅了个天翻地覆、到处都有欣赏者和感恩者，而他们都是他的同谋吗？他的野心遭到挫折，但是并没有破灭；厄运和复仇将再度燃起它的火焰。魔鬼站在新世界的边缘，看见了人和他的家园，就决心一并摧毁。

爆发之前，可怕的囚徒克制了几个礼拜。在一场他所进行

[1] 拿破仑的皇后。

[2] 希腊神话中，俄古癸亚岛的神女，羁留奥德修斯于岛上七年。

[3] 意大利名胜地。

的巨大的公开赌博中，他的天才正在谈判一笔财富或者一个王国。福歇[1]们，古兹曼·德·阿尔法拉齐[2]们，在各地迅速出现。伟大的演员早就为他的警察写好了戏，而把高潮留给自己；他正拿那些普通的牺牲品取乐呢，他们已经在他的剧场的机关中消失。

在复辟的第一年，随着他的希望日渐增长，对波旁家族的软弱性格的进一步了解，波拿巴主义也就从一种简单的愿望进入了行动。阴谋既策划于外，亦酝酿于内，反叛的勾当于是昭然若揭。在费朗先生巧妙的管理之下，德·拉瓦莱特先生进行联络工作：复辟政府的信使携带着帝国的信件。人们不再藏藏掖掖，这种滑稽现象预告了返回乃众望所归。人们看见雄鹰从窗户飞进杜伊勒里宫，从门里则走出一群火鸡；《黄矮人》或"绿矮人"上谈论着鸭毛笔[3]。警告从四面八方发出，然而人们不愿相信。瑞士政府急忙向国王的政府报告隐居在沃州的约瑟夫·波拿巴的活动，然而徒劳无功。一个来自厄尔巴岛的女人就费拉霍港发生的事情提供了最为详尽的细节，警察却把她投进了监狱。人们确信拿破仑在议会解散之前不敢动一动，无论如何他的目光是会转向意大利的。一些更为精明的人则希望小班长、吃人魔王、囚徒登上法国海岸：那就太好了，一了百了！珀佐·迪·波尔戈先生在维也纳宣称罪犯将被拴在树枝上。如果有某些文件的话，人们会发现证据，证明自1814年起一个军

[1] 著名警察头目（1754—1820）。
[2] 小说人物，反宗教改革的道德家。
[3] 《黄矮人》是当时的一份报纸，此典谓当时已有拿破仑登陆的消息传出。

事阴谋正在策划之中，与在福歇的指使下塔列朗亲王在维也纳操纵的政治阴谋遥相呼应。拿破仑的朋友们给他写信，说如果他不赶快回去，他在杜伊勒里宫中的位置就要被奥尔良公爵夺走。他们想象着这个消息会加速皇帝的返回。我相信这些活动是存在的，但是我也相信促使波拿巴下决心的决定性原因其实就是他的天才的性质。

德鲁埃·德·艾尔隆和勒费弗尔·德努埃特的阴谋刚刚败露。[1] 这两位将军发动武装叛乱前几天，我在苏尔 [2] 元帅先生那里吃饭，他于1814年12月3日被任命为陆军部长。一个傻瓜讲述路易十八流亡哈特维尔的情形；元帅听着，对于每一个讲到的情况，他都应以这几个字："这是历史性的。"——有人把陛下的拖鞋拿来了。——"这是历史性的。"——在斋戒的日子里，国王于晚餐前吞下三个新鲜鸡蛋。——"这是历史性的。"这种回答给我印象极深。当一个政府根基不稳的时候，任何一个信仰不坚定的人，都会依据其性格的强弱变成四分之一、二分之一、四分之三不等的谋反者；他会等待命运的决定：事变比政见造成更多的叛徒。

[1] 谋反发生于1814年3月9日。

[2] 法国元帅（1769—1851），以善变著称。

滑铁卢战役

1815年6月18日，时近中午，我经布鲁塞尔门出冈城。我独自一人在大路上，即将结束散步。我随身带着《恺撒回忆录》，慢慢走着，沉浸在阅读中。我已经出城一法里多了，忽然觉得听见一阵沉闷的隆隆声。我站住了，望着阴云渐满的天空，心里琢磨着继续往前走还是怕碰上暴雨而往回走。我倾耳细听，只听见灯芯草丛中水鸡的啼叫和一座乡村大钟的声音。我继续往前走，不出三十步，隆隆声又起，时而短促，时而悠长，间隔不等；有时候只能通过空气的震颤才能感到，它从这片广袤的平原的土地上传来，距离是那样遥远。这种声音不像雷声那样广阔、曲折、响成一片，它让我想到了一场战斗。我的前面是一块忽布田，田角上有一株白杨树。我穿过大路，倚在树干上，脸转向布鲁塞尔的方向。一阵南风，给我带来了更清晰的炮声。这场大战役，正是滑铁卢战役，当时还不知其名，我在一棵白杨树下听见了回声，一座乡村大钟刚刚不知为谁敲响了丧钟。

我独自一人，默默无语，听见了命运的可怕的停顿，假使我身在混战之中，我可能不会这样激动。危险，烈火，死亡的嘈杂使我无暇沉思；但是，如那羊群在其周围吃草的牧羊人，我独立于树下和冈城的田野上，思考的重负就压在我身上：这是什么战斗？是最后的战斗吗？拿破仑亲临战场吗？世界也像基督的袍子一样被拈阄分掉吗[1]？一方或另一方军队的胜负，对人民有何后果？自由还是奴役？然而流了多少血啊！传到我耳畔的每一阵响动难道不是一个法国人的最后的喘息吗？难道是一个新的克雷西、新的普瓦吉埃、新的阿赞古尔[2]让法国最无情的敌人心花怒放吗？如果他们胜利了，我们的名誉是否丧失了？如果拿破仑打赢了，我们的自由安在？尽管拿破仑的成功会为我打开永恒的流放之路，然而此刻在我心中是祖国战胜了；我的祝愿是给法兰西的压迫者的，如果他在拯救我们的名誉的同时使我们免遭异族的统治。

威灵顿胜利了吗？那么正统派将尾随那些红色的军装回到巴黎了，然而这些军装是用法国人的血重新染红的！王权将用载满我们肢残臂断的掷弹兵的大车做行加冕礼的马车！在这样的支持下实现的复辟将会是什么呢？……这只是折磨着我的想法的很小的一部分。每一声炮响都使我浑身一震，加快了我的心跳。只需距一场大灾难几法里远，我就看不见它；我摸不到在滑铁卢每分钟都在增大的死亡的巨大建筑物，就像我在尼罗河畔，在滨海的布拉克[3]，徒劳地向着金字塔伸出双手一样。

不见一个行人；田间只有几个女人，平静地给一垄垄的蔬

[1] 典出《圣经·约翰福音》第十九章。

[2] 历史上，法国曾于上述地方被敌人打败。

[3] 开罗郊区。

菜锄草，好像没有听见我正在倾听的声音。然而看哪，来了一个信使。我离开树下，站到了路中间，拦住信使，问他。他是德·贝里公爵的信使，从阿洛斯特来。他对我说："波拿巴在一场浴血的战斗之后，于昨天（6 月 17 日）进入布鲁塞尔。今天（6 月 18 日）大概会再战。大家相信同盟军已经败定，撤退的命令已经下达。"信使继续赶路。

我加快脚步跟着他。我身后一辆车驶过，是一个商人携眷乘驿车逃跑，他向我证实了信使的话。

马尔梅松别墅[1]

倘若一个人突然从生命的最喧闹的舞台上被放逐到冰海的无声的岸边，他就会体验到我在拿破仑墓畔体验到的东西，因为我们一下子来到了拿破仑墓的旁边。

拿破仑 6 月 29 日出巴黎，在马尔梅松别墅等待离开法国的时刻。我再来谈谈他，回到逝去的岁月，预测未来的时光，直到他死后我才会离开他。

皇帝在马尔梅松别墅休息，然而此处已然空空如也。约瑟芬已死，波拿巴在这个隐蔽处茕茕孑立。这里，他开始了好运；这里，他曾感到幸福；这里，他陶醉于全世界的恭维；这里，从他的坟墓里发出过使人世间动荡不安的命令。在那些花园里，昔日人们熙来攘往，脚摩擦着铺沙的甬径，绿草如茵；我漫步其间，确信往日是这般光景。如今无人照应，那些来自异域的树木已经枯萎；在水渠上，不再有大洋洲的黑天鹅游弋；笼子也不再囚禁那些热带的鸟儿，它们已飞回故园，等待它们的客人。

[1] 拿破仑的行宫，位于巴黎西部。

波拿巴若是回眸看看他最初的那些日子，本来是可以找到宽慰的理由的：废王尤其感到痛苦，因为他们在其败落的上方只见世袭的辉煌和幼年时的豪华；然而拿破仑在其发达之前有什么？科西嘉岛一个村庄里他出生的房子而已。他本应更为大度地扔掉大红袍，骄傲地重新穿上牧羊人的宽袖外套；但是，人的出身若是卑微，他就不愿回去，好像不公正的上天剥夺了他们的祖产，其实他们不过是在命运的赌博中把所赢又输了罢了。不过，拿破仑的伟大来源于他从自身起步；他的血液中毫无先于他的东西，也毫无预先准备了他的力量的东西。

看到这些废弃的花园、这些无人居住的房间、这些因欢宴而黯然失色的长廊、这些歌吹不再的大厅，拿破仑可以回顾他的生涯，他可以扪心自问，若是稍许多一些节制，他能否保住他的幸福。外国人，敌人，现在不会放逐他；他不会功亏一篑地离去，他会在1814年的神奇的战役之后让各国在他走过时发出赞叹之声；然而他现在是失败而后下野。法国人，朋友们，要求他立即退位，敦促他快走，甚至不愿他再当将军，一封接一封地发信，迫使他离开这片他曾洒下同样多的光荣和灾祸的土地。

除了这严酷的教训之外，还有其他的警告：普鲁士人在马尔梅松别墅周围游动；布吕舍[1]，醉醺醺地，趔趔趄趄，命令抓住并“吊死”这个曾经“把脚踩在国王脖子上”的征服者。我担心，现代人发迹之迅速、风气之庸俗、浮沉之快捷，将使我

[1] 普鲁士将军（1742—1819）。

们的时代丧失一部分历史的崇高：罗马和希腊从未说起过要“吊死”亚历山大和恺撒。

出现于1814年的若干场景又再现于1815年，但是多了某种令人不快的东西，因为那些忘恩负义之徒受到了恐惧的刺激：必须赶紧摆脱拿破仑；同盟军来了。起初亚历山大不在，不能平衡胜利和抑制命运的傲慢。巴黎不再饰有纯净的不可侵犯性，第一次入侵已经玷污了圣殿。这已经不是天主的愤怒降临在我们身上，而是上天的轻蔑：霹雳已经哑了。

由于百日事变，所有的卑劣都在邪恶上升了一级；那些无耻之徒装作因为爱祖国而超脱于个人感情之上，高喊拿破仑也因违反1814年的协定而罪大恶极。然而，真正的罪犯难道不是那些鼓励他的意图的人吗？设想一下：在1815年，一而再地抛弃他之后，当他进驻杜伊勒里宫的时候，他们不是让他重新建立军队，而是对他说：“您的天才蒙蔽了您，舆论已不在您一边，可怜可怜法兰西吧。这是您最后一次造访这片土地，然后您就走吧，到华盛顿的祖国去生活吧。谁知道波旁家族的人会不会犯错误呢？谁知道法兰西会不会有朝一日把目光转向您呢？那时候您已在这所自由的学校里学会了尊重法律。那时候您再回来，不是作为一个扑向猎物的掠夺者，而是作为一个给他的国家带来和平的伟大公民。”他们根本不这样说，而是迎合他们归来的统帅的激情；他们助长了他的盲目，确信无论他胜还是败，他们都有利可图。只有士兵怀着令人钦佩的真诚为拿破仑而死；其余的人则是一群吃草的牲口，左一口右一口地吃肥了自己。如果是被黜的哈里发的大臣们弃他而去也就罢了！然而不止于此：他们利用他最后的一点儿时间，他们向他提出无数卑鄙的要求，人人都想从他的困顿中榨出钱来。

真是亘古未有的彻底的抛弃，波拿巴碰上了。他对别人的痛苦无动于衷，世界也就以冷漠对冷漠。和大部分独裁者一样，他对身边的人很好。其实他对谁都不关心，他是个孤独的人，有了自己也就够了；不幸的只是他被送到生命的荒原中罢了。

当我拾起我的回忆，当我想起我在费城的小房子里看见华盛顿、在宫殿里看见波拿巴的时候，我觉得隐居在弗吉尼亚田间的华盛顿大概感觉不到在马尔梅松的花园里等待流亡的波拿巴的痛苦。在前者的生活中不曾有什么改变，他又回到他的平凡的习惯之中，他并没有超乎他所解放的农夫们的快乐之上；而在后者的生活中，一切都被打乱了。

拿破仑的葬礼

拿破仑先是希望被埋在阿雅克修[1]的教堂里，后来，在一份1821年4月16日的追加遗嘱里，他把骨骸赠给法兰西：上天玉成了他，他真正的墓是他咽气于其上的岩石。再看看我对德·昂吉安公爵之死的叙述吧。拿破仑预料到他的遗愿将遭到英国政府的反对，曾选择亦可葬于圣赫勒拿岛。

有一条狭窄的山谷，过去叫斯拉纳谷或老鹳草谷，现在叫坟墓谷，谷内流淌着一眼泉。拿破仑有几个中国仆人，像卡蒙斯[2]的那个爪哇仆人一样忠诚，总是用双耳尖底瓮从那儿汲水。泉上长了两棵垂柳，周围是一片鲜嫩的草，点缀着菖蒲。梵文诗歌里写道："菖蒲尽管有光彩和香气，却并不是一种为人所看重的植物，因为它在坟墓上开花。"在光秃秃的山岩的斜坡上，艰难地生长着一些苦涩的柠檬树、结着果的椰子树、落叶松和别的针叶树。人们从山羊的胡子上采集树胶。

拿破仑喜欢泉水旁的垂柳，他向斯拉纳谷要求平静，就像

[1] 科西嘉首府。

[2] 葡萄牙诗人（1524—1579）。

被放逐的但丁向科尔沃修道院要求平静一样。为了感谢他在生命的最后时日享受到的休憩，他指定这条山谷来荫护他的永久安息。谈到这眼泉，他说："如果天主让我恢复健康，我将在冒水的地方建一座纪念碑。"这座纪念碑正是他的坟墓。在普鲁塔克的时代，在斯特里蒙河畔一处献给仙女的地方，还可以看到一个石座，亚历山大[1]在上面坐过。

拿破仑，着靴，带马刺，穿着近卫军上校制服，佩戴荣誉团勋章，被停放在他的铁床上；在那张永远处变不惊的面孔上，退走的灵魂留下了一种崇高的僵硬。刨工和细木工把拿破仑放进棺材里，接好，钉好。棺材有四层：桃花心木，铅，又是桃花心木，最后是白铁。人们好像总是害怕关得不够牢。昔日的胜利者在马朗戈的大规模葬礼上穿的那件大氅现在用作了棺罩。

葬礼于5月28日举行。天气晴朗。四匹马由马夫徒步牵着，拉着灵车；二十四名英国掷弹兵徒手走在四周；后面跟着拿破仑的马。驻岛部队站立在路的两侧。三个龙骑兵在送葬行列前头开路，第二十步兵团、海军士兵、圣赫勒拿岛的志愿者、拥有十四门大炮的王家炮队断后。一组组乐手分立在越来越远的悬崖上，哀乐声此呼彼应。行至两山之间的一条隘路，灵车停下了；二十四名徒手掷弹兵把棺材抬下来，有幸放在肩上送至墓地。三响礼炮齐鸣，向入土的拿破仑的遗骸致敬；然而他在

[1] 指古希腊的亚历山大。

这个世界上造成的全部轰动却穿不透两法分[1]的泥土。

有一块石头本是用来为流亡者修建新屋的，现在降格置于他的棺材之上，作为他最后的囚室的翻板活门。

人们背诵《诗篇第 87》："我曾经是贫穷的，年轻时终日劳作；我曾经被升高，然后又被侮辱……我曾经饱尝您的愤怒。"旗舰一分钟接着一分钟地开炮。这种战争的旋律消失在广阔的大海上，回应着 requiescat in pace[2]。皇帝被滑铁卢的胜利者埋葬，他曾经听见了这场战役最后的炮声，却一点儿也听不见英国用以扰乱和光顾他在圣赫勒拿岛的睡眠的那最后的巨响。人们走了，每个人手中都拿着一条柳枝，仿佛从棕榈节上回来一般。

当拿破仑离开法国的时候，有人声称他本应埋葬在他最后的战役的废墟之中。拜伦爵士在我已引述过的讽刺颂歌中说：

> To die a prince or live a slave
> Thy choice is most ignobly brave.
> （死为王或生为奴，
> 你的选择勇敢得卑鄙。）

这是错误地评断了一颗绝不走回头路的灵魂所怀有的希望的力量，这灵魂保有一切，其中没有任何可以更改的东西。拜

[1] 法国旧长度单位合 2.25 毫米。
[2] 拉丁文：安魂曲。

伦爵士相信一个独裁者放下他的剑，也放弃了他的名声，他死了，也就被人遗忘了。诗人本应知道，拿破仑的命运像所有杰出的命运一样，是一种灵感。这种灵感善于将一个失败的结局转化为一个使主人公再生的高潮。拿破仑的流放和坟墓的孤独对于一个鲜明的回忆具有别样的魅力。在希腊的眼中，亚历山大根本没有死，他隐没在巴比伦壮丽的远方；在法兰西的眼中，波拿巴根本没有死，他消失在酷热地区辉煌的天际。他像一个隐士或贱民沉睡在荒僻小路尽头的一个小山谷里。折磨着他的沉寂是伟大的，包围着他的喧闹是广阔的，两者可并肩比美。各国都没有出席，人群业已散去。如布封所说，热带的鸟“套在太阳的车上”，从光明之星上匆匆落下。它今日将在何处休息？它在灰烬上休息，这灰烬的重量使地球倾斜了。

访戛纳

在欧洲，我遍访拿破仑违反流放厄尔巴岛的命令之后到过的地方。就在纪念7月29日鸣炮的同时，我下榻于戛纳旅馆；这是皇帝入侵的后果之一，大概是他不曾料到的。到达胡安湾的时候，已经暝色四合，我在大路旁一座孤零零的房子前上了岸。房子的主人雅克兰既制陶器又开旅店，领我到海边去。我们走在橄榄树掩映的坑洼不平的路上，波拿巴就是在这些树下宿营的。当时是雅克兰本人接待的，如今他又领我来了。一条岔路的左边，矗立着一座仓库样的房子，只身入侵法国的拿破仑曾在里面存放过登陆的器具。

我来到沙滩，但见一片平静的大海，没有一丝儿风吹皱。浪薄如气，漫过沙地，没有声响，也没有泡沫。天空足堪赞叹，星汉灿烂，罩在我的头上。月牙儿很快下沉，藏于山后。海湾里有一只抛了锚的小艇，还有两条船。左边可见昂提博的灯塔，右边可见雷兰群岛，前面则是大海，向南敞开于波拿巴最先派我任职的那个罗马。

雷兰群岛如今叫作圣马格丽特群岛，先前曾来过几个躲避蛮族的基督徒。圣徒奥诺拉来自匈牙利，登上过一块礁石。他爬上一棵棕榈树，画了十字，于是所有的蛇死光，也就是说，异教消失了，新的文明在西方诞生。

一千四百年后，波拿巴来到这里，结束了圣徒开始的这种文明。这些东正教的寺院的最后一位孤独者便是铁面人，如果铁面人确有其人的话。从胡安湾的沉寂中，从修士们隐居的海岛的平静中，传出了滑铁卢的炮声，穿越大西洋，消失在圣赫勒拿岛上。

在两个社会的回忆之间，在一个已经死灭的世界和一个行将死灭的世界之间，夜临这一片荒凉的海岸，人们可以想见我之所感。我在一种宗教的沮丧中离开了海滩，任海浪在拿破仑去世前最后的然而冲刷不掉的足迹上来去。

在每一个伟大的时代结束的时候，人们总能听见几声缅怀往昔的悲叹，熄灭灯火的钟声也应和而起。那些眼看着查理曼大帝、圣路易、弗朗索瓦一世、亨利四世和路易十四去世的人就是这样哀叹的。而今我作为两三个倾颓的世界的见证人，有什么不能说的呢？一个人像我那样会见过华盛顿和波拿巴，那么，在辛辛那提人的犁铧和圣赫勒拿岛的坟墓后面还有什么可看的呢？就我生活的时间而言，我本属于那个时代和那些人，我何以苟活于其后呢？为什么我不和我的同代人一起死去呢，既然他们是一个消亡的种族最后一批人？为什么我独自一人在黑暗中、在堆满死尸的墓穴的尘土里找寻他们的骸骨呢？啊！我曾在非洲的海岸上遇见过一些年迈的阿拉伯人，我就是有他们的那点无所用心也好啊！他们盘腿坐在一小方绳席上，脑袋蒙在斗篷里，目送着在碧蓝的天空中沿迦太基废墟飞翔的美丽的红鹳，度过最后的时刻；他们在海浪的轻声细语中昏昏欲睡，忘记了生命，低声哼唱着海之歌：他们正在死去。

世界的变化

从波拿巴和帝国跌进其后的种种，乃是从现实跌进虚无，从山顶跌进深渊。难道一切不是已经和拿破仑同归于尽了吗？难道我还该谈别的事情吗？除他而外，还有哪个人物能引起兴趣？在一个这样的人之后还有何人何事可供一谈？唯独但丁有权厕身于他在另一个生命的地界里遇见的大诗人之中。倘若路易十三当了皇帝，该如何称呼？我想到此刻不得不哼哼唧唧地谈论一群无足轻重的人，不禁感到脸红，我也是其中的一员，我们是巨大的太阳业已消失的舞台上的一些可疑的、昼伏夜出的活物。

那些波拿巴分子自己都已变得麻木。他们的四肢已经收回，挛缩。波拿巴一旦停止呼吸，他们的灵魂也就在一个新的世界里失了依凭。事物一旦失去其赖以获得棱角和色彩的光明的照耀，也就纷纷隐去。在这部《墓中回忆录》的开头，我只需谈谈我自己，因为一个人的个人的孤独总是有着某种优先性；随后我就被种种奇迹包围，这些奇迹支撑着我的声音；然而此刻没有了征服埃及，没有了马朗哥战役、奥斯特利茨战役和耶拿战役，没有了俄罗斯撤退，没有了入侵法兰西、占领巴黎、从厄尔巴岛返回、滑铁卢战役和圣赫勒拿岛葬礼，那还有什么呢？只有一张张肖像，唯有莫里哀的天才能使之具有一种喜剧的庄重。

在谈出我对我们的价值之微的看法时，我贴近了我的良心。我自问我是不是为了取得谴责他人的权力才算计着投身那些毫无价值的时代；我深信人们将在这些擦拭之后留下的痕迹中读到我的名字。不，我确信我们都将消失，因为：第一，我们自身没有什么能够养活我们；第二，我们开始或结束生命的这个时代也没有什么能够养活我们。几代人被戕害，被耗尽，目空一切，没有信仰，注定走向他们所喜爱的虚无，他们是不可能永生的；他们没有任何力量来创造一个名声；您把耳朵贴近他们的嘴，您什么也不会听见——死人的心中发不出任何声音。

不过，有一件事情令我吃惊：我现在进入的这个小小世界优于 1830 年接续它的那个世界；比起那群渺小的人，我们还是些巨人。

复辟至少提供了一个点，人们可以从中找回骄傲：在一个人，这个过去的人的尊严之后，诞生了许多人的尊严。如果专制被自由取代，如果独立对我们还是点什么，如果我们失去了爬行的习惯，如果人性的权利不再被漠视，那我们是得之于复辟的。因此，我投身于混战，以便尽我所能地使群体复苏，假使个体完蛋的话。

来吧，让我们继续我们的任务！呻吟着降到我和我的同事身边。您曾经看见我沉浸在我的梦中，您将看见我回到了现实之中。如果意义降低，如果我倒下了，读者，请您公正些，考虑考虑我的理由吧。

1839 年，巴黎

《保守派》

我觉得，在一个封闭的参议院里，在一个对我不利的众议院里，无益于胜利，我得有另一件武器。针对日报已经建立书刊检查制度，我的打算只能通过一种不定期的、半日的报纸来实现，我可以借此同时攻击部长们的方案和艾田[1]先生在《密涅瓦》上发表的极左派言论。1818年夏，我正在鲁瓦齐埃[2]，住在德·莱维公爵夫人府上，适逢我的书商勒诺尔芒先生来看我。我告诉他我的这个萦绕脑际的想法；他很兴奋，表示甘愿冒一切风险，并承担一切费用。我又说给我的朋友德·波纳尔先生和德·拉莫耐先生，问他们是否愿意与我合作，他们同意了，报纸很快出版了，名为《保守派》。

这份报纸引起的震动是闻所未闻的：在法国，它改变了两个议院的多数派；在国外，它转化了内阁的精神。

这样，保王党人就靠了我才摆脱了在国王和众民眼中都一钱不值的地位。我把笔交给了法国一些最大的家族。我给蒙

[1] 法国记者、剧作家（1778—1845）。

[2] 法国小镇，临马恩河。

莫朗西和莱维家的人披上了记者的外衣，我征召国王和诸侯的军队，我让封建制度前去援救新闻自由。我聚集了保王党中最显赫的人物，德·维莱尔[1]先生、德·科比埃先生、德·威特罗尔先生、德·卡斯太尔巴亚克先生等等。每次我在《保守派》的封面上展开一袭大主教的红袍，饶有兴趣地阅读一篇署上全名的“红衣主教德·吕塞纳”的文章，都禁不住要赞美天主。然而，在我率众骑士进行宪政十字军远征之后，他们一旦因获得自由而夺取权力，当上了艾代斯[2]王、昂提奥士王、大马斯王，就跟雷奥诺·德·阿其坦[3]一起待在新国里不出来了，让我一个人在耶路撒冷城下苦苦等待，而其圣墓早已被不忠者夺回。

我的论战开始了，从1818年直到1820年，也就是说，直到书刊检查制度重新实行，其借口是德·拜里公爵[4]之死。在我的论战的第一阶段，我扳倒了旧内阁，让德·维莱尔先生掌了权。

百日政变一过，我就说了话；我当时决定对保王党人进行宪政教育。1824年后，当我在小册子和《论战报》上重新执笔的时候，立场已经发生了变化。然而，这些微不足道的磨难与我何干呢？我从未相信过我所处的这个时代，我属于过去，我

[1] 以下皆为当时重要保王党人。

[2] 以下为一些古国名，十字军东征后恢复了当地首领的王位。

[3] 12世纪法王路易七世的妻子，后为英王路易二世之妻，陪嫁之一即为阿其坦一地。这里是象征的说法。

[4] 法王路易十世的次子（1778—1820）。

不相信国王，我对民众不抱信心，我对什么都不关心，除了我的梦幻——它还得不过一夜！

《保守派》上的第一篇文章描绘了我加入争论时的局势。在这份报纸出版的两年间，我必须逐一评论当日的变故，考察关系重大的事件。我有机会揭露巴黎警察局在伦敦公布的“私人通信”中的种种卑劣行为。这些“私人通信”可以诽谤一个人，但是不能败坏一个人的名誉，因为卑鄙的东西不具备使人卑鄙的能力，唯有名誉能使人丧失名誉。我说：“诽谤者们，有胆量的说出你们是谁。有一点儿羞耻也很快就过去。把你们的名字加在你们的文章上吧，那不过是多了一个可鄙的词而已。”

我有时嘲笑部长们，我让过去总是加以压制的嘲弄的倾向尽情发挥。

终于，在1815年12月5日那一天，《保守派》上有了一篇关于利益道德和责任道德的严肃文章，这篇文章引起了轰动，并从中产生了两个新词——“利益道德”和“责任道德”，我最先使用，然后为大家接受。以上是个简短的概要。它超出了一份报纸的意义，它是我的事业的一部分，我理应赋予它几分价值。它一点儿也不过时，因为它包含的思想万古长存。

柏林大使馆

我离开了法国，留下我的朋友们拥有我用离去为代价买来的权势——我真是个小里居尔格[1]。事情好的一面是：我第一次试验我的政治力量，就让我获得了自由；我要到外国去享用这种权力中的自由。这对我个人来说是一种新的局面，我在其深处瞥见，我不知道现实中会有什么离奇的遭遇：宫廷里什么也没有发生吗？难道没有另一种孤独吗？那也许是树荫重重的香榭丽舍吧。

1821年1月1日，我从巴黎出发。塞纳河结了冰，我生平第一次带着充裕的钱上街。我渐渐打消了对财富的轻蔑；我开始感觉到有些事是相当美妙的，例如乘一辆好车，得到殷勤的服侍，百事不问。前面有一魁伟的华沙猎手[2]开道，此人永远吃不够，若是没有沙皇，他真会一个人就把波兰吞掉。但是，我对我的幸福很快便习以为常了，我预感到好日子不长，我很快就会理所当然地被解职。在到达目的地之前，剩给我的就是旅

[1] 里居尔格让斯巴达人宣誓，只要他不在，他们就遵守他的大法，于是他出行，并自己饿死。

[2] 此人名叫瓦朗丹，能吃能喝。

行，我一直对旅行本身感兴趣，这是一种对独立的兴趣——因斩断了社会的羁绊而感到满足。

您会看到，1833 年我从布拉格回来的时候，对莱茵河的旧忆说了些什么。由于结冻，我不得不沿着河岸往上游走，在美因茨的上方过了河。我几乎顾不上莫根提亚，它的大主教及其三四处府邸，也顾不上那印刷厂了，可我是通过它才扬威的呀。法兰克福是一座犹太人城市，只是为了它的生意我才停了一下：换钱。

一路的凄凉冷清。大路上满是雪，松树枝上挂着雾凇。远远地，耶拿带着它的两次战役的亡灵出现了。我穿过艾尔伏特[1]和魏玛。艾尔伏特没有了皇帝；住在魏玛的歌德，我先前是那样欣赏，如今我的欣赏也大不如前了。物质的歌手还健在，其陈旧的灰尘依然围绕着他的天才聚成各种形状。我原本可以看见歌德的，可我没有见到他；他在从我眼皮下走过的名人行列中留下了一个空白。

过易北河的时候，我吃过一种用烟草烘制的小黑面包后，也许需要用路德的大杯子喝一杯，那是作为圣物保存下来的。我穿越波茨坦，跨过斯普雷河，那是一条墨一般黑的河，河上拖着一些小艇，由一条白犬看守，然后我就到了柏林。我说过，那里有“假雅典的假于连”。我找不到西迈特山的阳光。我在柏林写《墓中回忆录》的第四卷。您在其中找得到对这座城市的

[1] 德国城市，1808 年，拿破仑和沙皇亚历山大一世曾于此会晤。

描绘，我在波茨坦的奔走，对伟大的腓特烈[1]、他的马、他的猎兔犬和对伏尔泰的追忆。

1月11日，我下榻旅馆，随即搬往“椴树下”旅馆，德·包耐侯爵先生已经离去，而旅馆是属于德·迪诺公爵夫人的。我在那里受到外交使团的秘书德勾、福拉维尼、居西诸先生的接待。

1月17日，我荣幸地向国王递交德·包耐侯爵先生的辞任国书和我的就任国书。国王的居室简朴，唯一的不同是门口有两名哨兵。谁想进就进，谁都能跟他说话，“如果他在家”。德国诸王的简朴使小人物对大人物的名号那么敏感。腓特烈-纪尧姆每天同一时刻，自己赶着一辆敞篷小车，头戴鸭舌帽，身披一件发灰的大衣，去花园里抽雪茄。我经常碰见他，我们继续各自的散步。他回柏林的时候，布兰底堡宫门口的哨兵便扯着脖子大喊，卫士就拿起武器出来；国王过去，一切便告结束。

就在那一天，我觐见国王和他的弟弟们，这几位亲王是些快活的军人。我看见了尼古拉大公和大公夫人，他们刚刚结婚，庆典不断。我还看见了坎伯兰公爵和公爵夫人，国王的弟弟纪尧姆亲王，以及普鲁士的奥古斯特亲王[2]，他长久地做过我们的囚徒。他曾想和雷卡米夫人结婚；他拥有杰拉尔为她画的那幅精彩的肖像，她用科丽娜[3]的肖像和亲王做了交换。

我急忙寻找昂西庸先生。我们是通过著作相互认识的。我

[1] 普鲁士王，1740—1786年在位。

[2] 普鲁士亲王（1790—1843），曾被俘，获准居留巴黎。

[3] 即斯达尔夫人。

在巴黎见过他，还有他的国王学生。德·波恩斯托夫伯爵不在期间，他在柏林临时代理外交大臣。他的生活很令人感动：他的妻子失明了，他家的门全部敞开，可怜的盲人在鲜花丛中一个房间一个房间地走动，随意休息，如笼子里的一只夜莺；她的歌唱得好，死得却早。

像普鲁士的许多杰出人物一样，昂西庸先生原籍也是法国。他是一位信仰新教的大臣，开始时观点很自由，渐渐地他冷了下来。1828 年我在罗马再见他的时候，他已退回到温和的君主制，直到绝对君主制。他对宽宏大度的感情有一种开明的喜爱，因此仇恨和害怕革命者，正是这种恨把他推向专制，以期寻求荫护。今日还吹嘘 1793 年并赞赏其罪行的那些人难道永远不明白对这些罪行的厌恶对于建立自由是多大的障碍吗？

宫里举行了一次庆典，我那不配享用的荣誉由此开始。让·巴尔为了去凡尔赛宫，穿了一件金面银里的衣服，行动颇为不便。大公夫人如今已是俄罗斯女皇，还有德·坎伯兰公爵夫人，她们在一首波兰进行曲的乐声中挽住了我的胳膊——我在宫中的奇遇开始了。这首进行曲是一支集成曲，由好几首曲子组成，我听出了《达高贝尔国王之歌》，感到非常满意；这使我勇气大增，把我从腼腆中解救了出来。庆典一个接一个，有一次是在大王宫里举行的。我不想自己写自己，权且拿出柏林《晨报》上由德·霍亨豪森男爵夫人署名的一段吧：

> 参加这次庆典的瞩目人物中有法国大使德·夏多布里昂子爵。无论眼前的演出多么辉煌，美丽的柏林女人仍然争睹

《阿达拉》的作者，那是一部高超而忧郁的小说，最热烈的爱情在抵抗宗教的斗争中毁灭。在美洲的古老森林中，一场暴风雨被用弥尔顿的色彩描绘了出来，阿达拉的死和夏克达斯的幸福时刻将永远刻在这部小说的读者的记忆里。德·夏多布里昂先生写《阿达拉》的时候还年轻，正经受着远离祖国的严峻考验，整个作品中洋溢着的那种深沉的忧郁和灼人的激情即来源于此。如今这位老练的国务活动家把他的笔完全地奉献给了政治。他最近的著作《德·拜里公爵的生与死》完全是用路易十四的颂扬者的口吻写出来的。

德·夏多布里昂先生的身材相当矮，但颇瘦长。他那椭圆形的面庞有一种悲悯和忧郁的表情。他的头发和眼睛都是黑色的，他的脸上洋溢着才智，其光芒则闪烁在眼睛里。

1821年3月22日，柏林

《晨报》，第七十期

然而我已白了头，我已活过了一个世纪，我已死去。请您原谅德·霍亨豪森男爵夫人在我的好时候给我画了一幅速写，尽管她已经让我年轻了许多岁。再说肖像的确很漂亮，不过我的真诚让我说：它不像。

伦敦离绪

这种不断地在我脚下响起的霹雳，我走到哪儿就跟到哪儿。古老的英国一直在日益扩大的革新中挣扎，也跟着伦敦德里爵士[1]咽气了。忽然间坎宁先生[2]来了，自尊心竟使他在讲坛上说起了布道者的语言。他之后出现的是威灵顿公爵，一个前来破坏的保守派。当社会的停滞已经显而易见的时候，本应建设的手就只知道摧毁了。格雷爵士，奥康奈尔，所有这些制造废墟的人一个接一个地为那些古老的制度的垮台出力。议会改革，解放爱尔兰，所有这些本身极好的东西，由于时代的不适应，都变成了毁灭的原因。恐惧加深了灾难；假使不是被威胁吓坏了，人们还能抵抗一阵。

为什么英国要赞同我们最近的动乱呢？关在它的岛上，躲进民族的敌意中，它是安全的。为什么圣詹姆斯的内阁要害怕爱尔兰的分离呢？爱尔兰不过是英国的一条小艇罢了，割断缆绳，小艇离了大船，就会在波涛中迷失。利物浦爵士本人已有

[1] 英国人（1769—1822），任外交部国务秘书，自杀身亡。
[2] 伦敦德里的继任者（1770—1827），后接续利物浦任办公厅主任。

悲惨的预感。有一天我在他那里吃饭。饭后我们在窗前闲聊，窗外是泰晤士河；我们看见河的下游烟雾笼罩着城市的一部分，黑乎乎一片。我对主人称赞英国君主制的坚固，因为自由和权力保持着平衡，势均力敌。可敬的爵士举起并伸直了胳膊，用手指着城市，对我说："这么大的城市有何坚固可言？一场大暴动，伦敦就全完了。"

我似乎是在英国结束了一次奔波，就像我曾经在雅典、耶路撒冷、孟菲斯和迦太基的残骸上做过的一样。我在面前呼唤着阿尔比庸[1]的历史，历经一个又一个名城，看见它们一个接一个地毁灭，我感到某种痛苦的眩晕。莎士比亚和弥尔顿、亨利八世和伊丽莎白、克伦威尔和纪尧姆、庇特和伯克生活的岁月而今安在？这一切都结束了。高尚和平庸、恨和爱、幸福和苦难、压迫者和被压迫者、刽子手和牺牲品、国王和人民，都沉睡在同一种寂静和尘埃之中。倘若人类和天才之最活跃的部分尚且如此，他们如同昔日的影子游荡在当代人中，他们已不能靠自己活着，甚至不知道自己曾经活过，那么我们该是怎样的一种虚无啊！

几百年间，英国曾被毁过多少次啊！它经历了多少次革命才濒临一次更大的、更深刻的、将包容后世的革命啊！我见过全盛时期的著名的英国议会，它们变成了什么？我见过古老习俗中的、往日繁荣中的英国：到处是竖着尖塔的孤独的小教堂，格雷的乡间墓园，到处是狭窄的、铺着沙子的道路，遍地奶牛

[1] 指英国。

的山谷，散布着羊群的欧石楠草场，花园，古堡，城市，很少的大森林，很少的鸟，海风。这里不是安达卢西亚的原野，我在那里曾于散落在芦荟和棕榈间摩尔人的宫殿的废墟上见过年老的基督徒和年轻的恋人。

什么样的人声，啊西班牙！
才配回忆起你的海岸？

这里不是罗马的原野，其不可抵抗的魅力不断地呼唤着我；这里的海浪和阳光不是拍打着和照耀着柏拉图授徒的高地的海浪和阳光；这里也不是苏尼奥姆，我在那里听见了蟋蟀鸣叫，徒然地要求密涅瓦[1]给她的庙宇里的僧侣一个家：总之，这个英国就是如此，四周都是船，遍地都是畜群，宣扬着对它的伟人的崇拜，这个英国既迷人，又可怕。

今天，它的山谷因炼铁炉和工厂的烟而变得昏暗，它的道路变成了铁的轨道，在这些道路上走动的不是弥尔顿和莎士比亚，而是流动的锅炉；科学的苗圃，牛津和剑桥，已经有了荒原的模样，其学院和哥特式的拱顶已泰半废弃，让人看了痛心；毗邻中世纪的墓石的内院长眠着希腊古人的大理石年鉴，废墟守护着废墟。

这些建筑物的周围已经开始形成真空，我在那里留下了重获的春天；我第二次离开了我的青春，就在我曾经抛弃它的地

[1] 罗马神话中的智慧女神。

方。夏洛特突然再现，仿佛那颗星辰，黑夜的欢乐，耽搁了数月，又在黑夜中升起。如果您还不太厌倦，您就在这部《墓中回忆录》的第六卷找一找1822年猝然看见这个女人时我身上发生的事情吧。她看中我的那个时候，我一点儿也不了解这些如今因我有了名气和权势而簇拥在我身旁的英国女人。她们的敬意和我的运气是同样的轻浮。如今，我当驻伦敦大使后又过了十六年，又有了那么多的毁灭，我的目光又停在玳丝德摩娜和朱丽叶的国度的这位姑娘身上。只是在其意外的出现重新点燃了我回忆的火炬的那一天，她才存在于我的记忆之中。我是又一个艾比美尼德[1]，从长眠中醒来，目光盯着海岸上的一盏导航灯，别的灯都灭了，它更加光芒四射；它是我身后唯一一盏长久闪亮的灯。

我在这部《墓中回忆录》的前几部分里根本没有说完夏洛特的事。1823年我当大臣的时候，她曾率家人来法国看过我。由于男人所碰到的一种无法解释的灾难，加上我当时正忙于一场决定法国君主制命运的战争，我的语气中想必缺了点儿什么，因为夏洛特回转英国的时候给我留下一封信，说我接待的冷淡伤了她的心。我既不敢给她写信，也不敢把那些文章的片段寄回，那是她还我的，而我答应增补后再送回。假使她真有理由抱怨，我是会把我就第一次在海峡对面的居留所说的一切投诸火中的。

我常常想去澄清我的疑虑，然而我能回转英国吗？我软弱

[1] 克里特的立法者，公元前6世纪人，传说曾在山洞里长眠五十年。

得连故乡那块悬崖都不敢回去看一看，我还在那上面指定了我的坟墓呢。我现在害怕感情的波动。时间剥夺了我的青春，使我变得像那些把胳膊和腿留在了战场上的士兵一样。我的血要跑的路不那么长了，如此急速地冲进我的心脏，我的这个已然衰老的快乐和痛苦的器官跳动得仿佛就要破碎。尽管夏洛特受到了宗教般虔诚的尊敬，但我仍在毁弃这部《墓中回忆录》的念头中混杂着烧掉与她有关的一切的愿望。如果这部《墓中回忆录》还属于我，或者如果我能赎回，我真会屈从于这种企图。我对一切是那样的厌恶，对现在和不远的将来是那样的蔑视，那样的坚信从此作为公众的人（要好几个世纪之久）足堪怜悯，以至于我羞于利用我最后的日子讲述过去的事情，描绘一个已经完结的、人们不再理解其语言和名誉的世界。

愿望的实现和失望都能使人受骗。我曾经违背我的自然的本能而想参加国民大会；我利用了德·维莱尔先生的偏见，却又促使他强迫德·蒙莫朗西先生。得！我的真正的意图与我得到的东西大相径庭。倘若有人强迫我留在英国，我大概会有某种怨恨之感；然而去探望修顿夫人[1]、游历英伦三王国的念头立刻压住了那种与我的本性根本不和的虚假野心的冲动。天主另有命令，我于是去了维罗纳。由此，我的生活发生变化；由此，我当上了大臣，接踵而至的是西班牙战争，我的胜利，我的失势，王朝的失势。

夏洛特求我关心她的两个漂亮的孩子。其中一个 1822 年来

[1] 即夏洛特。

巴黎看我，今天他已是修顿上尉，他和一位年轻而迷人的女人结了婚；他告诉我，他的母亲病得很重，刚刚在伦敦过了冬。

1822年9月8日，我在多佛尔上船，正是在这个港口，二十二年前，纳沙特尔人拉萨涅先生[1]扬帆起航。从这第一次出发到我拿笔的时候，整整过去了三十九年。当人们凝视或倾听他逝去的岁月的时候，他会以为在荒凉的海上看见了一艘消失的船留下的痕迹，他会以为听见了不见其古老尖顶的钟楼里敲起的丧钟。

[1] 一瑞士钟表匠，夏氏流亡后是顶了他的名回法国的。

我的解职

按照时间的顺序,《维罗纳会议》的位置是在这里,不过我已单独发表。万一谁想读一读,随处都可以找到。我的西班牙战争[1],我生活中最大的政治事件,乃一件巨大的工程。正统派首次在白色的旗帜下点燃战火,在帝国的音犹在耳的隆隆炮声之后,放了它的第一炮。一步跨过西班牙诸国,成功于那个彪炳史册的人的军队屡遭败绩的地方,六个月做成了他七年未做成的事情,谁敢自诩能做出这样的奇迹?然而这却是我做的事情。不过,在复辟政府让我坐上的那张赌桌旁,曾经有多少诅咒落在我的头上啊!我面对的是一个敌视波旁家族的法兰西和两个外国重臣,梅特涅亲王和坎宁先生。没有一天我不曾接到预报灾难的信件,因为在法国,在欧洲,同西班牙打仗都不得人心。果不其然,我在半岛的成功之后不久,我就垮台了。

接到释放西班牙国王[2]的电报之后,我们这些大臣个个欣喜若狂,纷纷跑向王宫。我在那里预感到了我的垮台,我兜头

[1] 1823 年,夏多布里昂力主法国出兵西班牙,以恢复斐迪南七世的统治和重振法国军威。

[2] 指斐迪南七世。

接到一盆冷水，让我恢复了往日的谦卑。国王和大先生[1]根本没有接见我们。德·昂古莱姆公爵夫人[2]目中无人，已被她丈夫的胜利冲昏头脑。这个不朽的牺牲品就斐迪南的被释写过一封信，信是以出自路易十六的女儿之口的这种狂言结尾的："这足以证明我们是能拯救一位蒙难的国王的！"

礼拜天，在内阁开会之前，我去向国王一家请安。威严的公主向我的同事们各说了一句客气话，独独对我一言不出。我大概是不配享此殊荣吧。坦普尔宫[3]的孤女的无言绝不是忘恩负义：上天有权享有人世的崇拜，而不对任何人有所欠。

此后我一直挨到了圣灵降临节；然而我的朋友们却不无担心，他们常对我说：您明天就要给打发了。我则回答说：他们若愿意，就现在吧。1824年6月24日圣灵降临节那天，我到了大先生的一间客厅，掌门官来对我说让我进去。是亚辛特，我的秘书叫我。他见了我，就宣布我不再是大臣了。我打开他交给我的信封，里面是德·莱纳维尔先生的短简：

子爵先生：

我奉国王之命即向阁下传达陛下刚刚签发的敕令。

内阁首相德·维雷尔伯爵先生受命代理外交大臣，以取代德·夏多布里昂子爵先生。

[1] 指国王的大弟。
[2] 查理十世的长媳，路易十六的女儿，其夫曾在西班牙战争中任法军统帅。
[3] 路易十六一家曾被囚禁于此。

这道敕令出自德·莱纳维尔先生的手笔，他对我还算好，在我面前颇不自在。啊！我的天主！难道我认识德·莱纳维尔先生吗？难道我曾经想到过他吗？我倒是碰见过他几次。他看出我知道这道把我从大臣名单上画掉的敕令出自他的手笔吗？

可是我究竟做了什么？我的阴谋和野心又在哪里？难道我曾独自一人偷偷地去布洛涅森林的深处散步从而觊觎德·莱纳维尔先生的位置吗？是我的奇特的生活毁了我。我头脑简单，一切顺诸天性，也因为我一无所图，人家就认为我无所不贪。今天，我已清清楚楚，我的不合群的生活乃一大错误。怎么！您什么也不想当？那就滚吧！一个人蔑视我们所崇拜的东西，他自以为有权侮辱我们的生活的平庸，我们就不要他。

财富带来的窘迫和贫困带来的不便一直跟着我到了我在大学街的住处。离任的那一天，我被邀出席大臣官邸的大型午宴；我只好向宾客们表示歉意，我的厨房很小，只有两位师傅，为四十个人准备了三道菜。蒙米莱尔和他的助手们干了起来，锅子、滴油盘、大盆等等，藏在四角，他还把拿手菜盖起来热着。一位老朋友前来分享我这上岸水手的第一顿饭。朝野中人纷纷前来，因为我效劳于前，却遭解职于后，其傲慢已引起沸沸扬扬的议论。他们确信我的失宠不会为时很久。人们装出一种独立不羁的样子，化解一个为时数日的不幸，过了这几天，他们就会有利可图地提醒这个东山再起的不幸的人，他们可一点儿也没有抛弃他呀。

他们错了，他们要为他们的勇气付出代价，他们指望我卑躬屈膝，哭哭啼啼，甘心做走狗，赶紧自称有罪，对那些赶走我的人鹄立久等，他们还不了解我。我扬长而去，甚至没有要我应得的俸禄，也没有从宫中得到一点儿照顾，哪怕一分钱；我闭门不见任何背叛我的人；我拒绝了纷纷前来安慰我的人，我拿起了武器。于是，人们四散而去；顷刻间谴责声四起，我参加聚会，起初无论在客厅还是在前厅，都颇受欢迎，后来就令人生厌了。

我遭解职后缄口不言是否会好些呢？手段之粗暴不是曾让公众站在我一边吗？莱纳维尔先生反复说，解职的信被耽搁了，由于这种偶然情况，该信不幸在宫里交给了我。也许是这样吧。但是，人要赌博，就该算算机会，尤其不该给一位有几分价值的朋友写这样一封信，类似的信，就是写给一个不顾礼仪但也不后悔被扔到街上的有罪的仆人，也会让人脸红的。特别是莱纳维尔想霸占我的著作，我显示出对一些他们以为我不知道的材料深知底细，他们一伙就更对我感到恼火。

当然，我若是不吭声，保持节制（如人所说），我是会被称赞为恋栈之人的；因无知而受过一番罪，我会再度进入内阁的。在一般情况下，这样会好些；但是这就把我当作我根本不是的那种人了，这就是认为我有意再度为国家掌舵，想图个人飞黄腾达，可是这种意图和欲望我十万年也不会有。

我关于有代表性的政府的观念使我进入反对派。我觉得系统的反对派是唯一对这个政府合适的东西，所谓“良心”上的反对派是无能为力的。良心可裁断一桩“道德的”事实，它绝不能判断一桩“精神的”事实。必须站在一位领袖之下，他能判断好的和坏的法律。否则，某议员就会把他的蠢举当作他的良心，并将其投进票箱。所谓“良心”上的反对派乃摇摆于诸党派之间，强压不满，甚至根据情况投内阁的票，不惜触犯众怒以博大度之名。在士兵，此种反对派乃为愚蠢的反叛；在长官，此种反对派则为狂妄的投降。只要英国是健康的，它就永远只有一个系统的反对派：人们与其朋友一起进出；离开内阁，就坐在攻击者的席上。由于名义上是因为不愿意接受一种制度而退出，那么这种仍然伴随着王权的制度就必然要遭到攻击。所以，人只是代表着一些原则，当系统的反对派对“人”发起进攻时，它不过是为了夺取“原则”而已。

洛桑小住

德·夏多布里昂夫人因病去了法国南方，并不见好，又回到里昂，布吕乃尔大夫说她已经不治。我赶去了，带她到了洛桑，她让布吕乃尔先生隐瞒了真相。我在洛桑相继住在德·西弗里先生和德·科唐夫人家里，后者是一位热情、聪明，然而不幸的女人。我见到了德·蒙特里约夫人[1]，她隐居在一座高高的山冈上，像同时代的德·让利夫人一样，在一种小说的幻觉中死去。吉本就在我的门口写下了他的《罗马帝国衰亡史》。1787年6月27日，他在洛桑写道："在罗马卫城的遗迹之间，我有了一部著作的计划，这部著作几乎占去并愉悦了我一生的二十年光阴。"德·斯达尔夫人和雷卡米夫人也来到了洛桑。流亡者们，一个业已完结的世界，都在这个欢快又愁惨的城市、某个虚假的石榴城[2]里停留了若干时日。德·杜拉夫人在其《墓中回忆录》里叙述了她的回忆，而这封信又告知我一个不能不接受的新的损失：

[1] 瑞士女小说家（1751—1832）。

[2] 西班牙古城。

完了，先生，您的朋友不在了；今天早晨11点差一刻，她把灵魂还给了天主，没有临终的痛苦。昨天晚上她还乘车兜风呢。没有任何迹象表明她会死得这样快。怎么说呢，我们没有想到她的病会这样了结。德·居斯蒂纳先生非常痛苦，不能亲自给您写信，昨天早晨他还登上拜克斯附近的一座高山，让人每天早晨给他的爱妻送山上的牛奶。

我痛苦至极，不能说得更细了。我们已准备好带着这位最好的母亲和朋友的珍贵的遗物回法国。昂盖朗[1]将安息在他的两个母亲之间。

我们将经过洛桑，我们一到，德·居斯蒂纳先生就会去找您。

先生，请接受我的敬意。

拜尔斯特赫，1826年7月13日于拜克斯[2]

您上上下下地找一找吧，我回忆起德·居斯蒂纳夫人时，既有欢乐又有痛苦。

德·沙里埃夫人的著作《洛桑书简》很好地再现了我每日所见的场景和她所引发的崇高的情感："我独自安歇，"赛西尔的母亲说，"面对着一扇朝着湖打开的窗子。山，湖，阳光，我感谢你们给我带来的快乐。我所见的这一切的创造者啊，我感谢您让这些东西都让人看着那么愉快。大自然的惊人而可爱的

[1] 德·居斯蒂纳夫人的孙子，其母已故去，本人亦略早于祖母夭折。

[2] 德·居斯蒂纳夫人当时的管家和秘书。拜克斯是洛桑略北的一座小镇。

美啊！我的眼睛每日都赞赏您，您每日都感动着我的心。”

我在洛桑开始评论我的第一部著作：《论古今革命》。我凭窗望着迈伊里的悬崖，我在一篇评论里写道：“卢梭超出于同时代的作者的，肯定只在《新爱洛伊丝》的六十来封信和《漫步》及《忏悔录》的几章。他在那里置身于他的才能的真正本性之中，达到了一种前所未见的充满激情的雄辩。伏尔泰和孟德斯鸠在路易十四时代的作家那里找到了风格的榜样；卢梭，甚至多少还有布封，那是在另一种体裁里，却创造了为那个伟大的时代所不知的一种语言。”

雷卡米夫人

我们来谈谈驻罗马大使馆，谈谈这个意大利，我一生的梦想。在继续我的叙述之前，我应该谈谈一个女人，一直到这部《墓中回忆录》的结尾，人们总能看到她。她和我之间开始了从罗马到巴黎的通信。应该知道我给谁写信，我是在什么时候如何认识雷卡米夫人的。

她认识一些登上世界舞台的不同社会地位、多少有些名气的人物，他们都崇拜她。她的美把她的理想的生活融进我们的历史的物质事实之中：一束平静的光照亮了一幅风云激荡的画。

让我们再一次回到逝去的岁月，让我们凭借我落日的余晖试着在天空上画一幅肖像，这个天空，我那临近的夜就要布上阴影了。

1800 年我回到法国之后，《水星报》上发表的一封信使斯达尔夫人感到震惊。我的名字还未从流亡者的名单上画掉，《阿达拉》使我不再默默无闻。巴乔齐夫人（爱丽莎·波拿巴）应德·封塔纳先生的请求，要求并获准将我的名字画去，斯达尔夫人也一直忙于此事。我去感谢她。我记不起是克里斯蒂安·德·拉莫瓦尼翁还是《科丽娜》[1]的作者把我介绍给了她的朋友雷卡米夫人，当时雷卡米夫人住在她那位于勃朗峰街的家里。我刚从森林里走出来，刚刚有了点名声，还完全是个野人，我几乎不敢抬眼望望一位被崇拜者包围着的女人。

大约一个月以后，一天早晨我去斯达尔夫人家里。她一边梳妆一边接待我；她让奥利佛小姐给她穿衣，一边说着话，手指间绕着一小段绿树枝。突然间雷卡米夫人进来了，穿着一件白色的袍子，她在一张蓝丝绒的沙发中间坐下。斯达尔夫人一直站着，继续侃侃而谈，词锋甚健；我不大应声，两眼只望着雷卡米夫人。我从未想象过会有那样的人，我也从未如此灰心丧气，我的赞叹顿时变成了对我自己的怨恨。雷卡米夫人出去了，我再度见到她已是十二年之后了。

十二年！什么样的敌对力量这般切断和浪费了我们的光阴，将其挥霍于被称作眷恋的冷漠，以及美其名曰幸福的苦难！让人哭笑不得。然后，还有可笑的，当它败坏和耗费其最珍贵的部分之后，它又将您带回到您的奔走的起点上去。它是如何将您带回去的？执着于一些奇特的念头，一些纠缠不已的幽灵，一些对一个不曾给您留下丝毫幸福的世界的虚假或不完整的感觉。这些念头、幽灵、感觉横亘在您和您还有可能品尝的幸福之间。您回来了，内心受着悔恨的折磨，对年轻时的错误感到遗憾，在知道羞耻的时候回忆起这些错误是多么让人不堪啊。我就是这样回来的，在到过罗马、叙利亚之后，在见过帝国消

[1] 斯达尔夫人的一部小说。

失之后，在变成一个风云人物之后，在不做沉默的人之后。雷卡米夫人她做了些什么？她的生活是什么样子？

我要告诉您的那个既光彩夺目又与世隔绝的生活，其大部分我毫无所知，因此我必须求助于我的生活的不同时期的权威性依据，这些依据是不容置疑的。首先，雷卡米夫人跟我讲过一些她亲历的事实，给我看过一些珍贵的信件。她对她之所见写过一些笔记，她曾允许我查阅并极少量地引用。其次，斯达尔夫人在其通信中，本雅明·贡斯当在其回忆录中——两者有些是出版过的，有些还是手稿，巴朗士先生在其关于我们的共同朋友的札记中，德·阿波朗台斯公爵夫人和德·让利夫人分别在其速写中，都对我的叙述提供了大量的材料。当事件的某些环节脱落或断裂时，我只需把这些美好的名字连在一起就可填补叙述中的空白。

蒙田说，人目瞪口呆地走向未来的事情；我另有一癖，对过去的事情目瞪口呆。一切都是愉悦，尤其是掉转眼睛看看亲爱的人的早年，一个被爱着的生命于是延长，他把感觉到的温情扩展至他一无所知却又重新唤起的岁月，他用现在美化了过去，他重构了青春。

1839年，巴黎

阿尔巴诺[1]的渔夫

雷卡米夫人曾经援救过里昂的西班牙囚徒；这个迫害她的政权的另一个受害者又使她在阿尔巴诺奉献出她的同情心：一个渔夫被控与教皇的密探暗中勾结，并被判处死刑。阿尔巴诺的居民祈求这位来此避难的外国女人为这个不幸的人说情。人们把她带到监狱。她看见了囚徒，她被这个人的绝望深深打动，不禁泪流满面。不幸的人哀求她帮助他，为他说情，拯救他。因为不可能使他免受极刑，这哀求就更加令人心碎。已经是深夜了，他天亮时分就该被枪毙了。

然而，雷卡米夫人尽管确信她的努力是徒劳的，还是没有犹豫。人们给她叫来一辆车，她上去了，但是并未给死囚留下希望。她穿越盗匪出没的原野，到了罗马，然而没有找到警察局长。她在菲亚诺宫等了他两个钟头，计算着一个生命的每一分钟，其最后的一分钟就要到了。德·诺尔万先生终于到了，她向他讲明来意。他回答说判决已经发布，他的权力不够，无法中止。

[1] 意大利罗马省的一个市镇。

雷卡米夫人伤心地走了，当她快到阿尔巴诺的时候，那个囚徒已经死了。居民们在大路旁等候着这个法国女人，他们一认出她来，就朝她跑去。陪伴过受刑者的教士带来了他最后的心愿：他感谢夫人，他在走向刑场的时候一直用眼睛寻找她；他要求她为他祈祷，因为一个基督徒永远不会万事皆休，他就是死了也还会恐惧。雷卡米夫人被教士引向教堂，后面跟着一大群美丽的阿尔巴诺农妇。黎明照亮了那条船的时候，渔夫被枪毙了，如今这条船随风飘荡，从前他总是驾着它出海，沿着海岸游弋。

要厌恶征服者，就得知道他们所造成的全部灾难，就得亲眼看见，在地球上的某个他们从未涉足的角落里，一些最具善意的人为他们而被牺牲。罗马的诸侯国里的一个可怜的织渔网者的日子跟波拿巴的成功有什么关系？波拿巴无疑根本不知道这个羸弱的渔夫存在过；在他与诸国王的轰轰烈烈的斗争中，他甚至不知道平民牺牲品的名字。

世人在拿破仑身上只看见胜利，凯旋柱里浸透着的眼泪绝不会从他的眼里落下。而我则想到，在福音书的劝诫中，由这些被蔑视的痛苦、这些卑微与渺小的人的灾难形成了让统治者从顶峰上跌落下来的原因。当个别的不公聚集起来，超过了幸运的重量的时候，天平的秤盘就会下倾。有沉默不语的血，也有大喊大叫的血：战场上的血被大量地静静地喝干，遍地流淌的和平的血则呻吟着喷向天空——天主接受它，并为它复仇。波拿巴杀了阿尔巴诺的渔夫；几个月之后，他被放逐到厄尔巴岛的渔夫中间，死在圣赫勒拿岛的渔夫中间。

斯达尔夫人之死

我是在一个法兰西的声誉深感痛苦的时期又见到雷卡米夫人的，那时，斯达尔夫人去世了。百日事变之后，《苔尔芬》[1]的作者回到巴黎，她回来的时候身体不适；我在她家里和德·杜拉公爵夫人家里见过她。渐渐地，她的病情恶化，不得不卧床。一天早晨，我去她在王家大街的家里。窗户大部分关着，床靠着房间里面的墙，只在左边留了一个小过道；窗帘卷在杆子上，成了竖在床头的两根柱子。斯达尔夫人半坐着，身后垫着枕头。我走近，待眼睛稍稍适应了黑暗之后，才看清了病人。她的双颊烧得通红。她的目光很美，在黑暗中和我的目光相遇，她对我说："您好，我亲爱的弗朗西。我病了，但这并不妨碍我爱您。"她伸出手，我紧紧抓住，吻了吻。我抬起头来的时候，瞥见床对面的小过道里有个什么东西又白又瘦，站了起来：原来是德·罗卡先生。他形容大变，面颊塌陷，两眼泪汪汪的，脸上说不上是什么颜色；他已是半死不活。我从未见过他，以后也再未见过。他紧闭着嘴，在我面前走过的时候弯了弯腰；他

[1] 斯达尔夫人的小说。

的脚步悄然无声，像一个影子一样地走远了。“这个如云般飘浮不定的幽灵”[1]搓着手在门口站了一会儿，又回转到床前，再多看一会儿斯达尔夫人。这两个幽灵静静地对望着，一个站着，面色苍白，一个坐着，脸色红红的，然而那血马上就要下去，在心脏里冻住，直让人发抖。

不多天以后，斯达尔夫人换了住处。她请我到她在新马杜兰街的家里吃饭，我去了。她不在客厅里，她甚至不能来吃饭，不过她还不知道最后的时刻已近。大家入座，我坐在雷卡米夫人旁边。我已十二年未见她了，而且那时我见她也只是一忽儿。我并不看她，她也不看我，彼此亦无话。快吃完饭的时候，她怯生生地问我斯达尔夫人的病情，我稍稍偏过头，抬起了眼睛。我真害怕谈到我这些年来的生活会亵渎一种在我的记忆中永葆青春的感情，其魅力随着我生命的后退而与日俱增。我推开我的暮年，以便在其后发现旷世未有的幻影，从深渊之底听见一个更为幸福的地方的和声。

斯达尔夫人病故了。她的最后一封信是写给德·杜拉夫人的，字迹大而潦草，像个孩子写的。其中有一句很亲切的话是给弗朗西的。垂死的天才比死去的个人更让人感到震惊，全社会都深感痛苦，每个人都在同一时刻蒙受了同样的损失。

我活过的岁月随着斯达尔夫人倒下了很大的一部分，就像一个卓越的智慧倒下而造成的那种缺口，那是永远也合不上的。她的死给我留下一种特殊的印象，其中混杂着一种神秘的惊奇。

---

[1] 指德·罗卡先生。

正是在这位杰出的女人的家里，我认识了雷卡米夫人，在长久的分别之后，又是斯达尔夫人把两个几乎变成路人的漂泊者聚在了一起。她在一次永诀的晚餐上让他们记住她，并作为榜样记住她的永远的眷恋。

我去看望雷卡米夫人，先是在墙角街，后来在安茹街。当一个人又碰上他的命运的时候，他以为从未曾离开过。按照毕达哥拉斯的说法，生命不过是一种回忆而已。谁不曾在其岁月之流中记住某些与人无干的小事，偏偏只关心能够想起这些事的人呢？在安茹街的那幢房子有一个花园，花园里有一条椴树廊，当我等着雷卡米夫人时，我瞥见树叶间泻下一缕月光。我不是觉得这缕月光是属于我的，我若是站在同样的绿廊下又会瞥见它吗？

雷卡米夫人在森林修道院

罗杰中尉与古德尔[1]案件有牵连，被判处死刑。雷卡米夫人拉我参与善行，救他一命。本雅明·贡斯当也介入了，支持卡龙[2]的这位伙伴，他给雷卡米夫人写了一封信，由犯人的兄弟转交：

> 夫人，老是这样打搅您，我真不能原谅自己，然而不断地有死刑判决，这可不是我的错。这封信由不幸的罗杰的兄弟交给您，罗杰和卡龙一起被判死刑。这是一桩最为声名狼藉的事情。提一提名字，德·夏多布里昂先生就知道了。他既是内阁的第一才人，又是唯一不曾使人流血的大臣，这足以令他感到欣慰。我不多说了，我信赖您的善心。这真可悲，几乎总是为了令人痛苦的事情才给您写信；不过您会原谅我的，我知道，而且我确信您会在您拯救过的人的长长的名单上再增加一个不幸的人的。

[1] 当时的一位中士，涉嫌反叛拿破仑，被判死刑，后赦免。

[2] 当时的一位中校，阴谋反叛拿破仑。

顺致亲切的敬意。

本·贡斯当

1823年3月1日于巴黎

罗杰中尉获得自由，急忙向恩人们表示谢意。一日晚饭后，我像往常一样，在雷卡米夫人那里，突然这位军官来了。他有南方口音，对我们说："没有你们的干预，我的脑袋早就滚在断头台上了。"我们大惊失色，因为我们早忘了我们的功劳了。他叫了起来，脸红得像鸡冠："你们记不得了？……你们记不得了？……"我们百般道歉，记性实在太差。他磕了一下靴子上的马刺，走了，怒气冲冲。我们居然记不得我们的善举，就像他指责我们造成了他的死亡那样。

大约就在这个时期，塔尔玛请求雷卡米夫人允许与我在她那里会面，他要和我商量杜西[1]的《奥赛罗》中的几句诗，人家不让他按原来的样子读。我放下信件，匆匆前去赴约。我一个晚上都在和这位现代罗西乌斯[2]重写那些讨厌的诗句：他建议我这样改，我又建议他那样改；我们抢着押韵；我们在窗前或墙角翻来覆去地琢磨一处停顿。我们费了好大力气才在意义或和谐上取得一致。看到我这样一定相当滑稽。我，路易十八的大臣，他，舞台之王，我们忘乎所以，争得兴致勃勃，把书刊检查和世界大事统统交给了魔鬼。然而，如果黎世留[3]让人演他的

[1] 法国诗人（1733—1816），曾改编莎士比亚戏剧在法国演出。

[2] 公元前1世纪古罗马演员。

[3] 指红衣主教黎世留。

戏，同时放出古斯塔夫-阿道夫[1]去打德意志，那么我，一个微不足道的国务秘书，为什么不能搞搞别人的悲剧，同时去马德里寻求法国的独立?

德·阿布朗太斯公爵夫人，我曾在夏约教堂向她的棺木致敬，只是描绘了雷卡米夫人的“有人居住”的房间，我来谈谈那个“僻静”的地方。一条光线很暗的走廊分开了两个小房间。我认为这个门厅里光线是柔和的。卧室里有一个书橱，一架竖琴，一台钢琴，德·斯达尔夫人的肖像，还有一幅画，画的是月光下的科佩；窗台上摆着几盆花。每当傍晚，我爬过三层楼，气喘吁吁地进入小房间，顿时感到心旷神怡。突出的窗口正对着修道院的花园，圆形的花坛上一片青翠，周围修女们和客人们往来不绝，一株金合欢的尖顶正与目光相齐。几座尖尖的钟楼划破了天空，天边可以望见赛佛尔丘陵。落日把景物染成金色，从打开的窗子射入。雷卡米夫人正在弹钢琴，钟声响了。钟声，“似乎在为逝去的白昼哭泣”，il giorno pianger che si muore,[2]斯太贝尔[3]的《罗密欧与朱丽叶》中《夜祷》的最后几个音符混成一片。有几只鸟飞来趴在窗户的翻卷的百叶上。我远远地融进了这高悬在一座大镇的喧嚣嘈杂之上的寂静和孤独之中。

天主给了我这宁静的时刻，补偿了我那些动乱的日子。我隐约地看见休息的日子已为时不远，我坚信不疑，我的希望也

[1] 瑞典国王，1611—1632年在位。
[2] 意大利文：为白昼哭泣。
[3] 德国作曲家（1765—1823）。

在呼唤着。外有政治事务的侵扰，或者对宫廷恩怨感到厌恶，内心的平静在这隐居地的深处等待着我，仿佛走出酷热的平原，迎面扑来森林的清凉。我在一个女人的身边又找到了宁静，她的周围笼罩着泰然从容，这种泰然从容又一点儿也不单调，因为它充满着深厚的友情。唉！我在雷卡米夫人那里认识的一些人，如马提厄·德·蒙莫朗西、卡米尔·约尔丹、本雅明·贡斯当、德·拉瓦尔公爵，都去和另一个逝去的圈子的另一些逝去的人相聚了，如汉冈、儒贝尔、封塔纳。在这些相继的友谊中，成长起来一批年轻的朋友，他们是一座永远在被砍伐的古老森林的春芽。我请求他们，我请求安培先生，他将在我死后读到这些话，我请求他们大家多少记得我；我把生命之线交给他们，拉刻西斯[1]让我的纺锤这一端的线脱落了。巴朗什先生是我的不可分离的旅伴，我的生涯之始，他曾是独自一人，我的生涯之末，他仍将是独自一人；他曾目睹我的交往被时间切断，如同我目睹他的有关交往被罗讷河卷走一样：江河总是自毁其岸。

我的朋友们的不幸常常垂顾于我，我也从不逃避神圣的负担。酬劳的时刻终于来了，一种严肃的友情愿意帮助我承担他们的人数众多加在我的逆境之上的重负。渐近终局，我觉得，曾经是我所珍视的，在雷卡米夫人身上仍然为我所珍视，她是我的感情的一个隐秘的源泉。我的不同时期的回忆，我对梦想、对现实的回忆，都被揉碎、混合、化作一团，为了做成一个集

[1] 命运三女神之一，掌管人的生命之线。

幻美与甜蜜的痛苦于一体的化合物，而她则成为其可见的形体。她调节我的感情，正如上天的权威在我的责任中放入幸福、秩序和宁静。

她行踪不定，但只要哪条小路留下她的一点点足迹，我就跟上她；我很快就要先于她进入另一个国度了。她在这部《墓中回忆录》中漫步，在我匆匆完工的大教堂的拐角处，她将能看到我在这里献给她的小教堂；她也许会喜欢在那里休息，我在那里留下了她的形象。

驻罗马的大使们

跟我同时当大使的有这些人：鲁佐夫伯爵，奥地利大使，一个彬彬有礼的人；他的妻子唱得很好，但总是唱同一支歌，也总是谈她的小孩子。博学的本森男爵，普鲁士的公使，历史学家涅布赫尔的朋友（我同他谈判过解除关于我租用他在卫城上的宫殿的合同问题）。俄国的公使是加加林亲王，他为了逝去的爱情[1]而被放逐到罗马的伟大往昔之中。如果他曾获得在我的奥耐乡居小住过的、美丽的纳里施金娜夫人的偏爱的话，那么，郁郁寡欢也就有了一种魅力——缺点比优点更具支配力。

德·拉布拉多尔先生，西班牙大使，是一个忠诚的人，很少说话，独自散步，想得很多，或者根本不想，反正我也分不清。

年迈的福斯卡尔多伯爵代表着那不勒斯，如同冬天代表着春天。他有一份巨大的硬纸文件，他戴着眼镜仔细研究，不是研究帕斯托姆的玫瑰园，而是研究他不应发给签证的那些可疑的外国人。我很羡慕他的宫殿（法尔乃兹），其未完成的结构令

[1] 他爱上了纳里施金娜夫人，与亚历山大一世成了情敌。

人赞叹：米开朗琪罗做的顶；阿尼巴尔·卡拉齐在其弟弟奥古斯特的帮助下作的画；柱廊下有塞西里娅·莫泰拉的石棺，坟墓变了，石棺却完好无损。有人说，福斯卡尔多在精神上和肉体上都瘫软不堪，却有一个情妇。

德·塞尔斯伯爵是荷兰国王的大使，他的妻子是德·瓦朗斯小姐，今已故去。他有两个女儿，她们因此成了德·让利夫人的外孙女。德·塞尔斯先生仍然是省长，因为他过去是省长[1]他是一个饶舌者、小暴君、招兵者和大管家的大杂烩，永远不吃亏。假使您碰到一个人，他不说阿尔邦、图瓦兹和皮埃[2]，而说平方公里、米和厘米，您就碰到一位省长了。

德·芬沙尔先生，半被认可的葡萄牙大使，是个滑稽可笑的小矮个儿，总是激动不安，做着鬼脸，绿得像巴西的猴子，黄得像里斯本的橙子。他却歌唱着他的黑女人，这个新的卡蒙斯！他酷爱音乐，用自己的钱养着一个帕格尼尼似的人，一边等待着他的国王复辟。

我在这里那里还见过一些小国的狡猾的公使，我不把我的使馆当回事，这使他们感到愤慨。他们个个衣冠楚楚，傲慢自大，一本正经，缄口不语，迈着小步，夹着腿走路，好像随时准备刺探自己还不知道的秘密。

---

[1] 拿破仑将那不勒斯并入法国，德·塞尔斯伯爵做了省长。

[2] 皆为法国旧度量单位。

古今艺术家

1822 年我当驻伦敦大使的时候，寻找过 1793 年在伦敦认识的地方和人；1828 年我当了驻罗马教廷的大使，就急忙跑宫殿和废墟，求见 1803 年在罗马认识的人：宫殿和废墟跑了不少，人却未见几个。

朗斯洛蒂宫过去是租给红衣主教费齐的，今天住着它真正的主人，朗斯洛蒂亲王和朗斯洛蒂郡主，郡主是马西莫亲王的女儿。在西班牙广场，德·博蒙夫人住过的那幢房子已经消失。至于德·博蒙夫人，她已经有了最后的归宿，我和教皇莱昂十二世去她的坟上祈祷过。

卡诺瓦也辞世了。1803 年，我去他的工作间看过他两次，他手里拿着木槌接待我。他带着最天真、最温和的神气指给我看他那巨大的波拿巴雕像和正把吕刻斯[1]扔进水里的赫剌克勒斯。他竭力让您相信他能表达出形式的力量，然而那时他的凿子却不肯在形体上深入地挖掘了。山林水泽的仙女也不听话，

[1] 希腊神话中的忒拜国王，因欲谋害赫剌克勒斯之妻墨伽拉而为赫剌克勒斯所杀。

浑身是肉，赫柏则满是他那老年人的皱纹。这是我在旅途上遇见的当时首屈一指的雕塑家。他已从他的架子上跌落下来，如同古容[1]从卢浮宫的架子上跌落下来一样；死亡始终在那儿继续永恒的圣巴特罗缪[2]，用他的箭把我们纷纷射倒。

然而，令我大喜的是，我那老博盖还活着，他是罗马的法国画家中的长者。他有两次试图离开他这钟爱的原野，一直走到了热那亚；但是他的心受不了，又回到他的第二故乡。我在大使馆里百般照顾他，还有他的儿子。他爱他的儿子有如一个母亲。我又跟他开始了过去那样的远足；我从他步履的缓慢觉察到他的衰老，我改变了年轻人的步伐，跟着他的步子走，从中体验到一种柔情。台伯河的流水，我们两个都看不了太久了。

大艺术家在伟大的时代所过的生活和他们今日的生活全然不同：他们吊在梵蒂冈的穹顶上、圣彼得大教堂的壁上、法尔内钦宫的墙上，悬在空中致力于创作他们的杰作。拉斐尔在学生们的簇拥下，走在红衣主教和亲王们中间，就像古罗马的元老院议员，前后都有被保护人。查理五世在提香面前摆了三回姿势，他替提香收拾画笔，为他让出散步道的右侧，正如弗朗索瓦一世守在临终的列奥那多·达·芬奇的身旁。提香凯旋回到罗马，他被接到巨大的波那罗蒂宫。提香九十九岁上还在威尼斯以其有力的手握着他那旷古未有的世纪之笔。

---

[1] 法国雕塑家，生于 1515 年，传说死于圣巴特罗缪之夜。

[2] 1572 年 8 月 23 日夜新教徒屠杀，史称“圣巴特罗缪之夜”。

德·托斯坎大公让人秘密地掘出米开朗琪罗。米开朗琪罗在放好圣彼得大教堂的圆顶之后死于罗马，时年八十八岁。佛罗伦萨举行了规模宏大的葬礼，它曾让它的伟大诗人但丁在遗弃中化为灰尘，如今在它的伟大画家的骨灰上得到了补偿。

委拉斯凯兹两度访问意大利，而意大利两度起立向他致敬。这位穆里洛[1]的先驱者重新踏上西班牙之路，路旁挂满了爱斯佩里[2]的果子，在他的手下纷纷坠落：他带回了当时最著名的十二位画家的画，每人一幅。

这些了不起的艺术家每天都在冒险和喜庆中度过：他们保卫城市和古堡；他们修建教堂、宫殿和围墙；他们大斗刀剑，诱惑女人，躲进隐修院，然而有教皇宽恕，王公拯救。在本维努脱·塞里尼讲述的一次狂欢中，人们看见了米开朗琪罗和儒勒·罗曼[3]的名字。

今日已是另一番景象，艺术家在罗马生活贫困，离群索居。也许在这种生活中有一种诗意，可以与以前的生活比美。一群德国画家试图将绘画拉回到佩吕冉[4]，还他基督教的灵感。这些圣吕克的年轻的新信徒声称第二期的拉斐尔已经变成了异教徒，其才能也退化了。就算是这样吧，让我们成为拉斐尔式的处女那样的异教徒吧，让我们的才能像在《基督变容》那幅画中那样退化和衰败吧！这种神圣的新派的错误虽然可敬，但仍然是

[1] 西班牙画家（1617—1682）。

[2] 古希腊人称西班牙、意大利一带地方。

[3] 米开朗琪罗的学生。

[4] 意大利画家（1446—1524）。

一种错误；其结果是，外形的僵硬和拙劣证明了一种直觉的想象，而这种信仰的表达，这在文艺复兴之前的画家的作品中是出色的，不是来源于人物直接呈现，如斯芬克斯那样纹丝不动，而是来源于画家像他的时代那样“有信仰”。是他的思想而非他的绘画具有宗教性。的确如此，西班牙画派在其表现中特别地“虔诚”，尽管它具有文艺复兴以降的绘画的优雅和活泼。何以如此？因为“西班牙人是基督徒”。

我分别地去看望工作中的艺术家。学雕塑的学生待在某个山洞里，在梅迪西别墅的橡树底下完成他的大理石雕像：一个孩子正用贝壳给一条蛇喂水。画家住在一个荒僻的地方的某栋破败的房子里，我发现他正独自透过一扇打开的窗子画罗马乡间的景物。施耐兹[1]的“女贼”变成了一位求圣母给她的儿子治病的母亲。莱奥波德·罗贝尔从那不勒斯回来了，在罗马度过了最后的日子，带走了这个美丽的地方的赏心悦目的场景，他只需将其贴在画布上。

盖兰隐居在梅迪西别墅的阁楼上，像一只生病的鸽子。他把头放在翅膀下，倾听着台伯河上的风声；当他醒来的时候，就用羽毛笔画普里阿摩斯之死。

奥拉斯·维尔耐竭力改变手法。他会成功吗？他缠在脖子上的蛇，他偏爱的衣服，他抽的雪茄，他身边的面具和鲜花，都过于让人想到夜间的岗哨了。

谁听说过我的朋友凯克先生？他在儒勒·罗曼之后住进了

---

[1] 法国画家（1787—1870）。

米开朗琪罗、维尼奥尔和塔岱·祖卡蒂的别墅[1]，他在破败不堪的洞窟里把维特留斯的死亡画得不太坏。花坛已经荒芜，有一头狡猾的野兽出没，凯克先生驱之不迭。那是一只狐狸，头号狐狸，依桑格兰狼的侄子列那狐的曾孙[2]。

皮乃利[3]在两次酒醉之间，答应我画十二个舞蹈、赌博和盗贼的场面。很遗憾，他竟让趴在门口的那条大狗饿死了。

“可是托尔瓦尔森和卡姆齐尼[4]是罗马的穷艺术家中的王呀。”

这些散在各处的艺术家有时也聚在一起，步行去苏比亚克。他们一边走，一边在蒂沃里旅店的墙上涂抹些奇奇怪怪的画儿。也许有朝一日人们会在涂在拉斐尔的作品上的炭笔道儿里认出某个米开朗琪罗。

我很想生为一个艺术家，孤独、独立、废墟间和杰作中的阳光会适合我的。我没有任何需要，一块面包、一罐泉水，于我足矣。我的生命不幸被我旅途上的灌木丛挂住，我若是一只自由的鸟在灌木丛中唱歌做窝多好！

尼古拉·普森[5]用妻子的嫁妆在潘齐奥山买了一栋房子，正对着属于诨名“洛兰人”的克洛德·热雷[6]的另一座娱乐场。

[1] 一座由米开朗琪罗设计、维尼奥尔和祖卡蒂装饰的别墅，向画家提供食宿。

[2] 法国古代故事《列那狐传奇》中，主人公是一只狐狸，名列那，其经常的对手乃一匹狼，名依桑格兰，是它的叔叔。

[3] 夏多布里昂当时在罗马认识的一位雕刻家。

[4] 这两位画家当时在罗马生活豪华。

[5] 法国画家（1594—1665）。

[6] 法国画家（1600—1682）。

我的另一位叫克洛德的同胞也死在交际花的膝上。如果普森的风景画的场景置于别处，却又再现了罗马的原野，那么，洛兰人也在描绘船和海上落日的同时再现了罗马的天空。

我真想成为某些天纵之才的同时代人，他们在不同的时代吸引着我！我必须经常地让他们复活。普森和洛兰人克洛德去过罗马卫城，一些国王也去过，但不可同日而语。德·布罗斯在那里遇见了英国王位的觊觎者；我于1803年在那里遇见了退位的撒丁岛的国王，1823年的今天，又遇见了拿破仑的弟弟，威斯特伐利的国王。衰落的罗马为失势的权贵提供了避难所。对于受迫害的荣誉和不幸的才智之士来说，它的废墟乃是一个享有特权的地方。

罗马现时的风俗

在意大利，风俗和人物就是这样一个世纪一个世纪地发生着变化，然而最大的变化主要是由我们两次占领罗马带来的。

在督政府影响下建立的罗马共和国有两位执政官和一些侍从官（从下等人中招来的凶恶的“法契尼”），它是那样的可笑，却仍然不止于在民法中进行了令人高兴的改革。波拿巴正是借用了这个罗马共和国想象出来的省的建制，指定了他的那些省长。

我们把一种不曾存在过的管理方式的萌芽带到了罗马，罗马成了台伯省的首府，被管理得井井有条。它的抵押制度来自我们。取消修道院，经庇护六世认可变卖教会财产，削弱了人们对宗教事务的永恒性的信仰。那个臭名昭著的禁书目录至今在阿尔卑斯以南的地方还有人议论，在罗马却无声无息，只消几个小钱人们就能获准阅读禁书，并且不会感到良心不安。一些习惯还在，禁书目录是其中之一，成为新时代中旧时代的见证。在罗马共和国和雅典共和国里，国王的称号，依附于王政的名门望族的名姓，不都还令人尊敬地保留着吗？只有法国人才愚蠢地迁怒于他们的坟墓和他们的历史，推倒十字架，洗劫教堂，憎恨基督纪元1000年或1100年的僧侣。没有比这种在不自觉的影响下所犯的亵渎更幼稚或更愚昧的了。没有什么能促使人们相信我们不能做出任何严肃的事情，我们永远理解不了自由的真正原则。我们不应蔑视过去，我们应该仿效其他国家的人民，像一位向家人讲述见闻的德高望重的老人那样对待过去。他能对我们有什么害处呢？他教育我们，用他的故事、思想、语言、生活方式、过去的衣服使我们愉快，然而他已没有力气了，他的手已软弱，颤抖。难道我们会惧怕这个和我们的父亲同时代的人吗？他若能死的话，早就和他们一起进了坟墓了，他的权威不过是灰尘的权威罢了。

法国人穿越罗马，留下了他们的原则。当征服是由一个在文明上比被征服的民族更为进步的民族完成的时候，事情就总是这样，亚历山大时代的希腊人在亚洲，拿破仑治下的法国人在欧洲，都是明证。波拿巴在从母亲的手中夺走儿子、迫使意大利的贵族离开宫殿拿起武器的同时，加速了民族精神的转变。

至于罗马社会的面貌，在开音乐会和舞会的日子里，人们还以为是在巴黎呢：同样的装束，同样的派头，同样的习惯。阿尔替里、帕莱斯特里那、查加罗拉、台尔·德拉戈、朗特、罗扎诺[1]等等，在圣日耳曼区[2]的沙龙里都不会被当成外国人；不过，这些女人中有几位总带有某种受惊的神气，我认为这是

[1] 以上均为当时罗马的著名女人。

[2] 巴黎的贵族区。

气候的原因。例如，迷人的法尔考尼里就总是待在门口，随时准备逃往马里尤斯山，如果有人看她的话。迈里尼别墅是她的；一部小说的场景放在这座柏树掩映、濒临大海但已废弃的别墅里，是会有其价值的。

然而，在意大利，无论风俗和人物如何一个世纪一个世纪地变化，人们总能从中看出一种习以为常的崇高，这是我们这些猥琐的野蛮人所不可企及的。罗马还流着古罗马人的血，世界主人的传统依然存在。当人们看见外国人挤在人民门附近的狭小的新房子里，或者住进被分割成小房间、钻了烟道的宫殿里的时候，简直会以为看见了一群耗子在阿波罗多尔[1]和米开朗琪罗设计的建筑物脚下扒土，在金字塔上咬洞。

今天，毁于革命的罗马贵族躲进自己的宫殿里，精打细算地过日子，自己做自己的生意人。倘若有幸（这很罕见）晚上受到他们的接待，就会穿过宽敞的、几乎没有照明的大厅，两旁的古代雕像在浓重的阴影里泛白，仿佛幽灵或出土的死尸。在这些大厅的尽头，引路的仆人衣衫褴褛，把您带进类似女眷内室的地方：一张桌子周围坐着三四位年老或年轻的女人，穿着破旧，就着一盏灯做针线活，不时地和父亲、兄弟或丈夫说句话，他们都缩在黑影里，半躺在破烂的扶手椅上。然而，在这种映衬着杰作的、您开始会当作巫魔夜会的聚会中，有一种我说不出来的来自高贵的出身的美和威严。那种侍从骑士是没有了，尽管还有带着手炉和脚炉的神甫；这里那里也还有一位

[1] 古罗马雕塑家（61—130）。

红衣主教像一只长沙发似的住在一位女人家里。

教皇重用亲属、制造丑闻的事情不再可能了，正如国王们不可能再有名义上和荣誉上的情妇了。现在，政治和悲壮的偷情不再充满罗马贵妇的生活，那么在家里她们如何打发日子呢？我真想钻进这些新风俗的深处——假使我留在罗马，我会这么干的。

白跑了一趟巴黎

啊，金钱！我曾多么地蔑视你，无论如何我也爱不上你，然而我不能不承认你究竟还有你的好处：你是自由的来源，你在我们的生活中把千百件事情安排妥帖，没有你万事皆难。除了荣誉，什么东西你不能提供呢？谁有了你，谁就漂亮、年轻，招人爱慕，谁就有了地位、身份、美德，受人器重。您会对我说，有了钱，人们不过是有了这一切的表象；但是，只要我信假为真，那又有什么关系呢？欺骗我吧，我余皆不问。生活不是谎言又是什么？当一个人身无分文的时候，他就要受制于任何事、任何人。两个人若不相得，尽可以各走一边；得，缺了几个皮斯托尔[1]，他们就得面对着面怄气，抱怨，发火，烦得不说话，互相折磨翻白眼，让对方发怒并牺牲其趣味、爱好和自然的生活方式。苦难把两个人挤在一起，在这种乞丐的关系中，他们不是相互拥抱，而是相互噬咬，然而并非如弗罗拉[2]噬咬庞培那样。没有钱，逃跑也没有办法，谁也不能去寻找另一个

[1] 法国古币，合 10 利勿尔。
[2] 古罗马名妓，大将庞培的情妇。

太阳。要有一颗骄傲的灵魂，就得不断地戴着锁链。幸福的犹太人，把耶稣钉上十字架的商人，你们今日统治着基督教徒，你们决定着和平还是战争，你们卖了旧帽子之后就吃猪肉，你们是国王和美女的红人，尽管你们又丑又脏！啊！如果你们跟我换个人！如果我能至少钻进你们的保险柜里，把你们从好人家的子弟那里偷走的东西偷回来，那我可就是世界上最幸福的人了！

我原本可以有一种生存的手段的：我可以求助于君王；我为了他们的王冠丧失了一切，他们养活我是相当公正的。然而这个念头他们本该有却根本没有，而我则更甚。与其坐在国王们的餐桌上，我宁愿重新挨饿，就像我曾在伦敦和我那可怜的朋友安冈一起挨饿一样。不过，住阁楼的快乐时光一去不返，我现在不会觉得那样很好，而会感到不自在，名声之累使我需要的地方太多，我不是只有一件衬衣和一个没有吃晚饭的无名之辈的瘦小身躯了。表兄德·拉布埃塔戴已经不在，他曾站在我那简陋的床上拉小提琴，身着布列塔尼最高法院推事的红袍，夜里为了取暖，就把椅子套当作棉被。佩勒吉埃也已经不在，他曾用国王克利斯朵夫[1]的钱请我们吃饭。尤其是女魔术师青春不在了，她莞尔一笑就把贫穷变成了珍宝，她还把她的妹妹希望带来做您的情人；妹妹像姐姐一样，也是个惑人精，姐姐逃得无影无踪之后，她还来过。

我已忘记我第一次流亡时的种种不幸，我那时以为只要离

[1] 塔希提王，1811—1820年在位。

开法国就能在流亡中平静地保住名誉。其实天上掉下烤熟的云雀，得到的是收获者，而不是播种者。如果事关我一个人，住进济贫院我就觉得极好，可夏多布里昂夫人怎么办？因此，只是瞻望未来才使我下定了决心，我感到不安。

他们从巴黎写信来，告诉我出售地狱街的房子，能找到的价钱都不足以偿付这座乡间住所的委托抵押金，不过，如果我在巴黎，有些事情还能设法解决。由此我去了巴黎，结果白跑一趟，因为我既没找到善意，也没找到买主；然而我重访了森林修道院和几位新朋友。在我回来的前一天，我和阿拉戈、布克维尔、卡莱尔、贝朗瑞[1]诸先生在巴黎咖啡馆共进晚餐，他们都多少对“共和奇迹”感到不满和失望。

1831 年 9 月 15 日，帕基，日内瓦附近

[1] 著名歌谣诗人（1780—1857）。

国王出逃

2日晚，巴黎流言四起，说查理十世在他的孙子被承认之前，拒绝离开朗布耶。3日晨，许多人聚集在香榭丽舍，高呼：“到朗布耶去！到朗布耶去！再不要让一个波旁家的人跑掉。”有些富人也混在人群里，然而时候到了，他们却不动，只让群氓们蜂拥而去，领头的是帕约尔将军，雅克米诺上校给他当参谋长。回巴黎的特派员遇上了这支队伍的探子，就原路返回，立即被引入朗布耶宫。国王问了问有多少人暴动，就回去了，命人叫来麦松——此人靠国王发了迹，握上了元帅的权杖：“麦松，我要您以名誉担保、凭着士兵的诚实告诉我，特派员所言是否属实。”元帅答道：“他们还只说了事实的一半。”

8月3日，在朗布耶还有卫队的三千五百名步兵，四个轻骑兵旅，分成二十个连，共计两千人，卫队，近卫军士兵，等等，骑兵和步兵共一千三百人，总共八千八百人，七个有马的炮兵连，四十二门炮。晚上十点钟响起了备鞍上马的声音，全部人马出发开往曼特侬，查理十世和他的全家走在这支阴沉的队伍中间，暗淡的月亮几乎没有光。

然而他们是在谁面前撤退呢？是在一支几乎没有武器，乘坐公共马车、出租马车、凡尔赛和圣克鲁的小车来到的部队面前。帕约尔将军被迫率领这群乌合之众的时候，相信必败无疑，加上从卢昂赶来的人，他们至多不超过一万五千人。队伍的一半还在路上。这帮人中，有些激昂、勇敢、豪迈的年轻人大概要牺牲，剩下的则会作鸟兽散。朗布耶的原野上没有防御工事，放排枪和打炮当无遮拦，无论怎么看，查理十世都将是胜券在握。巴黎民胜，朗布耶君胜，两者之间会进行谈判的。

什么！那么多军官中，居然找不到一位能够以查理十世的名义统帅军队？因为查理十世和太子毕竟已不再是国王了！

人们不愿意打仗，那为什么不撤到夏特尔呢？巴黎的群氓是到不了那儿的。撤到图尔更好，可以依靠正统派的外省。只要查理十世还在法国，军队的主力就会忠于他。布洛涅和吕内维尔的军队业已撤营开拔，前往支援。我的侄子路易伯爵带来了他的第四轻步兵团，直到获悉朗布耶撤退才散去。德·夏多布里昂先生也只能护送王室人员到上船的地方。倘若到了一座城市，抗住一次攻击之后，查理十世本可以召集两院，两院的多半成员会服从的。卡西米尔·佩里埃、塞巴斯蒂亚尼将军和其他成百上千的人，早在等候国王，会与三色旗做最后一搏的，他们害怕一场民众革命带来的危害。我说什么呢？王国的将军们，应国王之召，虽看不出战必胜，但会避开起义者，服从国王的命令的。外交使团虽然失职，但到时候会站在君主身边的。混乱中在巴黎建立起来的共和国面对在别处建立的立宪制正规政府，是连一个月也支持不了的。有一副这样好的牌是不会输的，如果这样输掉的话，可就再也翻不了本了——那就在七月敕令[1]和圣克鲁撤退之后向公民们谈自由、向士兵们谈荣誉吧！

当一个新社会取代了目前的社会秩序的时候，也许这样的时刻就会到来，战争将变成一种极可怕的荒谬，原则本身将不可理解。不过我们还未至于此。在武装的纠纷中，总有一些博爱者，他们分门别类，一听见“内战”这个词就难受：“同胞们自相残杀！兄弟、父子面对着面！”当然，这一切都是很悲惨的；但是一个民族常常陷入内部的不和并从中获得再生，它从不曾毁于一场内战，却常常在外部的战争中消失。看看意大利在分裂的时候是什么样，今天又是什么样。可悲的是被迫蹂躏邻居的所有，看见这位邻居血洗自己的家园；然而坦率地说，您杀掉一个您并不认识、与您也没有任何争执的德国农民的全家，您抢劫他们，毫无内疚地杀戮他们，心安理得地侮辱其女人和女儿——因为“这是战争”就更有人性了吗？无论怎么说，当外部战争不是为了拯救民族独立的时候，内战就比外战少些不公正，少些令人厌恶的东西，而更为自然。内战至少是建立在个人的凌辱和公开的、承认的憎恶之上的；这是和次要人物进行的决斗，敌对双方知道为什么手里拿着剑。假使热情不能为恶辩护，它却能原谅恶，解释恶，让人理解为什么恶存在。外部战争如何能得到辩护？不同的民族相互掐住脖子，通常是因为一位国王闷得慌，一个野心家想高升，一个大臣企图取代

[1] 指1830年7月25日查理十世所颁之“四项敕令”（限制出版自由，解散众议院，限制工业家和商人的选举权，重新组织选举），遭夏多布里昂激烈反对。

一个对手。到了为那些神经过敏的老生常谈说句公道话的时候了，它们对诗人比对历史学家更为合适。倒西地德、恺撒、提特-里佛[1]有句分忧的话就满意了，就过去了。

内战尽管带来了灾难，却只有一种实在的危险：如果叛乱分子求助于外国，或者外国利用民族的分裂而攻击这个民族，那么征服就有可能成为此种立场的结果。大不列颠，古伊比利亚[2]，康士坦丁时代的希腊，今日的波兰，都向我们提供了不应忘却的例证。然而神圣联盟时代[3]，敌对双方分别求助于西班牙人和英国人、意大利人和德国人，他们相互抵消，丝毫没有打破武装的法国人之间的平衡。

查理十世用刺刀支持他的敕令，这是错误的。他的大臣们让没有任何仇恨使之分裂的人民和士兵流了血，也不能用服从与否来为自己辩护，还有，信奉恐怖主义理论的人也想在没有恐怖的时候再立恐怖制度。但是，查理十世在全面让步、人家把战争加在他身上的时候仍不接受战争，这也是错误的。他把王冠戴在孙子额上之后，就没有权利再对这个新的约阿斯说："我让你登上王位，但是你得流亡，你生不逢时，遭此放逐，你背负着我的年纪、我的流放和我的权杖的重负。"不应该把王冠给予亨利四世，同时又把法国从他手中夺走。既让他当了国王，他就注定要死在混合着圣路易和亨利四世的骨灰的土地上。

再者，热血沸腾之余，我恢复了理智，我在这些事情中看

[1] 此三人皆为古代著名独裁者，军事家。
[2] 欧洲古国。
[3] 16世纪法国的天主教联盟。

见的只是人类命运的完成。宫廷倘若以武力取胜，将摧毁公众的自由；有朝一日它亦将因此而被粉碎，然而它会在若干年内延缓社会的发展。所有曾经宽宏大度地理解过王政的人都将受到重新建立起来的圣会[1]的迫害。归根结蒂，事件顺应了文明的方向。天主根据其秘而不宣的意图造就了有权势的人：他给了他们缺点，让他们在应该完蛋的时候完蛋，因为他不愿意让一个犯了错误的聪明人运用得不好的种种品质与他的天意背道而驰。

[1] 法国复辟时代左右政权的宗教组织。

七月革命的前景

我描绘了在我眼前陆续展现的三天，因此画面上呈现出某种同时性的色彩，这在当时是真实的，事后却是虚假的。还没有一场如此神奇的革命被一分钟一分钟地描写过，被缩小到最小的比例。事件出自事情的内部，如同人出自母亲的肚子，带着自然的缺陷。灾难和伟大乃一对双胞胎，姊妹俩同时出生；然而，如果分娩强而有力，灾难将死于某个时候，只有伟大活下来。为了不怀偏见地判断站得住的事实，必须站在后世注视既成事实的那个点上。

撇开我亲眼所见的那些性格和行动的猥琐，只取7月的那几天中能够留下的东西，我在参议院的演说里正确地说过："民众以其智慧和勇气武装了起来，小店主们相当顺畅地呼吸着火药味儿，为使他们就范，得有四个士兵和一个班长才行。要让一个民族的命运成熟，一个世纪都抵不上法兰西最近这阳光灿烂的三天。"

的确，28日那一天，真正的民众是勇敢的，宽宏的。国民自卫队死伤了三百多人，它为贫穷的阶级争了光，那一天，只有他们在战斗，虽有不纯分子混在其中，然而未能败坏他们。

那一天，综合工科学校的学生也来参加战斗，但是出来得太晚了，29 日，民众表现出一种令人钦佩的直爽和朴实，把他们举为首领。

在民众支持的这些斗争中，一些头面人物并不在场，但 29 日也加入了他们的行列，此时最大的危险已然过去；有一些人也是胜利者，却是在 30 日和 31 日才加入。

军队方面的情况也差不多，介入的几乎只是士兵和军官。参谋总部已经在枫丹白露背叛了波拿巴，此刻又站在圣克鲁的高处观望风把硝烟往哪个方向吹。查理十世起床时，人们还排队；等他睡觉时，就一个人也没有了。

平民阶级的节制不减其英勇，混乱骤然间转为秩序。只有看见过那些衣不蔽体的工人守卫在公园门口，奉命禁止另一些衣衫褴褛的工人通过，才能想象出变成主人的人的责任所具有的力量。他们本来可以索要他们的血的代价，可以屈从于他们的苦难的诱惑。人们根本看不到 1792 年 8 月 10 日御前卫士们在逃跑时受到屠杀那样的事情。所有的意见都受到尊重，人们从未像这次那样不曾滥用过胜利，只有很少的例外。胜利者抬着国民自卫队的伤员穿过人群，高喊："尊重勇士！" 士兵要断气了，他们说："让死者安息吧！" 复辟的十五年在一种立宪政体下使这种人道、平等和公正的精神在我们中间产生，而二十五年的革命和战斗的精神却不曾做到。被引入我们的习俗中的强权法似乎变成了普通法。

七月革命的后果令人难忘。这次革命对所有的王权宣布了判决：今天国王们只能以武力来进行统治了，这种手段只能奏效于一时，但是不能持久，依靠父子相承的近卫军的时代已然结束。

图西底德和塔西佗[1]也讲不好三天里发生的事情，得由博须埃给我们解释遵循天意发生的事件。天才洞察一切，但也不能超越加于他的理性和智慧的界限，如同在两个辉煌的边界之间滚动、东方人称为上帝之奴的太阳。

勿在距我们如此之近的地方寻找发生在远处的运动的原动力。人的平庸，疯狂的恐惧，无法解释的争吵，仇恨，野心，一些人的傲慢，另一些人的偏见，密谋，出卖，有效或无效的措施，有勇气或没有勇气，所有这些东西都是偶然的事故，不是事件的原因。当有人说人心不再向着波旁家族了，说他们变得可恨，是因为人们认为是外国人把他们强加给法国，这种了不起的憎恶不能充分地解释任何事情。

7 月的运动不起于严格意义上的政治，而是起于不断起作用的社会革命。从这场普遍革命的连贯性上看，1830 年 7 月 28 日不过是 1793 年 1 月 21 日[2]的一种强迫性的继续罢了。我们最初的几届审议性的国民大会的工作暂时地终止了，但并没有结束。二十年间，法国人像克伦威尔时代的英国人一样，习惯于接受别的主人而不是其旧有的君主的治理。查理十世的垮台乃是路易十六的断头的后果，如同雅克二世的退位是谋杀查理一世的后果。革命看起来是在波拿巴的胜利和路易十八的豁

[1] 前者为古希腊历史学家，后者为古罗马历史学家。

[2] 法王路易十六被处死的日子。

免中结束了，然而其萌芽却未被摧毁，它已被置入我们的习俗的深处，复辟的错误给了它热量，它就会发芽成长，立刻爆发出来。

福音书的劝诫在正在进行的反王权的变革之中显露出来。肤浅的人在三天的革命中只看见头脑发热，这是显而易见的；然而，深思熟虑的人知道巨大的一步已经迈出：民权取代了王权，世袭的君主制变成了选举的君主制。1 月 21 日宣告人们可以夺取国王的头颅，7 月 29 日则表明人们可以左右一顶王冠。因此，任何展现出来的事实，不论好坏，皆为群众所知。变化不再是闻所未闻，不再是非同寻常，它由之产生的一种已经变得家喻户晓的观念不再表现为一种对于精神和良心的亵渎。法兰克人[1]曾经是共同行使主权，然后他们将其授予几位首领；这些首领随即将其委托给一位首领；这位唯一的首领遂窃取之以为他的家族牟利。现在，人们从世袭的王权倒退回选举的王权，从选举的王权又将滑向共和制。这就是社会的历史，也就是政府经由怎样的过程出自民众又返回民众。

因此，我们不要以为 7 月的成果产生于一朝一夕的异期复孕，我们不要想象正统性会立即恢复出自长子身份的王位继承，我们也不要相信 7 月会突然寿终正寝。当然，奥尔良一支是扎不下根的，半个世纪以来不是为了这样的结果才耗费了那么多的鲜血、灾难和才能的！然而倘使 7 月不是通过消灭全部的自由来最终摧毁法兰西的话，它将带来它的自然的果实，这果实

[1] 古代日耳曼人的一支。

就是民主。这果实也许是苦涩的、带血的，然而君主制乃是一枝不相容的接穗，在共和制的茎上成活不了。

所以，我们不能把临时的国王和使他得以偶然地产生的革命混为一谈。我们看到了革命是如何起作用的，它与国王的原则是矛盾的。它好像是生下来就活不了，因为它混有王位的种；然而只要它拖下去几年，这种革命，将要发生的，已然过去的，就会改变一些尚需认识的情况。成熟的人死了，或者不像从前那样看事情了，年轻人到了理智的年岁，新的一代更新了腐朽的一代。医院里裹伤口的绷带投进一条大河，只能弄脏在腐败中流过的水，河水的上游和下游仍然保持着或者重新变得清澈。

原本是自由的七月革命不过是产生了一个戴着锁链的王朝罢了。然而终有一天，它会摆脱那顶王冠，经受万物皆会发生的那些变化；那时，它将会在一种适合其本性的氛围中活下去。

共和派的错误，正统派的幻想，都是可悲的，超越了民主和王权的范围：前者以为暴力是成功的唯一途径，后者以为过去是唯一的避难港。然而，有一种道德律规范着社会，有一种普遍的正统性支配着个别的正统性。这条伟大的规律和这种伟大的正统性就是人的由责任加以调节的天赋权利的享用；因为是责任产生权利，不是权利产生责任。情欲和恶习把你们打入奴隶的等级。如果普遍的正统性保留了个别的正统性，它就没有什么需要克服的障碍，因为它们出自同一种原则。

再说，观察一下就足以让我们理解我们古老的君主们的力量。我已经说过，不想过多地重复，法国的君主政体亡，则所有的君主政体亡。

果然，君主亡的时候，君主制的观念也亡了；环顾左右，只看见民主观念。我的年轻的国王将怀抱着全世界的君主政体而去。

当我写下有关1830年革命的前景的这一切的时候，我很难摆脱一种与理智相矛盾的本能。我以为这种本能是我对1830年的动乱的厌恶的冲动，我怀疑我自己，我的不偏不倚是过于正直了，也许我夸大了那三天对于未来的影响。而今查理十世垮台已经十年，七月革命已经稳固了吗？我们现在是在1840年12月初，法兰西已然衰落到何种地步！假使我能在一个法国政府的屈辱中体味到些许快乐的话，我是能在阅读《维罗纳会议》中我和坎宁先生的通信时感到一种骄傲的——当然不是在众议院里刚刚为人所知的那些通信。谁的错？是选王的错吗？还是他的大臣们无能？是民族本身的错吗，其性格与才智似乎已经耗尽？我们的观念在进步，然而我们的习俗支持得了吗？一个民族已有十四个世纪的年岁，它以一种奇迹的爆发结束了这漫长的生涯，如果它走到头了，那是不足为奇的。如果你们一直读到这部《墓中回忆录》的结尾，你们会看到，我对一切我觉得美的东西说了公道话，对我们的历史的不同时代说了公道话，我想的是旧社会终于结束了。

笔记，1840年12月3日，巴黎

我的政治生涯结束了

我的政治生涯到此结束。这一生涯亦应结束我的《墓中回忆录》，因为剩下的只是总结我的奔波的经验了。我的生命的前三部分以三大灾难为标志：在我的旅人和士兵的生涯中，我目睹了路易十六之死；在我的文学生涯的尽头，波拿巴去世了；查理十世垮台，结束了我的政治生涯。

我在文学中确立了一个革命的时代，同样，我在政治上提出了代议制政府的原则。我想，我的外交通信抵得上我的文学作品。两者皆不足观，这是可能的，然而两者可等量齐观，则是肯定的。

在法国，在参议院的讲坛上，在我的文字中，我的影响之大，首先使德·维雷尔先生进入了内阁，然后使他成为我的政敌，又被迫在我的反对下退出内阁。这一切都有你们的阅读为证。

我的政治生涯中的重大事件则是西班牙战争。对我来说，政治生涯中的西班牙战争如同文学生涯中的《基督教真谛》。命运选择了我，让我承担重大的冒险，在复辟时代，它本可以调整世界迈向未来的步伐。它让我摆脱梦想，把我变成了事件的指挥者。在它的牌桌上，它让当时的两位首相，德·梅特涅亲王和坎宁先生成为我的对手；我赢了他们。各国内阁中的严肃之士一致认为，他们在我身上碰到了一位政治家。波拿巴在他们之前已经预见到了，尽管我的书令他不悦。因此，我可以认为，在我身上，政治家和作家是不相上下的，这不是吹嘘；但是，我认为国务活动的名声分文不值，正因为如此，我才能加以谈论。

如果不是一些盲目的人把我排斥于半岛的事情之外，我们的命运就会改变，法国就会重获她的边界，欧洲的平衡就会重新建立，复辟会得到荣耀，长久存在下去，而我的外交工作也会在我们的历史上划一个阶段。在我的两种生活之间，唯一的区别是结果。我的文学生涯是圆满的，产生了它应该产生的一切，因为它只取决于我自己；我的政治生涯在其成功的途中突然中断，因为它取决于别人。

尽管如此，我承认，我的政治只可用于复辟时期。如果原则、社会和人发生了变化，昨天还是好的东西，今天就会过时，无效。关于西班牙，王室之间的关系因《撒利克法典》的废止而不复存在，因此重要的已不再是于比利牛斯山之外建立起不可渗透的边界。必须接受有朝一日奥地利和英国可能对我们开辟的战场；必须放弃一种坚定而理智的行动，尽管不无遗憾，尽管其肯定的利益的确是长远的。我知道我为理应是正统的正统派尽了力。我当时和此刻一样，对前途看得一清二楚；只是我希望到达的路途不那么险峻，不使对我们的宪政教育有用的正统派在其匆忙的奔跑中跌倒。现在，我的计划实现不了了：

俄国已转向他处。假使我现在去半岛，而且那里的精神也有时间改变，我的思想也会不同的。我将只关心人民的联合，无论这种联合多么令人怀疑，让人眼红、情绪激昂、犹豫不决和摇摆不定。我不会再考虑和诸位国王的关系。我将对法国说："您离开了熟路，走上了崎岖的小径。那好吧！您就探察一下奇观和危险吧。改革，事业，发现，全在我们自己！来吧，如果需要的话，就让武器来帮忙。新事物在哪里？在东方吗？那就去吧。应该在哪里施展我们的勇气和才智？让我们奔向那里。让我们站在人类腾飞的前头，别让别人超过我们。在这一次十字军东征中，让法国的名字排在别国的前面吧，就像昔日前往基督的坟墓时一样。"是的，如果祖国采纳了我的建议，我将竭力在她所接受的危险的原则中对她有用。现在拖住她不动，无异于宣判她不得好死。我将不满足于演说，我会把事业和信仰联系在一起，我将训练士兵，几百万士兵，我将建造船只，如同挪亚方舟，以防洪水。如果有人问我为什么，我将回答："因为这是法兰西的意愿。"我的信件将知会欧洲所有内阁：没有我们的介入，地球上不会有任何动静，假使瓜分世界，最大的一份是我们的；我们将不再谦卑地求我们的邻居允许我们存在。法兰西的心脏将自由地跳动，任何一只手都不敢放上去数一数跳动的次数；而且，既然我们是在寻找新的太阳，我将迎着辉煌冲在前面，不再等候曙光之自然的升起。

上天保佑，勿让我们在其中寻求一种新型繁荣的那些工业利益欺骗任何一个人，让它们和旧社会所由出的那些道德利益同样富有成果，同样富于教化！时间会告诉我们，这些工业利益是否只是那些思想贫乏之徒的无结果的梦想，他们没有能力走出物质的世界。

尽管我的作用和正统派一起结束了，我仍对法兰西有着美好的祝愿，无论她的不可预料的任性让她服从的权力是什么。至于我，我毫无所求，我只想别在脚下跨过太多的倾颓的废墟。然而，岁月犹如阿尔卑斯山，刚越过几座山峰，又见别的山峰耸起。咳！那些更高的、最后的山无人居住，荒芜不毛，白茫茫一片。

斯达尔夫人之墓

我开始认真地投入工作：早晨写作，晚上散步。昨天我去了高拜[1]。别墅关着，有人给我开了门，我在那些无人居住的房间里走来走去。我那朝圣的伴侣认出了所有的地方，她觉得在那里又看见了她的朋友，或坐在钢琴前，或进，或出，或在环绕着长廊的阳台上聊天。雷卡米夫人又看见了她住过的房间，逝去的日子又浮现在她的面前，那好像是再现了我在《勒内》中描绘过的场景："我跑遍了所有那些轰轰作响的房间，人们只听见我的脚步声……所有的大厅幔帐挂毯都已被取下，蜘蛛在丢弃的床上结了网……多么温馨，多么迅速，兄弟姊妹们在年幼时聚集在年迈的双亲的翅膀下度过的时光！人的家庭不过是一天而已，天主吹一口气就把它像烟一样驱散。儿子才刚刚认识父亲，父亲才刚刚认识儿子，兄弟才刚刚认识姐妹，姐妹才刚刚认识兄弟！橡树看见橡子在它的身边发芽，人的孩子却不是这样！"

我也想起出发去美洲前最后一次回贡堡的情景，我在这部

[1] 瑞士沃州小镇，有斯达尔夫人家的别墅。

《墓中回忆录》中已经谈过。两个世界不同，却通过一种隐秘的感应相连，令我们，雷卡米夫人和我，魂牵梦绕。唉！这些孤立的世界，我们每个人都在自己身上承担着；因为，那些彼此相近地生活了很久、其回忆已然不能分开的人们今在何处？我们走出别墅，进入花园。初秋已经开始染红、催落几片树叶；风一阵紧似一阵，送来一条转动着风车的溪水的淙淙声。走过几条过去常跟斯达尔夫人一起徜徉其上的小径之后，雷卡米夫人想去拜谒她的骨灰。距花园不远，有一片矮林，杂有几棵大树，围墙已经潮湿破败了。这片矮林很像平原上猎人们称为"鸟兽躲藏处"的那种树丛，死亡正是把它的猎物往这里赶，把它的牺牲品围困起来。

在树林中，已经预先为内克先生、内克夫人和斯达尔夫人修了一座墓。斯达尔夫人与他们相会之后，地穴的门就被封死了。奥古斯特·德·斯达尔[1]的孩子葬在外面，奥古斯特本人死在孩子前面，被安置在大墓脚下的一块石头下。石头上镌刻着取自《圣经》的话："你们为什么在死人中找那在天上活着的人呢？"我没有走进树林，只有雷卡米夫人一个人获准进去。我坐在围墙前的一张长椅上，背对着法国，眼睛时而凝视着勃朗峰的尖顶，时而凝视着日内瓦湖。汝拉山脉那一条阴暗的线的后面，金色的云覆盖了天际，简直可以说有一圈光轮从长长的棺材上升起。我隐约看见湖对面拜伦住过的房子，房顶抹上了一道落日的余晖。卢梭已不在，不能欣赏这景象了；伏尔泰

[1] 斯达尔夫人的长子。

也已离去，不过他对此从来也不放在心上。正是在斯达尔夫人的墓前，那么多在同一条湖岸上逝去的杰出人物呈现在我的记忆中，他们好像前来寻找这个与他们并驾齐驱的人的影子，和她一起飞上天空，在黑夜里与她同行。这时雷卡米夫人走出小树林，脸色苍白，满是泪水，忧郁得像个影子。如果我曾经同时感到过荣耀和生命的虚荣与真实的话，那就是站在这个寂静、幽暗、不为人知的树林的入口处——里面睡着那个光彩夺目、名声显赫的女人——看到什么是真正地被人爱着。

1832 年 9 月底，日内瓦

第一次觐见查理十世

5月24日[1]晚七点，我进入布拉格，下榻温泉旅馆，旅馆在老城，建于摩尔多瓦河左岸。我给德·布拉卡公爵先生写了封短笺，通知他我到了。我收到如下回答：

> 子爵先生，如果您不过分劳累，国王将很高兴今晚九点三刻接见您；当然，如果您想休息，陛下亦将欣然见您于明日上午十一点半。
>
> 请接受我最热忱的问候。
>
> 布拉卡·德·奥尔普
>
> 于5月24日七点

我认为不可做此选择，于是，晚上九点半，我即动身；旅馆中有一人略懂法语，遂为我带路。我走过几条寂静、昏暗、没有路灯的街道，到了一座高高的山丘脚下，顶上就是波希米

[1] 1833年5月24日。

诸王的城堡。那座宫室[1]在天空上画出了它那黑黑的一块，不见任何光亮从它的窗子里射出。这里有某种梵蒂冈或者从约撒法特山谷所见之耶路撒冷的寺庙那样的孤独、神圣和伟大。只有我和我的向导的脚步声清晰可闻。山坡太陡，我不得不时地在路阶的平台上停一停。

我一步步往上走，城市也在我下面渐渐展开。历史的交织，人的命运，王国的毁灭，福音的意图，纷纷涌上我的记忆，与我的个人命运的回忆混为一体。探索过一座座死去的废墟之后，我又被召去目睹一座座活着的废墟。

我们到了赫拉德钦宫前面的平地上，穿过一个步兵哨所，岗哨紧靠着边门。我们从边门进入一个方形的院子，周围是一式的、无人居住的房子。我们穿过右侧底层一条长长的走廊，一些嵌在墙上的玻璃灯间隔越来越远地照着，酷似在一座兵营或一座修道院里。走廊尽头有一楼梯，楼梯口有两个哨兵走来走去。我登上第三层，正碰上下楼的德·布拉卡先生。我同他一起进入查理十世的套房，那儿也有两个掷弹兵值勤。法国国王门口的这些外国卫兵，这些白色制服，给我留下了痛苦难忍的印象：我想到的不是一座王宫，而是一座监狱。

我们前面是三个几乎没有家具又仿佛险象环生的大厅，我以为还是在那个可怕的艾思库里亚修道院[2]里游荡呢。走进第三个大厅时，德·布拉卡先生让我留下，进去通报国王，这与

[1] 指查理十世所住之赫拉德钦宫。

[2] 距马德里五十公里的一座修道院，夏多布里昂曾于1807年到此一游。

杜伊勒里宫里的礼节一样。他回来把我带进陛下的书房，旋即退下。

查理十世走近我，亲切地伸过手来，对我说："您好，您好，夏多布里昂先生，看见您我非常高兴。我一直等着您。您不该今晚来，您一定很累了。您别站着，坐下。您的妻子怎么样？"

在高贵的社会地位上，在巨大的生活灾难中，最让人肝肠寸断的莫过于几句实实在在的话。我像个孩子似的哭了，我好不容易用手帕压住哭泣声。多少我准备冒死一言的事情，我用以武装我的宏论的空洞无情的全部哲学，此刻都荡然无存。我，居然想当个以不幸教人的老师！我，竟敢教训我的国王，我的白发苍苍的国王，我的被废、被逐、准备遗尸他乡的国王！我的年迈的君主望着我这个七月敕令的"无情敌人""强硬反对派"，又握住了我的手。他的眼睛湿润了。他让我靠着一张小木桌坐下，小木桌上点着两只蜡烛，他也挨着小木桌坐下，把他那只好耳朵凑近我，想听得更清楚。他就这样告诉我，在他的生活的不寻常的灾难之中，又加上了岁月造成的通常的衰弱。

在奥地利众皇帝的住处，我望着法兰西第六十八代国王，他被世世代代的统治和他的七十三个年头压弯了腰：这些年中，二十四年在流亡中度过，五年在一座摇摇欲坠的王位上度过；眼下君主正在最后的流放中了却余年，他带着孙子，孙子的父亲已被暗杀[1]，母亲仍被囚禁。查理十世为了打破这沉默，向我提了几个问题。于是，我简短地向他说明了此行的目的。我说

[1] 指查理十世的次子贝里公爵，1820 年 2 月 13 日夜被一马鞍匠刺死。

我带来德·贝里公爵夫人给太子妃夫人的一封信，信中，布莱监狱的女囚把孩子托付给坦普尔监狱的女囚，这是不幸中的习惯做法。我还说，我也有一封信给孩子们。国王说："别给他们，他们母亲的事他们还不全知道，把信给我吧。再说，我们可以明天两点钟再谈这些事。现在您睡觉去吧。您明天十一点钟会见到我的儿子和孩子们，然后跟我们一起吃饭。"国王站起来，祝我睡个好觉，走了。

我出去了，在前厅找到德·布拉卡先生；向导正在楼梯上等着我。我回旅馆，走在路面溜滑的街上，下坡之快一如我去时上坡之慢。

1833年5月24日，布拉格

在穆拉诺[1]

我们去游那另一块等待着伟大的农夫的田野。穆拉诺的圣米谢尔是一座喜气洋洋的修道院，有一座优美的教堂，几条柱廊，一座白色的隐修院。从隐修院的窗口望去，越过柱廊，隐约看得见湖和威尼斯城，一座鲜花盛开的花园连着草地，一位皮肤鲜嫩的姑娘还在准备肥料。这个迷人的隐居地落入方济各会修士之手，它可能更适合那些像卢梭笔下的小学生那样唱歌的修女。曼佐尼[2]说："盯着看过一个男人的额头之后才当修女的人是幸福的！"

我求您，在那儿给我一间小屋结束我的《墓中回忆录》吧。

弗拉·保罗[3]就葬在教堂的入口处，这个追逐热闹的人大概会对周围的寂静大光其火吧。

[1] 威尼斯的一个潟湖岛，有著名的玻璃工厂。

[2] 意大利作家（1785—1873）。

[3] 意大利圣母马利亚会的一位高级修士（1552—1623）。

佩里科[1]被判死刑，在转移到斯皮尔伯格要塞之前，就押在圣米谢尔修道院。审判佩里科的法庭的庭长取代诗人进了修道院，他被关在隐修院，一生未走出这座监狱。距法官的墓不远，有一座外国女人的墓：她在二十二岁上，1月份结婚，2月份去世。她不愿走出蜜月，墓志铭上写着：Ci revedremo[2]。但愿这是真的！

假使驱走这种怀疑，假使驱走这种念头，任何焦虑就都撕不破虚无了。不信神的人啊，当死亡把它的利爪插进您的心脏的时候，有谁知道在神志的最后时刻，在自我被毁灭之前，您不会体验到一种能够充满永恒的残酷的忧伤、一种人们在时间的有限范围内不可想象的无边的痛苦呢？啊！是的，Ci revedremo！

我离穆拉诺岛和穆拉诺城太近了，不能不去看看那些工厂，我母亲在贡堡的房间里的那些大镜子就是从这儿来的。工厂关了门，我没有看成；不过，他们在我面前把薄薄一块玻璃拉成丝，犹如时间把我们的脆弱的生命拉成丝一样。垂在尼亚加拉瀑布旁那个易洛魁小姑娘鼻子下的玻璃球就是用这种玻璃做的，一位威尼斯女人的手磨圆了一个女野蛮人的饰物。

我遇见了一个比米拉[3]还漂亮的人。一个女人抱着一个襁褓里的孩子，这个穆拉诺女人的肤色的细腻和目光的妩媚，在我的记忆中化为典型。她神情忧郁，似有满腹的心事。假使我

[1] 皮埃蒙特诗人（1789—1854）。
[2] 意大利文：我们会再见。
[3] 夏多布里昂著作《纳威人》中人物。

是拜伦爵士，倒是一个乘人之危施以诱惑的好机会——此地有一点点钱就能办许多的事。然后我会在大海的边上，作绝望状，作孤独状，陶醉于我的成功和天才。我现在觉得爱情是别的东西；我已多年不见勒内，然而我不知道他是否在他的寻欢作乐中找过他的厌倦的秘密。

每天我东奔西跑之后，都到邮局去，但总是一无所有。格里夫伯爵根本不从佛罗伦萨回我的信，在这个独立的国家里获准出版的报纸大概不敢说有一旅人下榻白狮旅馆[1]。威尼斯乃报纸的故乡，如今却只能在同一栏里读到当日歌剧和圣体陈列。阿尔德们不会从坟墓里跑出来在我身上拥抱新闻自由的捍卫者。我还得等一等。我回到旅馆，一边吃饭，一边兴致勃勃地看着那一群贡多拉船夫，我曾经说过，他们就在我的窗下，大运河的入口处。

快活从不抛弃他们，这些涅柔斯[2]的孩子：他们遍身阳光，有大海的供养；他们不像那不勒斯的穷人那样，整日睡觉，无所事事，他们总是动个不停。这是一些没有船没有活儿干的水手，若不是威尼斯的自由和光荣的时代已经过去，他们仍会从事世界贸易，仍会打赢雷旁特海战[3]。

早晨六点钟，他们来到拴在桩子上、船首靠着地面的贡

[1] 暗指德·博弗勒蒙公主到达威尼斯。
[2] 海神之一。
[3] 威尼斯、西班牙于1561年在此大败土耳其舰队。

多拉旁。他们开始刮、洗系在 traghetti[1] 上的 barchette[2]，仿佛龙骑兵刷、梳、擦干他们那拴在木桩上的马。怕痒的良种海马在骑手的动作下不安、摇晃，骑手则用木盆取水，浇在船的两侧和舱内。他要浇好几次水，他小心地拨开海表面的水，取下面更为纯净的水。然后，他擦桨，把黑色的小船舱上的铜片和镜子打亮；他敲打坐垫、地毯，擦亮船首的铁锋。他干活的时候还对着任性的或老实的贡多拉说上几句生气的或温柔的话。

结束了贡多拉的清洗，船夫又开始清洗自己：他梳梳头，抖一抖上衣和蓝色、红色或灰色的无边软帽；他洗洗脸、脚和手。他的女人、女儿或情妇给他送来盛在饭盒里的蔬菜、面包和肉的杂烩。吃罢早饭，他一面等待，一面歌唱命运之神。命运之神就在他面前，两脚朝天，在风中摇着披巾，当作海关大楼上的风信旗。它发了信号吗？受宠的船夫举起桨，站起来走到舱后，就像昔日阿喀琉斯飞了过去，或者像今日弗朗科尼[3]的骑手站在战马的屁股上奔驰。贡多拉样子像冰鞋，行在水上如同滑冰。Sia statti！ sta longo！[4]一天到此结束。接着，夜来了，那条 calle[5] 将看见我的船夫唱歌，跟一位 zitella[6] 喝掉我留

[1] 意大利文：缆桩。
[2] 意大利文：小船。
[3] 意大利 18、19 世纪一著名马戏家族。
[4] 意大利文：停！让让路！
[5] 意大利文：街道。
[6] 意大利文：姑娘。

给他的半西昆[1]的酒，我则离去，充满信心地要把亨利五世[2]扶上王位。

1833年9月，威尼斯

[1] 意大利古金币。
[2] 即波尔多公爵（1820—1883），查理十世之孙，波旁家族长支最后一位代表。

概述我这一生中地球上的变化

我生活于两个世纪之交，仿佛在两条河流的汇合处；我扎进翻腾浑浊的水中，遗憾地远离我出生的旧岸，怀着希望向一个未知的岸游去。

我们古老的风俗中有一个说法：我从床上能看见天空了[1]。从那时起，全部的地理都变了。如果我比较两个地球，一个是我生命之始的地球，一个是我生命之终的地球，那我就都认不出来了。陆地的第五个部分，澳大利亚，已经被发现，并且住上了人；第六块大陆也在南极的冰海中被法国的帆船望见；帕里、罗斯、富兰克林等人也已绕北极的海岸航行一周，画出了美洲的北缘；非洲开放了它神秘的孤独：总之，我们的家园现在已没有一个角落还不被人知。人们学习地球上所有使世界分离的语言，人们大概会很快看到船只通过巴拿马地峡和苏伊士地峡。

历史也在时间的深处做出重大的发现，神圣的语言已让人

[1] 意思是人降生。

读出它们湮没失传的语汇，商博良[1]在麦兹拉依姆的花岗岩上破译了象形文字，这些象形文字仿佛盖在沙漠嘴唇上的封铅，回应着它们永恒的审慎……

船舶借助刚刚逝去的运动，不再局限于河上航行，穿越了大洋；距离缩短了；不再有急流，季风转换期，逆风，封锁，关闭的港口。从这些工业传奇到普朗库埃的茅草屋，距离何其遥远：那时候，女人们在家里玩牌；农妇们纺麻织她们的衣裳；昏暗的树脂蜡烛照耀着乡村的夜晚；化学根本没有显示出它的奇迹；机器也没有使所有的水流和铁器动起来织毛线和绣丝绸；煤气还是个转瞬即逝的东西，根本不曾向我们的剧场和街道提供光明。

这些变化并未局限于我们的日常应用。人类出于追求永生的本能，将其智力向上伸展。他在苍穹每走一步，都承认了难以言明的力量的奇迹。那颗星，我们的父辈看来简单，我们看来却两倍三倍地复杂。阳光置于阳光的前面，就产生阴影，并且没有空间容纳其扩大。在无限的中央，天主看着这些壮丽的行列在他周围行进，这在最高存在的证据之上又增添了证据。我们用父亲家里的那两盏灯[2]换取这些奇妙的东西。

让我们想象一下吧，根据变得强大的科学，我们这颗羸弱的行星游动在一个以阳光为波浪的海洋中，游动在这条银河之中，这条银河乃光的原材料，是造物主使之成形的万物的熔化

[1] 法国埃及学家和语言学家（1790—1832），曾主要依据罗塞达碑译解古埃及象形文字。

[2] 指太阳和月亮。

了的金属。某星的距离如此神奇，其光到达望着它的眼睛之时，此星已经死灭，光源死灭于光线之前。人在其活动的原子中何等渺小，然而他作为智力又是何等伟大！他知道星辰的表面什么时候蒙上阴影，彗星数千年之后于哪个钟点返回，而他的生命仅为一瞬！他是天之袍的皱褶里的一个看不见的微小的虫子，然而星球在太空深处的每一步都瞒不过他。我们刚刚发现了这些星辰，那么，它们将照亮什么样的命运？这些星辰的发现和人类的某个新阶段有联系吗？你们会知道的，将要诞生的人；我不知道，所以我要退下。由于我的异乎寻常的高龄，我的纪念碑完成了。这对我是很大的宽慰。我觉得有人推我。我在船上订了座位，船老大通知我一会儿就要上船了。倘若我曾经是罗马的主人，我就要像苏拉[1]那样说，我在我的死亡的前夕写完了我的《墓中回忆录》；但是我不会像他那样用这样的句子结束叙述："我在梦中看见了我的一个孩子，他指给我看他的母亲梅黛拉，鼓励我到永恒幸福的怀抱里享受休息。"即便我曾经是苏拉，荣耀也永远不能带给我休息和幸福。

新的风暴即将形成，人们相信预感到了灾难，更甚于我们曾经饱尝过的痛苦。为了重返战场，人们已经考虑重新裹上旧日的伤口。然而我不认为不幸会在近期发生：民众和国王都已筋疲力尽；意外的灾祸不会猛扑在法国身上，在我身后发生的事情不过是全面变革的后果而已。无疑，人们将触及一些令人

[1] 古罗马军事统帅、独裁者。

难以忍受的视静止[1]现象，世界不会没有痛苦就改变面貌（它必须改变）。但是，再来一下，并不就是另外的革命，那将是大革命趋向结束。明天的景象已与我无关，它呼唤着别的画家：该你们了，先生们。

1841 年 11 月 16 日，我写下这最后的话，我的窗子开着，朝西对着外国使团的花园。现在是早晨六点钟，我看见苍白的、显得很大的月亮，它正俯身向着残老军人院的尖顶，那尖顶在东方初现的金色阳光中隐约可见，仿佛旧世界正在结束，新世界正在开始。我看得见晨曦的反光，然而我看不见太阳升起了。我还能做的只是在我的墓坑旁坐下，然后勇敢地下去，手持带耶稣像的十字架，走向永恒。

[1] 天文学术语。

译 跋

格朗贝岛，大坟岛

格朗贝岛是一个孤悬在圣马洛港外锚地上的小岛，岛上怪石嶙峋，蓬草乱生，唯一的建筑是夏多布里昂的坟墓。1828年9月3日，夏多布里昂写信给圣马洛的市长，请求让给他格朗贝岛东端仅容得下一个棺材的一小块地方。1831年10月27日，圣马洛的市长给他写信："您希望在海边距您出生地不远处得到一块安息之地，这将由圣马洛人怀着崇敬的心情为您准备好。这工作将伴随着一种悲伤的心情。啊！但愿这坟墓将长时间地空着！但是，世间的一切都将过去，敬意和光荣却会永存。"夏多布里昂满怀着感激之情引述了市长的这封信，他觉得只有一个词是多余的，那就是"光荣"。由于这个岛属于军事工程部门，出让土地的事办起来并不那么容易；幸亏诗人希波利特·德·莫尔沃耐多方活动，夏多布里昂才如愿以偿，这已是十一年以后的事了。他在《墓中回忆录》中说："我选得好，然而并不知道：在布列塔尼方言中，'贝'的意思是'坟'。"他果然选得好：格朗贝岛，按照意思，乃是大坟岛，一个人把自己的坟选在了一个叫作"坟"的地方，冥冥中竟有这样奇异的巧合，听来真让人扼腕，唏嘘不已。

1998年6月29日，我来到了格朗贝岛。

布列塔尼是法国西北部、夹在英法海峡和大西洋之间的一个半岛，按照雨果的说法，“布列塔尼自古以来就是一个叛徒。两千年来它的每次叛变都是对的，但这最后一次它却错了”。“这最后一次”指的是发生在半岛南部、濒临大西洋的旺岱地区的贵族叛乱，雨果以其为背景写了著名的小说《九三年》。在法国人看来，布列塔尼人忠诚而固执，渴望独立和自由，极富冒险精神。半岛的北端有一座城市，叫作圣马洛。圣马洛是一个古老的港口，濒临英法海峡，自12世纪起，沿海就筑有高大的围墙，保护着城市，免受海浪和风暴的袭击。每天上下午落潮的时候，在圣马洛和格朗贝岛之间，现出一道细细的陆地，仿佛桥，可以徒步登岛。我那天从巴黎来，到达圣马洛的时候，正值下午三点钟左右，于是乘公共汽车，赶往海滨。我向人打听格朗贝岛，那人看了看表，说：“您来得正好，快要退潮了，您可以徒步登上格朗贝岛。”我顺着他指的方向，登上围墙，等着落潮。我站在围墙上，极目远眺，但见水天相接，一片空阔，几个小岛星列于近海。灰蒙蒙的云，坦荡荡的水，云水之间，成群的海鸥高声尖叫，上下翻飞，午后的阳光从偶尔露出的蓝天中射出，照在海鸥的身上，时而一片白，时而一团黑，白与黑都耀眼炫目。锚地里停着几条大船，像画的一样，纹丝不动。风不大，铁青色的海浪缓缓地朝天边退去，不一会工夫，就在港口和一个海岛之间现出一条细细的通道，那海岛便是格朗贝岛了。我便赶紧从围墙上下来，越过沙滩，踏上这条小路，直奔海岛。岛很小，感觉和陕西的始皇陵差不多大，也没有那么多绿色，光秃秃的，到处是裸露的岩石和稀稀疏疏的灌木丛。岛的东端，有一处平地，大概有十平方米的样子，立着一个花岗岩的十字架，那就是夏多布里昂的墓了。墓不大，很简朴，没有铭文，没有雕饰，只是一块灰白色的花岗岩，雕成圆柱形的十字架，有一人多高；周围有十个石墩，中间连接着呈斜十字形的铸铁架，朝向大海的一面敞开着，与汹涌的波涛连为一体，大概象征着墓主扬帆起航或远游或漂泊的命运吧，或者是墓主与风浪搏斗或沉没或胜利的形象？不大的墓在不大的岛上，白天黑夜面对着一片汪洋：海，时而平静，时而狂暴；风，时而轻吹，时而怒吼；云，时而轻薄，时而浓重；间或有雨雪，或雷电，潮起潮落，潮落潮起，二百年来，周而复始，循环不息。浪花溅在十字架上，让它常年潮湿、冰冷，带着铁一般的颜色。长眠的夏多布里昂听着这海和风的呼啸吼叫，可是他不再理会那新旧世界的变化了，他说得对："明天的景象已与我无关，它呼唤着别的画家：该你们了，先生们。"他忘不了他手中的笔，不过，他不能继续描绘时代的风雨了，他只能在"坟墓的拱顶内里随意涂抹着"涡饰。对他而言，历史到此为止，他的死结束了历史；然而对后人来说，他的文字还在，还发生着影响，可能会使历史的步伐加快、减慢，或者倒退。他说，"喜欢我的回忆录的人，应该记住他们听见的是一个死人的声音"，他不愿意"压住这个发自坟墓的遥远的声音"，因为"我更喜欢在棺材里头说话，我的叙述将伴随着那些因发自坟墓而具有某种神圣性的声音"。我望着坟墓，想象着夏多布里昂还活着，在那个狭小的空间里，举起"干枯"的手，随意地也许是机械地在拱顶画着不表示任何意义的“涡饰”，我禁不住一股惆怅袭上心头：也许夏多布里昂并不像他说的那样：“明天的景象已与我无关。”总之，这座朝向大海敞开的简朴至极的坟墓让人想起法国著名画家吉罗岱（1767—1824）所画的夏多布里昂的肖像：一个忧郁阴沉的年轻人，侧身倚在一堵矮墙上，一只手在前，一只手揣在怀里，紧闭着嘴唇，双目平视（唯平视，才表现出主人公的忧郁），望着看不见的远方，蓬松的头发，被强劲的海风吹乱，似乎显示着一种执拗而阴郁的力量。肖像是 1809 年画的，夏多布里昂当年四十一岁，正在“狼谷”隐居。画上的夏多布里昂看上去有三十来岁，拿破仑看到这幅画时，说了一句：“他好像是从烟囱里冒出来的阴谋家。”墓前有几束鲜花，束着雪白的缎带，那是尊敬或崇拜夏多布里昂的人献的。这鲜花白的像雪，红的像血，十分鲜丽，多少冲淡了墓主的寂寞和冷清。然而，夏多布里昂果真感到了寂寞和冷清吗？

墓的对面，在一片山石上，刻着这样几行字：

> 一个伟大的法国作家
> 希望安息在这里，
> 但愿只听见
> 海和风的声音。
> 过往的行人，
> 请尊重他的最后的愿望。

果然，游人走到这里，一边望着墓石，一边陷入沉思，说话也放低了声音，仿佛生怕打搅了墓的主人。“瞻仰”一词在这里不合适，瞻者，望也，仰者，脸向上也，而夏多布里昂不希望人们脸向上地望着他，他需要平视，平视可以包含着各种各样的感情，当然也可以是憎恨或厌恶。然而这一切都是身后的事了，他要做的只是“在我的墓坑旁坐下，然后勇敢地走下去，手持带耶稣像的十字架，走向永恒”。“勇敢”在这里不是一个无关紧要的词，它表明了一种决心和信心：一切人世间的喧嚣都远去了，只留下海的激荡和风的咆哮。这声音陪伴着他，因为他原本不是一个甘于寂寞的人啊。夏多布里昂并不是一个举国上下顶礼膜拜的人物，他的政治活动众说纷纭，褒贬不一，然而他的一支笔为他赢得了“魅惑者”的雅号，所以他以作家称而不以政治家称。他的《阿达拉》《勒内》《基督教真谛》《纳切兹人》《从巴黎到耶路撒冷纪行》《殉道者》《美洲游记》《墓中回忆录》等一系列作品，足以使他成为一个“伟大的法国作家”。后人的聒噪自然可以置之不理，但是，“伟大的法国作家”一语还是后人加的，“但愿只听见海和风的声音”怕是不能如愿了。我这里去了一趟格朗贝岛，回来就要写一篇游历的文章，发出了一种“海和风的声音”之外的声音，扰人清梦，显然是夏多布里昂不愿听到的，更何况二百年来研究夏多布里昂的书籍和文章更是不知凡几。没有办法，文章总是要写的，只是我没有在他的墓旁说三道四，庶几可以得到他的原谅吧。

回过头去，望见的是圣马洛城，在高高的围墙后边，一片整齐的楼房赫然在目，有两三座高而尖的塔君临其上，想必是教堂了。1768年9月4日，弗朗索瓦·勒内·德·夏多布里昂就出生在那一片房子里。他出生的房子坐落在犹太人街上，那座房子后来改作旅馆，那条街也更名为夏多布里昂街了。如今那座房子的墙壁上挂着一个铜牌，上面写着：夏多布里昂街，原名犹太人街，三号，勒内·德·夏多布里昂1768年9月4日出生在这座房子里。那座房子北面即是围墙，过了围墙就是大海了。夏多布里昂说："预告秋分的狂风掀起的海浪发出阵阵咆哮，盖住了我的哭叫声。人们常常跟我讲起这个细节，其惨相永远留在我的记忆之中。每当我想象我曾是什么样子，我就在脑海里看见我出生的那块悬崖、我母亲赋予我生命的那间屋子、其吼声催我第一次入眠的那阵风暴和我那倒霉的哥哥——他给了我一个几乎总是被我拖入不幸之中的名字。苍天好像集合了这种种不同的景象，在我的摇篮里放进一个我的命运的形象。"后来有人对他的说法表示怀疑，认为他是夸大其词，唤来风暴赋予他的出生以某种悲剧色彩，又有人经过确切的考证，说当时确有一股风暴自敦克尔刻起，横扫圣马洛，旬月不止。无论如何，是他周围的人常常跟他"讲起这个细节"。我没有见过海上的风暴，我来圣马洛的那一天风也不大，但是我在圣马洛港的街上徜徉的时候，看到不少画店里都有描绘风暴的作品，那种樯倾楫摧的力量给我很深的印象。同时，1998年正值夏多布里昂逝世一百五十周年，全法国都在举行纪念活动，尤其是布列塔尼，更是推出夏多布里昂年，演戏、音乐会、报告会、研讨会、展览会等等，丰富多彩的活动在各个城市里展开，预告各种活动的广告触目皆是。一个历史上备受争议的人物，身后的荣耀是无以复加的了，可以说是“备极哀荣”。他说：“荣耀也永远不能给我带来休息和幸福。”生时，他是法国文学的第一人，少年雨果曾立下这样的宏愿：“要么成为夏多布里昂，要么一无所成。”死时，他在1848年革命的炮声中，对垮台的七月王朝说了声“干得好”，不过他的声音太微弱了，不会引起什么震动，他太老了。可是死后，荣耀给他带来了“休息和幸福”，令夏多布里昂的预言失算。法兰西民族是一个明智的民族，她不以政治态度论短长，定褒贬，而是给一切有才能并做出贡献的人以崇高的地位，享受后人的尊敬和爱戴。夏多布里昂是法兰西民族的骄傲，这骄傲不因他是一个王权的拥护者而稍减，尽管现在是共和的时代。像法兰西民族那样给予一个文学大师这样的地位，在世界上怕是不多见的。

那么，他的命运究竟如何呢？

夏多布里昂出生的时候，家道已经中落，他被送到附近农村由农妇喂养，三年以后回到家里，成了一个整天在海边玩耍的野孩子。他八岁的时候，家中失火，这时他的父亲已经买下贡堡的领地，于是举家搬迁，似乎有些中兴的意思。他辗转于多尔、莱纳和迪南等地的学校，还曾经到布列斯特等待进入海军学校而不得。他有四个姐姐和一个哥哥，身为次子，他不能继承父亲的遗产，只能进入军队或从事神职。作为贵族的子弟，成为保卫国王的军人，乃是天经地义的事，于是，他十八岁就成了军队的一名少尉，并于次年由他的哥哥引见，被介绍给路易十六，并由此混迹于巴黎的沙龙，结识了他最亲密的朋友德·封塔纳。他梦想着写诗的成功，崇拜卢梭，并失去了宗教信仰。他是一个贫穷的、默默无闻的外省青年贵族，对 1789 年的革命表示同情，但是对革命中的过火行为不能容忍，就于 1791 年启程去了美国，说是要发现从西北方向前往新大陆的道路。从 7 月到 12 月，他在美国待了五个月，从巴尔的摩到费城，拜访了华盛顿，然后上溯哈得孙河，观赏了尼亚加拉大瀑布。他没有沿俄亥俄河直下到密西西比河，却在《阿达拉》和《美国游记》中不吝笔墨，详细地描绘了密西西比河两岸的风光。有人指责他“撒谎”，于是怀疑他笔下的“真实”。为了替他辩诬，也许我们可以引用瑞士作家拉缪的一句话：“一个人想成为什么，也许比他是什么更重要。”他看到了鸿蒙初开的大自然，他认识了骁勇善战的印第安人，他获得了前所未有的强烈印象，这使他的笔在法国人面前展示出一种全新的景象：“一切全新：山川，人物，色彩。”他成了一个“魅惑者”，人们甘愿受他的文字的魔力的摆布。1791 年 12 月，他听到路易十六被逮捕的消息，他身上的布列塔尼贵族的灵魂苏醒了，于 12 月 10 日匆匆启程回国。这是他初入社会的第一步，他在 1811 年 12 月 31 日回忆他的出世时，在注解中写道：“先于我二十天，1768 年 8 月 15 日，在法国的另一端，另一个岛上诞生了一个人，他结束了旧社会，他就是波拿巴。”看来，他的野心不小，他居然想到了拿破仑！其实，一个结束了旧社会，一个结束了旧的文学时代，相提并论，似无不可。这一年他四十三岁，难怪拿破仑对他的肖像有那样的评价。不过，当今的文学家似无这等雄心壮志，竟敢和政治家平起平坐。俱往矣！

夏多布里昂已经长大成人了，然而，他从“小孩子到男子汉”的过程是在贡堡完成的。他从布列斯特回来，有两年半的时间是在贡堡度过的。贡堡是一座古老的城堡，通过继承或婚嫁，它已经有了三十一位主人，直到1761年5月3日，夏多布里昂的父亲买下了它。我从圣马洛回来的时候，曾经顺路去看过它，可惜过了开放的时间，只能在外面隔着铁栅栏望一会儿。它有四座高而尖的塔楼，其雉堞在黄昏中显得威严而神秘，院子很大，绿草萋萋，数十株高大茂密的橡树支撑着昏暗的天空。年幼的夏多布里昂居住的那个墙角堡，我认不出来，可是我清楚地记得，他把它叫作“我的主塔”。孤零零的一个孩子住在一座阴森可怖的塔里，能不害怕吗？他说：“他们不是竭力让我相信根本就没有鬼，而是强迫我不怕鬼。”结果，“夜里的风只不过成了我遐想的玩具和梦幻的翅膀”。贡堡如今是一个相当繁华的小镇，可是，二百年前，“贡堡的领地上只有荒原，几座磨坊和两片森林”，很难想象一个十五岁的少年是怎样在这座古堡中生活的。秋天或冬天的晚上，八点钟开饭，晚饭后，母亲叹着气，坐在一张旧躺椅上，父亲穿着一件白色的大睡袍，戴着一顶挺然而立的白睡帽，在只点着一支蜡烛的空荡荡的大厅中来回踱步，像个幽灵一样不说话，偶尔问那少年和他的姐姐：“你们刚才说什么了？”少年和他的姐姐则吓得要命，一声不吭。一直到十点钟，该睡觉了，他们的耳中只剩下“他那有节奏的脚步声、母亲的叹息声和飒飒的风声”。父亲走了，“魔法解除了：父亲的在场把我们变成了石像，现在我们又活过来了。魔法解除的第一个后果是我们说起话来都滔滔不绝。刚才的沉默压得我们好苦，现在我们跟它算账了”。白天，这个少年在田野里“奔跑，跳动，蹦高，跃起，撒欢，直到力尽倒下，心怦怦跳，陶醉于嬉戏和自由”。或者去打猎，“在田野上、沼泽地里、欧石楠丛中大步走来走去，荷枪立于荒野，充满力量和孤独之感”，这样，他才感到“随意自在”。他感到了“诗兴的第一口气息”，他遇见了“爱情的幽灵”，他经受了死亡的“诱惑”，他体味着“秋天的快乐”：“树叶脱落仿佛我们的岁月，鲜花凋零仿佛我们的时刻，流云飞逝仿佛我们的幻想，光亮渐暗仿佛我们的智力，太阳变冷仿佛我们的爱情，河流冰封仿佛我们的生活——这一切都和我们的命运有着隐秘的关系。”他孤独，他忧郁，他骚乱，他狂热，有一天，他的姐姐对他说：“你应该描绘这一切。”他的姐姐叫吕西尔，“她的举止，她的声音，她的微笑，她的容貌中，其中有一种梦幻的、痛苦的东西”。夏多布里昂说：“吕西尔和我同为无用之人。”只有一个无用的人才能理解另一个无用的人。如果说夏多布里昂是法国浪漫主义文学的开创者的话，那么，贡堡的生活无疑是造就一个忧郁敏感的诗人的摇篮。1791 年 7 月 10 日，夏多布里昂登上“圣皮埃尔号”，启程去了美洲。他说：“如果我的著作在我身后幸存，如果我有留名的可能，也许有一天，这部回忆录会指引某个旅游者前来拜访我描绘过的地方。”我就是这样的一个旅游者，可惜我来去匆匆，不能进入贡堡，体会一下古堡中的生活。我想，二百多年前，在一个荒凉的古堡中，一个十五岁的少年，面对一个沉默而固执的父亲和几个女人，那日子肯定不是很愉快的。然而，对于夏多布里昂来说，贡堡始终是积淀了他无数幸福或悲伤的回忆的地方，世间的一切微小的变化，只要是有意或无意间触动了他的心弦，“贡堡的幻影”就会不断地涌现出来。他写道，1817 年 7 月在蒙布瓦西埃，“一株桦树的最高枝上栖着一只鸫鸟，阵阵啁啾，打断了我的沉思。就在此刻，这种神奇的声音使父亲的领地再现于我的眼前。我忘记了我曾目睹的种种灾难，突然回到了过去，又看见了那一片常常听见鸫鸟鸣啭的田野。”这一段脍炙人口的描写被评论家誉为普鲁斯特的“小玛德莱娜蛋糕”的先声，“贡堡的幻影”成了夏多布里昂汲取灵感的源泉。

从美洲回来，夏多布里昂结婚了，然后参加了流亡者的军队。行军中，他们来到特莱夫（今名特利尔，是诞生过马克思的德国城市，1815 年前曾经属于法国），夏多布里昂“看见了俄亥俄的无名废墟之后又看见了罗马废墟”，他称之为“一大乐趣”。他说：“我在一座罗马的圆形剧场的残垣断壁中重读并修改一段关于森林的描写，《阿达拉》的一个片段，这样来准备征服法兰西。”他那个时候就想到以《阿达拉》来征服法兰西，未免太早了，这显然是后来写作回忆录时的口吻。这支四分五裂的队伍在第雍维尔遭到重创，夏多布里昂受了伤，患了病，跌跌撞撞地穿过了比利时。这支小小的部队由贵族组成，虽然说是勤王，但是也没有忘记等级，夏多布里昂不由得感叹道：“系于同一事业、面临同一危险的人们仍然继续着由丑恶的标志表示出的政治上的不平等，真正的英雄是那些平民百姓，因为他们的牺牲没有搀进任何个人的利益。”他离开了比利时，来到伦敦，开始了长达八年的流亡生活。他寂寂无名，又身无分文，只好以翻译和教授法文为生。于是，他“白天翻译，晚上写《革命论》"，日子过得也不无乐趣。他说："我的贫困和别人的富有、我的无依无靠和别人的熙来攘往之间的对比，使我感到愉快。"他在小城本盖的英国牧师艾福斯先生家里教授法文，先生的独生女儿，十五岁的夏洛特爱上了他，可是他不能接受，因为他已结了婚。他的心受到了重创，他说："在我所经历过的痛苦中，这一次最伤心、最剧烈。"倘若娶了夏洛特，他在人世间的角色就会改变："隐居于大不列颠某郡，成为一个以打猎为乐的绅士；我的笔下不会写出一行字；我甚至可能忘记我的语言，因为我用英文写，我头脑中的思想开始用英文形成。"一个法国流亡贵族成为一个英国绅士，对于夏多布里昂来说，这样的前景颇具吸引力。他早就想过"平静的日子"了，他不愿过落在他头上的"动乱的日子"。他问道："帝国，复辟，分裂，法国的争吵，这一切与我何干？"他怀疑："我肯定有真正的才能吗？这种才能值得牺牲生活吗？我能超越我的坟墓吗？如果我去了冥间，在目前正在进行的变化中，在一个改变了的、忙于别的事情的世界上，还会有一个倾听我的公众吗？我会是一个过时的、为新一代所不理解的人吗？对于倨傲的后世来说，我的思想、感情甚至风格会是一种无聊的、陈旧的东西吗？我的影子可会像维吉尔那样对但丁说：'Poeta fui e cantai！'（我是诗人，我歌唱！）"不过，我们得承认，他如果接受夏洛特，他将使英国多了一个默默无闻的绅士，使法国失去一个伟大的作家，的确会使他的国家"蒙受很大损失"，至少会使今天的读者少了许多阅读的乐趣。在流亡英国的期间，夏多布里昂写了两部著作：《革命论》和《基督教真谛》。在第一部著作中，百科全书式的怀疑主义和模糊的宗教惶惑交织在一起，他一旦得知母亲去世，立刻“恍然大悟”，并开始写作第二部著作：“从《革命论》的怀疑主义到《基督教真谛》的确信无疑，不需要花很大力气。”母亲的死使他又回到了童年时的信仰：“我的信仰发自内心：我哭了，我就信了。”

1800 年 5 月，夏多布里昂顶着一个假名字，回到了法国。他又见到了先前的朋友德·封塔纳、儒贝尔等人，并结识了拿破仑的弟弟和妹妹，更为重要的是，他能与在流亡中认识的德·博蒙夫人重叙友情。女人，或者说沙龙女主人，是革命前的法国的一支重要的幕后力量，足以造成一个人的名气，足以毁掉一个人的声望。夏多布里昂的成名得力于女人不少，其中就有德·博蒙夫人和后来的雷卡米夫人。这种使男人成名的力量来自贵族的“文雅”，但是，夏多布里昂后来回忆说，在革命后的法国，“这种文雅已经不复存在，那是教育的结果，经过运用变成了性格的能力”。1801 年 4 月，他出版了《阿达拉》。《阿达拉》原本是《基督教真谛》一个片段，作为试探气球，夏多布里昂先把它在法国出版了，结果造成了轰动。“帝国时期的文学本属古典派，乃是一个返老还童的老太婆，看一眼就让人够受的了；《阿达拉》应运而生，是一种闻所未闻的作品。”总之，“旧时代排斥它，新时代欢迎它”。夏多布里昂成了名人，出于拿破仑的妹妹的干预，他的名字也从流亡者的名单上被画掉了，但是他“生性孤僻”，总是怀疑自己的才能，他竟能够在“陶醉”之余保持“谦卑”：“我逃避我的地位，我躲避行人，竭力打掉罩在我头上的光环。”接着来的是《基督教真谛》，除了复兴基督教的意图之外，这部著作在文学上有它特殊的意义：它提出了浪漫派的文学主张，把“忧郁”作为文学的第一要素，要求文学表现“模糊的思慕之苦”和孤独感。《基督教真谛》所呼唤的舆论有力地支持了拿破仑的意图，夏多布里昂也从此开始了他的政治活动。《勒内》(《基督教真谛》的一章）所诊断的世纪病的时代特征，开创了以忧郁为灵魂的浪漫派文学，但是，夏多布里昂对诗人和小说家们把痛苦普遍化却感到忧虑：“一群群诗人勒内和散文家勒内已经泛滥成灾。人们听见的尽是些悲哀的、前言不搭后语的话；除了风和暴雨、对着云和夜倾诉的无名之痛苦，别无其他。没有一个无知的学生从学校里出来不幻想着成为最不幸的人；没有一个小孩子不在十六岁上已经耗尽了生命，自以为饱受自己的天才的折磨；没有一个不在自己的思想的深渊里放纵于模糊不清的激情；没有一个不拍打着自己的苍白而脱发的额头，不用一种不幸让那些目瞪口呆的人吃惊，这种不幸他不知道叫什么，那些人也不知道。”更使夏多布里昂感到忧虑的是，拿破仑终于意识到《基督教真谛》所宣扬的宗教观念与正统的君主专制思想是不可分割的，它们一起来了。夏多布里昂骄傲地说：“我喜欢感觉到他的利爪。”终于，他在罗马大使馆任职一年之后辞职了，借口是夏多布里昂夫人的身体欠佳，实际上是拿破仑处决了一位公爵。对于政治来说，文学是一把双刃剑。聪明的政治家理解这一点，所以能趋利避害，一方面借用文学来打造有利于己的舆论，一方面竭力遏制文学本性的发挥，而文学的本性是自由。但是，聪明的政治家只是一时的聪明，当他压制文学的本性的时候，他就开始走上了失败的道路。因此，1807 年秋，夏多布里昂在巴黎西南郊的奥尔内村“买了一栋园丁的房子”，在此隐居起来。夏多布里昂的新住所在一个叫作“狼谷”的地方。

我去过狼谷，时间在去格朗贝岛前不久。

狼谷位于巴黎西南十一公里处，在罗班松高地的南坡上。在《墓中回忆录》的一开头，夏多布里昂便写道：“……我在距苏镇和夏特耐不远的奥尔内村附近买了一栋园丁的房子，它隐蔽在长满树木的丘陵之间。房子连带的土地不平，且多沙，不过是个野生的果园，尽头有一条小溪和一片栗树林。”如今这里是夏多布里昂协会的所在地，有一个博物馆和一个图书馆，向世界各地的研究者提供作家的生平和创作资料。

那一天，我和妻子是乘朋友的车子去的，像是走了许多冤枉路，才找到夏多布里昂博物馆。博物馆坐落在狼谷公园，说是“狼谷”，也许那个时候此地多狼，可是“谷”就不好说了。不过是一片缓缓的坡地，与想象中的“谷地”大不一样。参观博物馆，进门要购票。我那朋友对售票的人说：“您知道吗，我这位朋友可是夏多布里昂的中文译者！”售票的人望着我，问：“果真？”我笑了，点了点头。那人笑着说：“为了向夏多布里昂的译者表示敬意，你们不用买票了！”

房子是 1793 年建成的，夏多布里昂买下之后，进行了大规模的装修：在房子朝向花园的粉红色的墙上打了一个门，修了一个带三角楣的柱廊，竖起了两根白色女像柱和两根黑色大理石柱，还在园中建了一个圆形的石堡，供读书之用。最奇特的是，从一楼到二楼的前面是一个大厅，楼梯改为左右两条，中间交叉，然后又分开，直抵二楼，与轮船上的舷梯殊无二致。参观者到此不难体会到它的妙处：每日顺着舷梯上下，或低头沉思，或凭栏四望，恍若在大西洋上航行。这大概是性喜旅行的夏多布里昂的用意所在吧。窗户则用木头或花草装饰得光怪陆离，据说是出自夏多布里昂之手。印象中房子是粉色的，在一片绿色中显得十分宁静和安详。

花园很大，沿着斜坡伸展到很远的地方，远处绿树掩映中隐约可见许多房舍，想必是邻近的村镇。当年夏多布里昂手植的树木有些依然茂盛。他说："我爱我的这些树；我把哀歌、十四行诗和颂歌奉献给它们。没有一棵不是我亲手侍弄的，我弄掉根上的虫子和叶子上的毛毛虫；我叫得出它们的名字，就像我自己的孩子；我没有别的家，这就是我的家，我希望死在它们中间。"离房子稍远的地方，林木婆娑，几株高大的橡树覆盖着那座夏多布里昂自建的石堡，夏天时他在里面读书写作。我们去的那一天，正碰上一群中学生，在老师的带领下来此参观。他们聚在石堡前，听着老师的讲解："在这座石堡中，夏多布里昂写了《殉道者》《从巴黎到耶路撒冷纪行》《阿邦赛拉琪末代王孙的艳遇》……《墓中回忆录》的开头几章也是在这里写的。"看到他们，我不由得想起我们的中学生，他们是否也在老师的带领下去参观著名作家的故居呢？

夏多布里昂在狼谷生活了十一年，1818 年 7 月，他因经济困难而卖掉了狼谷。他说："卖掉狼谷我是很痛苦的；我爱我的那些树，从此它们只能在我的回忆中种植和生长了。”这十一年中，法国发生了许多事情。1814 年 3 月，拿破仑帝国垮台，第一次王政复辟，百日政变。1815 年 6 月 18 日，拿破仑比败滑铁卢，第二次王政复辟。1811 年是夏多布里昂文学生涯中最耀眼的年头之一，他被选入法兰西学士院，在他的入院演说稿中，拿破仑大笔一挥，把对自由的歌颂、对王政的眷恋、对流亡的影射等内容悉数删除，他感到“狮子的爪已经深入身体的各个部分”，他“相信已在腰上感到了它”，从而感到“一种刺激的快乐”。从此，他越来越多地参与政治活动，成为正统王权的坚定的支持者。1814 年 4 月，他冒着生命危险出版了一本小册子《论波拿巴和波旁王室》，认为拿破仑给法国带来了灾难，王政是法国唯一的出路，是“医治法国迫在眉睫的无政府状态的一剂良药”，用路易十八的话说，这本小册子抵得过十万军队的力量。波旁王朝返回的时候，他被任命为驻瑞典大使。1815 年拿破仑百日政变的时候，他跟随路易十八流亡，并被任命为临时内政大臣。1816 年 9 月，他发表了《按宪章建立的君主政体》，提出了“君主统治但不管理”的著名原则，并创办了报纸《保守派》，发表一些与当权派不同的言论。1821 年，他经过一阵短暂的失宠之后，又重新获得国王的信任，先后被任命为驻柏林大使和驻伦敦大使。就在他能够重温旧梦的时候，他害怕了，他现在“害怕感情的波动。时间剥夺了我的青春，使我变得像那些把胳膊腿留在了战场的士兵一样。我的血要跑的路不那么长了，如此急速地冲进我的心脏，我的这个已然衰老的快乐和痛苦的器官跳动得仿佛就要破碎”。1822 年 9 月，他在维罗纳会议上力主由法国单独解决西班牙危机，年底，他被任命为外交大臣，旋即发动了西班牙战争，然而战争成功后，他就因宫廷的斗争而“垮台”了。他说：“我头脑简单，一切顺诸天性，也因为我一无所图，人家就以为我无所不贪。今天，我已清清楚楚，我的不合群的生活乃一大错误。怎么！您什么也不想当？那就滚吧！一个人蔑视我们所崇拜的东西，他自以为有权侮辱我们的生活的平庸，我们就不要他。”不管他是一个什么样的人，他的这一番话确实说得好。1828 年 9 月，他担任驻罗马大使，次年 8 月，他辞去了大使的职务。这是他最后一次担任公职。七月王朝时期，夏多布里昂仍然忠于波旁王室，曾两次到国外晋见流亡的查理十世。第一次晋见是在布拉格，他写道：“我一步步往上走，城市也在我下面渐渐展开。历史的交织，人的命运，王国的毁灭，福音的意图，纷纷涌上我的记忆，与我的个人命运的回忆混为一体。探索过一座座死去的废墟之后，我又被召去目睹一座座活着的废墟。”他已经断定，他所从事的事业是一桩必定失败的事业。然而他不悔，他带着道义感的满足坚定地朝着他的坟墓走去。忠也罢，愚忠也罢，他有着自己的信念。1841 年，他结束了《墓中回忆录》的写作，他说：“1841 年 11 月 6 日，我写下这最后的话，我的窗子开着，朝西对着外国使团的花园。现在是早晨六点钟，我看见苍白的、显得很大的月亮；它正俯身向着残老军人院的尖顶，那尖顶在东方初现的金色阳光中隐约可见：仿佛旧世界正在结束，新世界正在开始。”他决定，这部回忆录将在他死后五十年公之于众。1844 年，他出版了《朗西传》，宣传忏悔与苦修。1846 年，他出了车祸，锁骨骨折。从此，夏多布里昂缠绵病榻，终于1848年7月4日革命的枪声沉寂下来的时候，告别了人世。他并不害怕死亡，因为他写完了《墓中回忆录》，他的“纪念碑完成了”，他说：“这对我是很大的宽慰，我觉得有人推我；我在船上订了座位，船老大通知我一会儿就要上船了。”

这就是夏多布里昂的“命运的形象”：生于风暴，死于风暴，从一座座死的废墟走向一座座活的废墟。忧郁是他的灵魂，痛苦是他的感情，执拗是他的行动，他之所想和他之所为之间的差距造成了他的夸张。人们常常嘲笑他与拿破仑的并列，但是，拿破仑是政治上的寡人，他是文学上的君主，却是一个不争的事实。

我到格朗贝岛去看他的坟墓，到圣马洛去看他的出生地，到贡堡去看他度过童年的地方，到狼谷去看他隐居的房子，所怀的感情是尊敬。他在《墓中回忆录》里说：“我可以认为，在我身上，政治家和作家是不相上下的，这不是吹嘘；但是，我认为国务活动的名声分文不值；正因为如此，我才能加以谈论……在我的两种生活之间，唯一的区别是结果。我的文学生涯是圆满的，产生了它应该产生的一切，因为它只取决于我自己；我的政治生涯在其成功的途中突然中断，因为它取决于别人。”他是清醒的。我在为《墓中回忆录》所写的序文中曾经写过这样一段话，我并不认为这段话说得多么好，但是我说不出更好的话了，我把它引在下边，希望读者不要认为我是如此地骄傲，竟然引用自己的话：“夏多布里昂说：‘从本性上说，我是个共和派；从理智上说，我是个保王党；从道义上说，我是个波旁派。如果我不能保留正统的君主制，比诸一个不知谁生下的杂种君主制，我更喜欢民主制。’这样的表白无论真实与否，都有其动人之处，所以动人，乃是因为这是一个有思想、有感情、有想象力并且付诸行动的人常会面临的窘境。比诸他的爵位，他更愿意自己成就一个名声；比诸他曾经崇拜的拿破仑，他更倾心于辛辛那提的农夫华盛顿；比诸金钱和地位，他更看重思想的自由和批评的权利。他的本性是独立不羁，是自由，是怀疑，所以他是一个痛苦的诗人。他的理智是光宗耀祖，是传统，是信仰，所以他是一位精神的卫道士。他的道义是尊卑有序，是忠诚，是正统，所以他是一位极端的政治家。然而，本性、理智和道义常常是矛盾的，诗人、卫道士和政治家三者的相遇使他成为一个极其复杂的人，并且毕生承受着内心冲突的折磨。”夏多布里昂所以能够“勇敢地”走向坟墓，是因为他能够清醒地认识到他身上的矛盾。

我尊敬夏多布里昂，正是因为他的清醒。